中公文庫

世界警察 3

簒奪のオブシディアン

沢村　鐵

中央公論新社

目次

Ⅰ　リヴィジット　13

Ⅱ　ラシアン・ヴァイセズ　67

Ⅲ　ゴッデス・オブ・ディストラクション　115

Ⅳ　サモン　161

Ⅴ　インヘリタンス　202

Ⅵ　イントゥ・アフリカ　228

Ⅶ　ザ・ナイト・ビフォー　277

Ⅷ　ムスペルヘイム　313

エピローグ――ルナ・エクリプス　360

Legend Part 1 ……… 11

Legend Part 2 ……… 58

Legend Part 3 ……… 96

Legend Part 4 ……… 110

Legend Part 5 ……… 136

Legend Part 6 ……… 156

Legend Part 7 ……… 225

Legend Part 8 ……… 265

Legend Part 9 ……… 295

第一巻　叛逆のカージナルレッド

二十一世紀末。世界は様変わりしていた。
軍隊は解体され、万人のための警備隊「ユニヴァーサル・ガード」に再編成された（担当地域により八つの部隊に分かれる）。軍事力は世界市民の意志により民主的に動くようになり、その司令塔に国連事務総長が就いた。よって国家間の揉め事は全て交渉で解決されるようになり戦争は消滅した。この世界連邦という新たな秩序を創る上で大きな役割を果たしたのが、日本だった。

だがテロ行為は消えない。武装組織イザナギによる異様な「切腹死事件」が東京で起きる。警視庁刑事部の吉岡冬馬警部、公安部の樋口尊警視正が東京から新首都フクシマ、副首都鳥取で捜査。警視総監直属のアイリス・D・神村警視も捜査に加わる。この三人はいずれも、世界で警視庁だけが持つ最新技術〝シールド〟で守られていた。

やがてイザナギは新国会議事堂を占拠、首相官邸にも押し入り首相を人質に取った。日本警察のみでは解決できず、ユニヴァーサル・ガードの東アジア警備隊《EAG》がついに出動。司令官・茂木一士の電撃作戦により、たちまちイザナギは制圧された——はずだった。ところが実態は、イザナギと結託していた茂木のクーデターだった。世界平和の守護者だったはずの人物に、一つの国が簒奪されてしまったのだ。

日本警察に残された手段は、特殊部隊による捨て身の潜行作戦だった。冬馬と樋口は特殊部隊に加わり、決死の覚悟で地下に潜る。

第二巻　輻輳のウルトラマリン

クーデターの鎮圧に成功した日本警察だったが、フクシマから一人離脱したイザナギの幹部・サキが地下兵器産業〝ウル〟の一員であると判明。刑事たちの世界を股に掛けた追跡劇が始まる。

一方、国連事務総長のソフィア・サンゴールは、世界連邦を揺るがす不穏な動きに悩まされていた。茂木のクーデターが負の連鎖を引き起こしたかのように、ユニヴァーサル・ガードの一部の指揮官たちに世界連邦を蔑《ないがし》ろにする傾向が強くなる。世界各地でテロ行為も相次ぎ、国連に対するアメリカ政府の締めつけも加わる。国連本部に旧友のソフィアを訪ねた吉岡冬馬は、ＦＢＩ捜査官からの圧力を直に感じ取る。

一方アイリス・Ｄ・神村はロシアに向かうが、モスクワに潜伏していたサキに囚われてしまう。ソフィアは、アイリスの危機を知り〝スペース・ライフル〟と呼ばれる非常手段を使って吉岡冬馬をモスクワに送り込む。

ホテル・レニングラードでの対決。そこで明らかになったのは、互いの祖父母の代に端を発した、奇怪に絡み合う恩讐の糸だった——。

軌を一にして、ニューヨークでも軍事蜂起が発生。国連本部が包囲される。世界連邦は風前の灯火となった。

主な登場人物

吉《よし》岡《おか》冬《とう》馬《ま》……………… 警視庁刑事部捜査一課係長。警部

アイリス・D・神村《かみむら》……… 警視庁刑事部情報分析捜査室室長。総監付。警視

樋《ひ》口《ぐち》 尊《たける》……………… 警視庁公安部第一課課長。警視正

立《たて》石《いし》勇《ゆう》樹《き》……………… 警視庁警視総監

仁《に》戸《と》田《だ》正治《まさはる》………… 警視庁公安部部長

速《はや》水《み》レイラ………… 警視庁警備部特殊急襲部隊副隊長

サキ……………………… 武装組織イザナギの元幹部

鴇《とき》田《た》 隆《りゅう》児《じ》………… 武装組織イザナギの元メンバー

ソフィア・サンゴール……… 国連事務総長

クララ・マッケンジー……… 国連事務総長の秘書官

ジョシュ・ソローキン……… 国連の情報インテリジェンスチーム〝サーヴェイス〟のチーフ

エステル・ハヤトウ………… 国連の情報インテリジェンスチーム〝サーヴェイス〟のサブチーフ

望《もち》月《づき》友《ゆう》哉《や》…………………………… 国連の情報インテリジェンスチーム〝サーヴェイス〟のメンバー

クリスティン・ウォーカー……ユニヴァーサル・ガード　オセアニア警備隊司令官

マヌエラ・デ・ソウザ……ユニヴァーサル・ガード　南米警備隊司令官

ハリエット・リヒター……ユニヴァーサル・ガード　ヨーロッパ警備隊司令官

サンドラ・ハマライネン……ユニヴァーサル・ガード　ヨーロッパ警備隊副司令官

トム・ジェンキンス……ユニヴァーサル・ガード　北米警備隊司令官

アレクセイ・フョードロフ……ユニヴァーサル・ガード　ロシア警備隊司令官

イサ・オビク……ユニヴァーサル・ガード　アフリカ警備隊司令官

梁 子墨《リャン・ズームォ》……ユニヴァーサル・ガード　西アジア警備隊司令官

茂木《もぎ》一士《かずし》……ユニヴァーサル・ガード　東アジア警備隊司令官

フランクリン・チャン……ＦＢＩ特別捜査官

サイトー……地下兵器企業“ウル”の教主

アルフレッド……サイトーの執事

岩見沢《いわみさわ》耕太郎《こうたろう》……日本国元首相

チャールズ・ディキンソン……アイリス・Ｄ・神村の祖父

世界警察3　簒奪のオブシディアン

Generals and Majors, ah ah!
Like never before are tired of being action-less

Calling Generals and Majors
Generals and Majors everywhere
Calling Generals and Majors
Your World War III is drawing near

"Generals And Majors" XTC

Legend Part 1

「さて……何から話したらいい？」

ジュゼッペ・ダイネッリが口を開いた。老いてなお、筋肉質の逞《たくま》しい身体《からだ》はかつての職業を偲《しの》ばせる。だが、目に少し緊張があった。

私は一言一言しっかりと告げた。

「私が追っている人物――彼はおそらく、ジャックと名乗っています」

すると、ダイネッリの眼差《まなざ》しが厳しくなった。

「そして、灰色の髪。ひどく痩せた身体を持っている。彼は一年前、確かにこの街にいたはずです。ダイネッリさん、あなたが知っている人というのは――」

「ああ」

とダイネッリは頷《うなず》いた。視線を床に落としたまま口を開く。

「間違いないようだな。その男は、確かにいたよ。男の顔はよく憶《い》えとる。あの男が、この街を出ていった日の寒さもね。ひどい冷え込みだった。あんな凍てつくような日は、ヴエネツィアでは憶《おぼ》えがない。六十年過ごしていて、初めて味わう寒さだった」

深い思いが染み込んだ声だった。私は身を乗り出す。

「初めから、聞かせていただけますか。彼が現れたのは、いつですか」

「あの男が現れたのは……」

ダイネッリは眉をひそめ、語尾を長く伸ばした。


黒《くろ》瀬《せ》理《り》沙《さ》著『氷のレガータ』第Ⅱ章「インタビューの始まり」より

Ⅰ　リヴィジット

1

　太平洋を見渡せる海辺の一軒家がある。

　コテージがついている。いくつもの大きな窓が海側を向いている。開放的な造りだ。家屋そのものは大きくはないが、温《ぬく》もりが感じられる。まるで持ち主その人のようだ、と訪問者は感じた。

　ここを訪れた白髪の男は、さっそく呼び鈴を鳴らした。表札はない。当然だ。だが、事前に連絡を入れておいたおかげで家主はすぐに玄関先に出てきてくれる。

「岩見沢《いわみさわ》さん」

　訪問者が呼びかけると、家主の老人は笑顔になった。嬉《うれ》しげに応えてくれる。

「仁戸田《にとだ》君。久しいな。元気そうで何よりだ」

「岩見沢さんこそ」

　訪問者——警視庁公安部長の仁戸田正治《まさはる》も、笑みを漏らしている自分に気づく。

かつての日本国首相、岩見沢耕《こう》太《た》郎《ろう》の住居を訪れるのはおよそ四年ぶりだ。

「一時期よりは、ずっと顔色が良さそうですね」

「プレッシャーがなくなったからな。首相を引退することで寿命を延ばしてもらった」

なんと素直な本音。仁戸田は顔のほころびがおさまらない。自分でも意外だが、この感情に身を任せようと思った。なにせ、命懸けでこの男を守った日々が自分の中に鮮やかに刻まれている。公安人生の中で最も充実していた時期と言ってもいい。

世界中の諜報機関やテロ組織から狙われていた日本の最重要人物を守り抜くこと。これ以上にやり甲斐《がい》のある仕事はなかった。手段を選ばない極悪卑劣な輩《やから》を向こうに回すことの、絶え間ない興奮。そして守り抜いた。不可能に近い任務を成し遂げたことが、今も仁戸田の不動の自信となっている。反面、燃え尽きたような気持ちにも襲われた。これに代わる仕事がそうは見当たらないからだ。警視総監・立石《たていし》勇樹《ゆうき》を守ることも大事な仕事だが、岩見沢を守るよりよほど簡単なので張り合いがない。

しかも、世界連邦体制が確立してからは状況が劇的に変わった。反抗分子は日本を的にしづらくなった。日本の要人を攻撃しても世界市民から支持を得られないからだ。それほどに日本は世界中からリスペクトを勝ち得ている。おかげでＶＩＰを守ることが容易になった。

むろん油断はしていない。最も悪質な破戒者は、世界市民など眼中にないからだ。民意にも支持にも関心がない。ただただ、煮えたぎる憎しみを日本のリーダーたちにぶつけようとする。仁戸田は、それを見逃すつもりがなかった。

この岩見沢も、政治家を引退したからといって安心ではない。まだこの男には影響力がある。かつては何重にもガードされたシェルターのような所に住まわせていたのだ。

現在に限っては、情報戦略がうまくいっている。息も絶え絶えで入院中だと世界中に信じ込ませている。一時期は本当にそうだったのだから、皆が信じるのも無理はない。

しかし、ちょっと振り返るだけで冷や汗が出る。現役時代の岩見沢の命を守るのは至難の業だった。無防備すぎるのだ。どんな人間にも正面から対峙《たいじ》することをモットーにしていたからタチが悪い。相手がどんなに凶悪で、害意に満ちていたとしてもだ。我が道を貫いたからこそ世界中から信頼を得られたわけだが、仁戸田に言わせれば運が良かっただけだ。この男が生きていることは奇蹟《きせき》に近い。

そっとしておきたかった。このまま余生を謳歌《おうか》して欲しかったのだが、そんなことを言ってはいられなくなった。

「岩見沢さん。世界が再び、風雲急を告げています」

「そのようだな」

物分かりのよい頷きが返ってきた。互いにコテージの椅子に腰掛けて海を眺める。この上なく風光明媚《ふうこうめいび》だが、楽しむ余裕はない。

「後を任せたみんなが頑張っている。私なんぞが、心配する必要はないだろう？」

「それはどうでしょう」

ごまかしを言うために来たのではなかった。現実を突きつけるためだ。

「仁戸田」

相手はすぐに感じ取った。かつてのような鋭さが甦《よみがえ》る。

「まさか、この期に及んで、私に難しい仕事をさせようというのかい」

「そうではありません」

加減が難しい。仁戸田自身、まだ迷っている。

「ただ、お知恵を拝借できればと」

「言葉だけでいいのか。本当か」

岩見沢は半信半疑だった。仁戸田は笑って見せる。

「無理を言って連れ出して、あなたを死なせたりしたら、私は国賊扱いです」

「国賊？　その逆だ。君は本当は、英雄なのにな。君がいなければ私は生きていない」

栄誉を大っぴらにできない、公安刑事という立場を慮《おもんぱか》ってくれる。この人徳が、国内に敵がいない理由だった。仁戸田は頬を緩めたが、すぐ引き締める。

「反動の波が押し寄せています。国家主義の復活です。武力を手にした者たちが、ほしいままに暴力装置を動かそうとしている」

「ニュースを見て感じていたよ。将軍たち……連中は、裏で繋《つな》がっているな」

さすが、日本を変え、国連を変えた男だ。世界情勢を正しく深く把握している。余計な解説の必要はない。

「私はむしろ、茂木《もぎ》君の単独での暴走が意外だった」

意外にドライな分析が加わる。仁戸田はハッとさせられた。

「どうしてリスクの高い方を取ったのだろう？　分《ぶ》の悪い賭けだ」

「分かりませんが、単独で、日本国内での謀反だったからこそ、どうにか抑え込めました。しかし、これから想定される、同時多発の暴発は」

仁戸田は声に力を込めた。

「さすがに抑え切れません。正直申し上げて、国連の統制は、世界が理性を保っている時のみに成り立つ。誰も彼もが理性を失えば、いくら公正なリーダーシップがあろうと形無しです。ソフィア・サンゴール氏は、頑張っているとは思いますが……」

仁戸田が喋《しゃべ》れば喋るほど、岩見沢の顔は曇《くも》る。とうに同じ懸念を抱いていたのだろう。

「いざ戦闘が勃発《ぼっぱつ》したら、彼女の指導力がどれほどのものか……残念ながら無力でしょう」

仁戸田はトーンを抑えるよう気をつけながら、自分なりの分析を伝えた。

「鎮圧できたのは、ひとえに我が警視庁の力でした」

「彼女に限らない。誰であれ難しい」

　元首相は現国連事務総長を擁護した。

「君たちの働きにケチをつけるつもりはない。素直に、誇りを感じているよ。これほど早期に東アジア警備隊《EAG》の造反を治めてくれた。サンゴール氏はサンゴール氏で、できることをしただろう。今までも国連の力を高めるべく頑張ってきたが、国連のリーダーは常に、世界市民の模範を体現する存在だ。恥知らずな暴力に対し、一時的に劣勢に回ることは……致し方ない」

　やはり岩見沢は良識から逃れられない。仁戸田は苦い思いを噛み締めながら言った。

「非常時における力が、いまこそ必要です。政治力であれ、軍事力であれ、強い力が」

「君の言うことは分かるが、無理難題だ」

　岩見沢耕太郎が苦悩の表情をすると、そこに病《やまい》の影がはっきり浮かび上がる。まだ健康体からは遠いのだ。

「反動の波がここまで高いとは……これほどに、世界連邦を憎む者が力を得るとは。残念でならない」

「あなたは、その点もしっかり考えて世界連邦樹立に勤《いそ》しんだはずでしょう？　ユニヴァーサル・ガードの叛乱《はんらん》のケースについて、解決策を考えていなかったはずはない」

　仁戸田はあえて厳しく言う。

「いや。特効薬や妙案はない」

対して、岩見沢はどこまでも無防備だった。

「ガード同士で抑制し合う、という原則あるのみだ」

「本当ですか？　それで充分だと信じていたのですか？」

「好きなだけ責めるがいい」

岩見沢老人は両手を合わせて前かがみになる。懺悔《ざんげ》者の姿勢だった。

「充分ではなくとも、フェアであることを重んじた。投票によって選ばれた指揮官への信頼。それがベースにあることが、何よりも大事だ。もちろん、民は間違う。リーダーの資質のないリーダーを選んでしまう。それが歴史の常でもある。それでも、八人の指揮官、全員が同時に間違うことはないという確率論でもある。人類の良識と、正しい矯正力を信じたのだ。期待してもいいのではないか？　此度《こたび》も」

「すみません。公安はそうは考えられません」

仁戸田は形だけ頭を下げた。

「被害が出る前にどうにかするのが仕事です。だから相談に伺ったのです。良きアドバイスをいただけないかと」

「ううむ……」

「腹案がおありのはずだ。あなたが朴念仁《ぼくねんじん》でないことを、私は知っています」

挑発か、と訝《いぶか》しむように仁戸田を見たが、

「ああ、そうか。君の言いたいことは、あれだ」

岩見沢はようやく察したようだ。

「トゥルバドールに頼ろうというのだろう？　だが、彼らは、我々が制御できない存在。君も知っているはずだろう。都合よく出したり引っ込めたりはできない」

「あなたなら別です」

ここぞとばかりに言った。これを言いに来たのだ、とさえ仁戸田は思う。

「あなたの言うことなら聞く可能性がある」

「買《か》い被《かぶ》るな」

日本中に愛されたかつてのリーダーは込み入った表情をした。苦悩と懐かしみ。そしてはにかみ。

「私は、丁《でっ》稚《ち》奉《ぼう》公《こう》に過ぎない。トゥルバドールを動かせたのは、君もよく知る、あのコンビ。異能の盟友同士のおかげだ。なかでも、今は亡きあの人がトゥルバドールに直接会い、綿密に話を重ね、心を動かした。おかげで世界は変わったのだ。しかし」

岩見沢は再び、無力な老人の表情に戻る。

「彼自身が、この奇蹟は二度と起きないと言っていた。世界連邦革命は、奇蹟の上に奇蹟が重なって成り立ったのだ」

「分かっています」

仁戸田は不承不承頷いた。

「しかし、来《きた》る危機を、関わった全員が予測していたわけでしょう。トゥルバドール自身がそうだったはずだ。ならば、また立ち上がってくれるのでは」

「いずれにしても、私の言うことなど聞かない」

岩見沢は力なく頭を振った。

「どこにいるのかも分からないのだろう？」

「分からないですが、推定はできます」

仁戸田はことさらに強調した。いま、曖昧《あいまい》さは美徳ではない。

「噂《うわさ》を否定する理由は、いまのところない」

「南極か。都市伝説ではないのか？」

岩見沢は耄碌《もうろく》したのか？　仁戸田は苛立《いらだ》ちを押さえつけた。

「南極に何があるかはあなたもよくご存じです。守護者が必要だ。トゥルバドールは、自ら守護者を任じたのでは？」

岩見沢は首を振り、頷き、また首を振った。

「国連の秘密部隊が常駐しているはずだろう。トゥルバドールの力は必要ない」

「いや。南極を、将軍たちが狙わないはずがない」

岩見沢はあからさまに萎《しお》れた。仁戸田には気の毒に思う余裕もない。

「ウルの台頭も脅威です。いつ何時、南極が攻略されるか分からない。死力を尽くして守る必要がある」

「ウル……新しい癌《がん》だな。なぜか湧いて出る」

岩見沢の嘆きは理解できた。今世紀の前半から、民間の軍需産業は退潮の傾向にあったと言われる。業界最高のスター――皇帝と呼ばれた日本人武器商人、田中晃次《たなかこうじ》――を失ったことで、各国の兵器産業もイノベイティヴな面で停滞を起こしていた。活気が失われ、兵器の質の低下を引き起こした。そこに直撃したのが世界連邦革命だ。圧倒的な軍縮が実現し、軍需企業は軒並み零落した。

だがウルが登場してからは勢いを取り戻している。

ウルはかつての皇帝への崇敬を隠さない。田中の経営していたCPテクノロジーズを真《ま》似《ね》ている。ウルは今、サイトーというカリスマを擁し、企業というより秘密組織や宗教団体のようなイメージを放っている。全容は謎。本拠地も中枢メンバーも不明。秘密主義の徹底が、都市伝説化につながっている。

「将軍たちが、ウルと裏で繋がり、利用しているという見立ては、至極妥当なものだと思います。最悪の組み合わせだ。鬼に金棒を与えるようなものです」

「うむ……」

「だから、トゥルバドールの再登板に期待するのです。そんなに無体なことでしょうか？」

「気が向かない」

いささか意固地に響く答えが返ってきた。さすがに老いたか。弱気が勝ってしまっている。いや、騙《だま》されるな、と仁戸田は己を戒めた。

単なる馬鹿正直が、日本を率いて世界を変えられるものか。弱いふりをしている老人をよく見ろ。

「岩見沢さん。あなたは独自のホットラインを持っているのでは？」

自分も老いるわけにはいかない。丸め込まれるのではなく、丸め込むのが仕事だ。

「……持ったことがない」

うなだれてみせる元首相。

「であれば、我々は、トゥルバドールと直接話が出来る、あの人のところへ行くべきではないでしょうか」

ようやくこれを言えた。岩見沢を誘い出すために来たのだ。

「チャールズ翁《おう》」

岩見沢が言い、息を止めた。長い間が空く。

「……会えるのか？」

「もちろんです。あなたが望めば。彼は、あなたの訪問を断らない」

苛立ちが続く。これは演技か。それとも本当に消極的になってしまったのか。往事を知っている身としてはいたたまれなかった。精神は決して老いない人だと思っていたのに。

「そもそも彼は、まだ、我々より元気ですよ」

「はは。すごい御仁だ」

岩見沢はようやく笑ったが、虚《うつ》ろに見えた。

「まだ、日本にいるのか？」

「はい。あのお城に止《とど》まっています。時に、警視庁の後ろ盾になってくれています」

「そうだそうだ。お孫さんが警視庁にいるから……ありがたい。彼はいま、日本の守護神でもあるわけだ」

「そんな小さな仕事には飽き飽きしている頃でしょう。きっと彼なら喜んで動いてくれる。世界の危機を放っておくわけがない。佐々木《ささき》忠輔《ちゅうすけ》氏を支え続けた男ですから」

「まさしく」

岩見沢の顔は、今度こそ明るくなったように見えた。仁戸田は身を乗り出す。

「もちろん、厄介者です。コントロールは難しいですが、今こそ頼るべきでしょう」

「佐々木先生が亡くなって以降、あまり動静を聞かなくなったな。私も気を遣って、あまり連絡しなくなっていたから。ご高齢でもあるし」

岩見沢は独りごちた。この男なりに案じていたことが伝わってくる。

「さすがに、パワーダウンはしているだろう……気落ちしないはずがない。佐々木先生の代わりはいないから」

「代わりをするために、ご自分にプレッシャーをかけているのでしょう」

仁戸田は気の利いた合いの手を入れたつもりだった。

「そう考えれば、気の毒です。チャールズ翁も際立った天才ではあるが、それでも、佐々木氏の代わりは……」

「佐々木先生は、替えがきかない。トゥルバドールに替えがきかないように」

岩見沢は言い切った。仁戸田はそこに、現役首相時代の揺るぎなさを見た。

「訪ねるしかありません。いますぐに」

ここぞと煽《あお》る。

「私もあの御仁は苦手ですが、そんなことは言っていられない」

「君らしさを捨てるときか。君はあからさまに、チャールズ翁を避けていたものなあ」

岩見沢はようやく、生気のある笑みを見せた。遅まきながら活力が充塡《じゅうてん》されてきたようだ。自分の弱みが岩見沢を活気づけるなら、それもまたよしだ。

「そうですよ。本当はあの人の顔も見たくないんです。ぜんぶお見通しですから」

「なるほど。彼の前では、謀略の余地なし。正攻法で当たるか。君が？」

「ええ。何か企《たくら》んでも、しっぺ返しを喰《く》らうだけです」

震え上がっている仁戸田を見て岩見沢は喜んだ。仁戸田は悔しくもない。あの稀代《きたい》の不良老人に関しては致し方ない。初めからシャッポを脱ぐのが正しいやり方だ。

それよりも、岩見沢が蘇生したことを喜びたかった。目の前でみるみる変貌した。自分のけしかけがきっかけになったことが信じられない。人を陥れる仕事ばかりしてきたのに。いま俺は、人を元気づけた！

栄光の時代の風が再び吹いてくる。忘れていた匂いと勢いが甦る。懐かしい興奮が湧き上がってきて、仁戸田の尻を浮かせた。

2

『ソフィア、どうしたの？』

オンライン通話のフレームの中に現れた顔。血相が変わっている。

ソフィア・サンゴール国連事務総長からの緊急信号に即座に反応してくれたのは、オセアニア《O》警備隊《G》司令官のクリスティン・ウォーカーだった。

「ごめんなさい。そちらも大変なところに」

ソフィアはあえてあっさり告げる。悲壮感は出したくない。

「迂闊《うかつ》だったわ。国連ビルは囲まれているみたい」

　クリスティンは、まだ東アジア警備隊《EAG》の叛乱処理に忙殺されている最中だ。重要な仕事だから邪魔を入れたくなかったのに、助けを求めてしまった。

『どういうこと？　だれの仕業？』

　矢継ぎ早に訊《き》いてから、クリスティンは苦々しく頭を振った。

『馬鹿なこと聞いたわね。北米警備隊《NAG》しかいないか』

　アメリカ国内で武力を振るえる存在は限られる。選択肢はそもそも少ない。

『ジェンキンスのやつ、何を血迷ったの？』

「宣戦布告されたわけじゃないの」

　ソフィアは正確な報告をしたかった。

「ただ、かなりの兵力がマンハッタンに向けて集結しつつある」

『こっちからも確認する。コマンダー同士のホットラインで、一体どういうつもりかって問《と》い質《ただ》すわ』

「待って。まず私から、正々堂々と確認してみる」

　ソフィアは素早く考えを巡らせた。

「まずは現状を伝えておきたかったの。私に何かあったらみんなが困る。そうなる前に、心構えをしておいて欲しいと思って」

『嫌な言い方しないで。あなたには指一本触れさせやしない』

その気持ちは嬉しい。だがいま、お互いの距離は六千マイル（約一万キロメートル）以上離れている。すぐに救援に駆けつけることは不可能。

「いまは、向こうの言い分を聞きます。いきなり暗殺されるよりはよほどマシ」

『え？　暗殺？　どういうこと。そんな危険な目に遭ったの？』

「事務総長室に、変な装置が仕掛けられていた。爆弾ではなかった。でも、警告ではあった」

　あの奇妙なホログラム。罅《ひび》割《わ》れ、粉々になる地球。手早く説明すると、クリスティンの表情はますます険しくなった。

『ひどいね。やっぱり茂木だけじゃなかった。このままだと世界同時蜂《ほう》起《き》に発展しかねないわ。将軍たちが本音を剝《む》き出しにして……』

「まだ、確定じゃないけど。ジェンキンス司令官も、いきなり世論を敵に回すとも思えない」

　自分が慰めに回る状況が滑稽《こっけい》だった。だが、リーダーは公正であるべきだ。

「国連事務総長のあり方を考えても、いきなり武力に訴えるより、まず説得を試みなくてはならないから」

『筋を通す気ね。相変わらずクソ真面目なんだから！　そこがいいんだけどね』

「そうでしょ？」

おどけた表情をしてみせると、クリスティンも笑ってくれた。それからいきなり頬が歪《ゆが》み、泣き出しそうになる。

『いつでも頼ってね。本当は今すぐ部隊を送りたいけど』

「大丈夫。切り抜けてみせるから」

強がりにしか聞こえないだろうが、ソフィアはウェブカメラにサムズアップしてみせた。

『待って、確認させて。いま、世界中に起きてるスクランブルのこと』

画面の中のクリスティンの顔がアップになった。自分の端末で最新状況をチェックしているようだ。

『ポルト・アレグレの件は聞いたわ。マヌエラがしっかり対処してるんでしょ？』

「ええ。そっちは、マヌエラに任せておけば大丈夫。ただ、ロシア政府から矢の催促で……東シベリアのパイプラインがこれ以上破壊されたら、市民生活がストップするって」

『真相が知りたいね。いったい、だれが破壊工作したのか』

その通りだ。だがロシア政府から正式な報告がない。地元警察の捜査が難航しているのか。国連から調査隊を送るべきか。真相を突き止めるまでには時間がかかる。ロシア警備隊《RG》に対する出動許可は、いずれ出さざるを得ない。

「いま、ケーシチョウの刑事たちがモスクワ入りしてるの。でも、連絡が取れなくなった。拘束されてしまったみたい」

『ウルの潜入捜査をしてたのね？　心配ね。ソフィア、あなたの親友でしょう』

　クリスティンとはプライベートの話も共有しているので、話が早くて助かる。

「ええ。それ以上に、世界連邦にとって不可欠な人たちよ。無事だとは思うけれど」

『そうか。例の、シールド使い？』

「そう。彼らはめったなことでは傷つかない」

『すごいわね。ケーシチョウの開発力は。秘密兵器だからパテントは開放されないんだろうけど。私たちの部隊にだけこっそり分けてくれないかしら』

　ソフィアは笑った。

「いつかそういう時代が、来るといいけど」

『冗談よ。ハリエットの方はどう？　パリの状況は』

「まだ鎮圧に至ったという報告はないけど、対処は順調に進んでいるはず」

『そうか。じゃあやっぱり、当面、一番大変なのはあなたね。ジェンキンスが国連本部に押し入ってきたら、策はあるの？』

「うん。ある。心配しないで」

　ソフィアはかろうじて笑みをキープした。ウィメンズ・クラブは全員が自分の仕事で手一杯だ。降りかかった火の粉は自分で払う。

「精いっぱい自衛するから大丈夫。これからもこまめに報告し合いましょう」

『気をつけて。何かあったらすぐ連絡ちょうだい』

回線が切れたあと、自らが口にした〝自衛〟という言葉にフォーカスが合う。今すぐやるべきだ。それは明白に思えた。気が塞ぐが、あまりに鮮やかな包囲の首尾のよさ、絶妙なタイミングを考えれば答えはひとつしかない。

国連内に裏切り者がいる。一刻も早く対処しなくてはならない。

どこを足掛かりに探るべきか、悩む。

だが、その前に話さねばならない人間がいる。全ての大元。そこから始めなくては。

ソフィアは自らの指で、コマンダーを呼び出すためのボタンを押した。

3

『どうした、チャールズ。また難題か？』

懐かしい声が聞こえた。

振り返るとモニタに顔が浮かんでいた。

若い頃の佐々木忠輔だ。チャールズが初めて忠輔と喋ったのはローティーンの頃。すぐに親友になった。それから敵になった。

「ああ。ちょっとばかり面倒なことになってる」

　チャールズは軽い調子で返した。少年の頃のように。ところが、声はいささか嗄《しわが》れている。テンポも軽妙とは言えない。苦い笑みが顔を覆うが、気を取り直してチャールズは喋った。

「世界連邦を憎む連中が一斉蜂起した。意外に見事な連携で、ちょっと、してやられてる。忠輔。君だったらどうする？」

『それは大変だな』

　その次の言葉までは、間があった。

『各警備隊《ガード》の情勢を教えてくれ。戦力の規模は？　そもそも、現在の指揮官は、誰だ？』

「さっき最新データを入力した。それを使って分析してみてくれ」

『そうだったな。すまない』

　やり取りのチグハグさや、相手のもたつきを苛立たしく感じない。逆に、人間味を感じて嬉しくなるという倒錯心理。

『しかし、茂木さんの叛逆《はんぎゃく》は予測できただろう？』

　モニタの中の忠輔は軽快に言った。

『異常を示す数値がいくつも出ていた。どうして僕の警告を聞かなかったんだ』

　ははは、とチャールズは声に出して笑ってしまった。

「ちょっと待ってよ。そもそも君に、茂木の分析などさせちゃいないだろ。つまり、僕こそが腑抜けになってて、人を信じすぎていたということだけど。茂木が叛乱分子になるという想定さえしていなかったんだからな。恥ずかしいよ」

　チャールズは思いの丈を口にした。昔だったらここまでは言わなかったな、と思いながら。

「僕は、どうするべきだったんだろう。将軍たちの、叛逆の野望には気づいていた。特にジェンキンスなんかまる見えだった」

　するとモニタの中の忠輔は沈黙した。困惑してしまったかのように。

「あいつを追い落とすために、裏工作をするべきだったのか？」

　敗北感に包まれながらチャールズは吐露した。

「ＣＩＡか公安の手法を真似て？　だが、後ろ暗い秘密工作は、結局は悪い因果を生む。手段が醜いが故だ。なあ忠輔、それが道義の原則の一つだったな」

『その通りだ、チャールズ』

　明快な返事。昔から何一つ変わらない。

『たとえ間違ったリーダーが選ばれたとしても、それが民主主義の結果である限り、対価は投票した民が払わなくてはならない。本当なら、民が怒りの声を上げて罷免《ひめん》するべきだ。だが、北米の人々は、逆にジェンキンスを将軍として祭り上げているわけか。危ういな。とても危うい』

「すまん。僕がぼんやりしていたせいで、テロリストどころじゃなく、ユニヴァーサル・ガードによる叛乱が連鎖するかもしれない。世界連邦体制で想定された最悪の事態だ。僕の不作為は、罪になるな？」

『チャールズ。君は神様じゃない』

　存外に優しい声が返ってくる。

『地球上全ての紛争の責任を取る必要はない。僕も、世界市民も、そこまで求めてはいない』

「だが、忠輔。君こそが、全てを背負いこもうとしたパラノイアだ。君が同じ立場だったら、僕よりよほど嘆いていたはずだ」

　相手は再び沈黙した。

「ソフィア・サンゴールも同じ気持ちでいることは賭けてもいい。自分を責めている。おそらくアイリスも、冬馬《とうま》もそうだ」

　沈黙が続く。つい、込み入った言葉を投げすぎたかと悲しみを覚える。

　いや、この沈黙でさえ都合よく取ればいい。相手が返答に窮している姿を見るのがチャールズは大好きだった。忠輔を困らせるのが趣味だったと言ってもいい。一度は、米軍から山ほどの兵器を乗っ取って殺戮《さつりく》をなそうとした。あのとき忠輔は、どれほど困ったことだろう。

これは甘えだ。それもよく分かっている。いま、最も重い責任を担うべきは自分。

「ああ。百歳の老人の背骨を折る気か」

ぼやいた。

『君ならできる』

答えを求めてはいなかったのに、声が返ってきた。チャールズは動きを止める。本当に背骨が折れたかのように。

荷が重すぎる。かつて佐々木忠輔も苦悩していたが、同じ重さの苦悩を担ぐことなどできない。いまようやく、それが分かる。

「勘弁してくれ」

弱音を打ち消すかのように、コールが届いた。しばらく使われていなかったホットラインからだ。

過去からの声に耳を傾けていたら、同じ時代を駆け抜けた者たちから、別の声が。

偶然であるはずがない。チャールズはコールに応じた。

4

柄にもなく緊張している。仁戸田正治は自分を笑った。

それでなくとも緊張する相手の根城を訪れる。本来なら避けたかった事態だが、もはや後には退《ひ》けない。岩見沢耕太郎を伴い、先だって前へと進む。

「よく来たな」

いくつかの関門を経て屋内に入ると、チャールズ翁は両手を広げて歓迎してくれた。

「なかなか人が来てくれない。僕はよほど厄介者と思われているのかな」

顔には微笑がある。多くの皺《しわ》が刻まれながら、どこか幼さを残す特異な容貌。だが表情は、夢から強引に醒《さ》まさせられたようにも見える。

「耕太郎。快復して何よりだ」

館の主人はすぐに、仁戸田の後ろにいる人物に温かい声をかけた。

「ありがとうございます」

元首相は礼節を尽くす。深いお辞儀に敬意が表れている。

「あなたもお元気そうで何よりです。今日は、相談に来ました。世界はまた、きな臭くなっている」

「そうだな」

予期していたらしく、この場で群を抜いて最年長の老人は何度も頷いた。

「ご存じの部分もあるでしょうが、ざっと現状を報告させていただきます。ロシアと中国の国境地帯。ブラジルとアルゼンチンの国境近くの町。そしてフランスの首都。ほぼ同時に変事が勃発し、現地警察とユニヴァーサル・ガードが対応に追われています」

「パクス・ロマーナならぬ、パクス・ユナイテッド・ネイションズは、永遠には続かなかったか。戦乱を好む野蛮人は絶えていなかった。人類はやはり、そう一足飛びには進化できぬらしい」

「そうですね……」

面食らったような顔は一瞬だけで、岩見沢耕太郎は神妙に頷いた。

「忠輔亡き後の世界を右往左往している我々は、平等に、迷える小さき者だ」

独特な言い回しの向こう側に、仁戸田も真意を読み取る。仲間意識から入るとは予想外だった。しばらくぶりのこの男も、変化している。もっと狷介《けんかい》で、まともなやりとりができない難物という印象だったが、百歳も間近になると常人を突き抜けるのだろうか。

「穏やかな老後なんて虫のいいものは、僕らには無縁らしいね。耕太郎、運命だ。受け入れるしかない」

そう言いながら、チャールズは自分の手を岩見沢の肩に置いた。

そのさりげない身振りに仁戸田は衝撃を受けた。この覇気と若さ。世界を騒然とさせた〝C〟の面影がそのまま残っていることが驚異だ。選ばれし者は、時間の軛《くびき》や、生物学的必然にも勝るのか。

いや、この男は稀《まれ》な生き残りだ。多くの主役たちが既にこの世を去っている。

「当面、何か策はあるのか？　これから起きるであろう、負のドミノを防止する妙案が」

「いや……恥ずかしながら」

岩見沢はうつむいた。

「まあ、あれば僕のところには来ないか」

「岩見沢さんはずっと療養していたのです」

仁戸田は元首相の肩を持った。

「けしかけたのは私です。チャールズ翁、あなたを頼ろうと」

「なるほど」

チャールズは今日初めて、仁戸田をまともに見た。

「君はまだ、公安のドンなんだな。ご苦労なことだ」

皮肉かどうかよく分からなかった。そのままうつむいて考えに沈んだからだ。

「面倒事なら、忠輔に相談するか」

何気ない口調だったので、聞き流しそうになった。ふいに戦慄する。

まさか。この老人は、いつのまにか正気を失っていないか？　年齢も年齢だ。気づかぬうちに、別世界の住人に……

だが何も声をかけられない。導かれるままに膨大な書物と、電子機器で溢《あふ》れかえる主の部屋の、奥の壁までやってきた。

モニタがある。チャールズが近づくとパッと明るくなった。そこに映し出された顔を見て、仁戸田は怖気を震った。

モニタに浮かぶ顔は、日本の指導者たち、警察関係者にとっては馴染《なじ》みのもの。散々世話になった恩人だ。ただし、皆が知るより若い頃。二十代の肖像だろう。

それが微《かす》かに動いている。口が僅かに開いたり閉じたりする。今にも物を言い出しそうに見える。

「忠輔。旧友たちが訪ねてきたぞ。懐かしいだろ」

『だれが来た？』

モニタの中の顔が答えた。言葉通りに口が動いた。

「岩見沢耕太郎と、公安の仁戸田くんだ。思い出すだろう。一緒に駆けずり回った日々を」

モニタの中の顔が笑みを帯びた。

「な、何ですかこれは？」

岩見沢も面食らっている。仁戸田と同じ認識に達したようだ。

「ああ。僕はいまだに、あいつに相談しながら事を進めているんだ」

チャールズの顔が不謹慎に崩れる。

「ご冗談を……」

仁戸田は低い声で言った。岩見沢が我を失って立ち尽くしている。連れてきたことを後悔した。まずは一人で来るべきだった。先にチャールズの状態を確かめるべきだった。

「冗談じゃないよ。いや、冗談かな？」

そのチャールズの返答を聞いて、仁戸田はチャールズの正気に気づかされた。理性とユーモアが滲み出す。

「このインターフェースは忠輔の現《うつ》し身《み》だ」

屈託のない笑みとともに言う。

「ヴァーチャル忠輔を目指している。まだまだ遠すぎるが」

「どうしてそんな」

酔狂なことを、と言いそうになって仁戸田は堪《こら》えた。チャールズはじろりと見てくる。

「まあ、メガデータを、ちょっとしたアルゴリズムで動かしてる。忠輔の顔が喋るのは、あくまで冗談だ。データはぜんぶ、あいつのアーカイヴだからな」

ゆっくりと意味が浸透してくる。岩見沢も目と口を大きく見開き、やがて頷いた。

「そうですか……忠輔先生の叡智《えいち》を、あなたは今も、フルに生かそうとしている。最新のＡＩですね？」

だが仁戸田は到底、岩見沢のようには受け入れられない。圧倒的な情報量に独創的なツールを組み込んだ最新鋭ＡＩを使えば、この天才が人間を一人再現するのは容易かも知れない。

だが不気味だ。常軌を逸している。

「耕太郎。迷信的な考えを持っちゃいけない」

ところが、岩見沢に水をかけたのはチャールズ本人だった。

「人間観が浅い者ほど、ＡＩを恐れ、自分の知能を超えるテクノロジーを恐れる。愚かだ。確かに人工知能の発達は目覚ましいが、明らかになったこともある。どこまで行っても、人間に遠く及ばないのだ」

老人は力説し、同じく老境に入った元首相が熱心に頷く。

5

この〝ＡＩ忠輔〟をフル稼働させて、世界中の全てを監視させていたら――

あらゆる危険な兆候を芽のうちに摘み取っておけたのだろうか。

チャールズは頭を振る。これはあくまで戯《ざ》れ言《ごと》だ。自分で始めた冗談に、自分で呑み込まれてどうする。

こんな誇大妄想を真剣に実現させようと思っても、そもそも世界中の全てのデータを吸い上げることができない。大勢の手を借りても完璧にやりおおせるのは無理。それに、情報の量ももちろん大事だが、予測に必要なのは結局、情報収集のセンスだ。どうしても人間の介在が必要であり、優秀なスタッフが揃《そろ》っていなければシステムは機能しない。古くて新しい問題は常につきまとうのだ。

やはりこれは、捉われてはならない虚妄。思い切って捨てるべきだ。

「忠輔さん」

と呟《つぶや》く声が聞こえた。

見ると岩見沢耕太郎が、潤んだ目でモニタを見ている。素朴な信仰を見てしまった気がして、チャールズは目を逸《そ》らした。ひどい罪悪感に見舞われる。フランケンシュタインの怪物を作ってしまった気分だ。

言い訳したい。これは死者を甦らせる試みではない、と力説したい。だが惨めになるだけだった。何十年もかけて蓄積してきた一人の人間のデータが、生きた人間と対話可能なインターフェースとして機能するように育て上げてきたのは自分だ。言い訳すればするほど、忠輔が、もうこの世にいない。そのことに順応できない自分をさらけ出すだけだった。

佐々木忠輔という人間を再構築するために多くの時間を費やした。取《と》り憑《つ》かれたようにあらゆるアーカイヴと自らの記憶を総動員しデータ化した。対話ツールを進化させ、自然な会話を実現できるよう改良し続けた。どれだけ究めても決して人間になりはしない。血は通わず、情は発さず、心を温めてくれることも、問題を綺麗《きれい》に解決することもない。そう分かっていて始めたつもりでも、時には激しい空虚感に襲われた。自分はただの病気だと断じ、二度と手を触れるものかと思った。

だが結局、またツールの構築に戻ってしまう。このツールは人類に必要だ。そう自分に言い聞かせながら、今日まで来た。

世を去ってからだ。佐々木忠輔が青い鳥のように、決して捕まえることのできない生き物だと痛感したのは。まるで永遠の失恋のようだと自分を笑った。

佐々木忠輔は死ぬまで家族を持たず、独り身だった。思索と実践の徒であった彼にとって、一般人の求める幸福は眼中にないようだった。歴史上、多くの賢者と聖者がそうであったように。対して自分自身は家族に恵まれ、今や孫に手厚くサポートしてもらう身分だ。それも罪悪感になった。

ダメージは想定していた。だがこれほどの禁断症状に襲われるとは。忠輔が死んで初めて、忠輔に対して全面降伏した。むろん彼は神ではない。一人の人間には違いないから、限界はあった。むしろ相貌失認症や、向こう見ずな性格も相まって、周りに迷惑をかけ通しだったとも言える。特に若い頃は。

そんな時代から、良きパートナーになれたという自負はあった。他にも岩見沢耕太郎や、何人かの仲間が、忠輔のパートナーとして名乗りを上げる資格がある。ただし自分こそが佐々木忠輔のことを最も深く理解し、長く共に歩み、支えたと自負している。

それは正しく、そして間違っている。この世界に、真に必要だったのは佐々木忠輔と、ジャック・フロスト。ただ二人だけだとチャールズは知っていた。

まもなく自分は世を去る。代わりに佐々木忠輔を甦らせたい。絶対に不可能だと知りながら、忠輔との〝対話〟に似た虚しいやりとりを続けてしまう。完成度を増したＡＩプログラムは時に、魂《ソウル》を宿したような錯覚をさせてくれる。だがそれはほんの一瞬で、自分の願望と妄執に過ぎないと思い知らされる。新たな麻薬を作り出しただけだという自己嫌悪の大波も襲ってくる。

それでも、これからも独り語りを続けてしまうだろう。チャールズは自棄《やけ》になったように、岩見沢と仁戸田に向かって演説をぶった。

「進化したＡＩ技術の、データ処理量や演算能力は確かにすごい。だがどこまでいっても〝人格〟にはならない。言うまでもないが、第一原理である〝意志〟は未だに誰も、どこからも発現させられていない。科学の彼岸だ」

6

かつてのサイバースペースの覇者は、今も人類の最先端を走っていることを見せつけた。仁戸田は戦慄を憶える。チャールズ・ディキンソン。この男に年齢は関係ない。

「テクノロジーでは、生きた人間を創出することはできない。頭脳だけをとっても、百パーセント再現することは到底不可能だ。人間の頭脳とコンピューターはまったく違う。ディープランニングやΦ《ファイ》ニューラルネットの技術がどれだけ進歩しても、本物の〝人間らしさ〟にたどり着かない。意志はもちろんのこと、感情でさえ、宿せないんだ」

　岩見沢はますます引き込まれている。元々科学者だ。仁戸田はまずい、と歯噛みしたが時すでに遅し。

「意志と感情が伴って初めて、生きた知性となる。マシンに意志と感情を宿らせるという夢を、僕らはそろそろ、諦める時が来たのかもしれないね。生命の起源を未だにつきとめられないことに類似している。あらゆるものの起源は、起源の起源までたどり着くと、そこからは神秘の霧が厚いヴェールを張っているんだ。恐ろしいね」

「チャールズさん。技術で〝意志〟は作り出せない。第一原理、生命の神秘と同義だ、ということですね！」

　岩見沢が興奮すればするほど、仁戸田の疎外感は強くなった。公安部長として、国の危機を解決するためにここに来たのだ。よしんば学術的価値が高いとしても、自分にとっては雑談にすぎない。こんなことで時間を空費したくない。

「忠輔は常に血の通った知識で動いていた。あの男の行動原理は、全ての数学と論理と哲学と宗教の総合だが、黄金律を見出すまで妥協しなかった。全てに血を通わせようとした。

あくまで人間として」

止めなくてはならない。せめて本題に到《いた》れるようショートカットしたい、と仁戸田は焦る。だが、チャールズの弁舌を止めるのは世界の誰であれ至難の業。

「忠輔が打ち立てた原則に基づいて世界連邦がスタートした。世界市民の一人一人が自覚を失わなければ、この体制は維持できたはずだ」

それはその通りだ。世界連邦の司令塔である国際連合の大改革にも成功した。そもそも民主主義を信頼していない仁戸田でさえ、相当な進歩と思える大胆な改革だった。

常任理事国は「常時一〇カ国」設置されることとなった。かつての第二次世界大戦時の戦勝五カ国と並び、他の五カ国は選挙で選ばれ、二年おきにまた選び直される。固定された常任理事五カ国の特権を大きく弱めるためだ。

一〇カ国は平等な権利を認められ、拒否権も認められるが、三カ国以上が使用して初めて拒否権として成立することになった。より民主的な体制を取る規定に変えられたのだ。

なお、**「全加盟国の五分の四が罷免に賛成した場合に、常任理事国を外される」**という規定も盛り込まれた。これは全ての国に適用されるので、常任理事国の座を譲らないできた五大国も平等。国家と軍事力が切り離された今、どの国であれ暴走するということは考えづらいが、より盤石な体制が取れるようになった。

民主主義は格段に進歩し、人類普遍の正義に近づいた。という全世界からの歓喜の声には、ニヒリストを自認する仁戸田でさえ圧倒された。暴政や弾圧、差別や不正義を、国連の場において裁き、制裁を下す。それが以前よりずっと現実的になったことは確かだった。

　それもこれも、大国が特権を手放すことに同意したお陰。だがやはり永続はしなかった。新体制発足から三十年を経た今、大きく揺らいでいる。

「真のリーダーが失われた時、さっそく不心得者たちが幅を利かせ始めた。それさえも予測の内だ。耕太郎」

　呼ばれた元首相の両目には、往時の輝きが戻っている。仁戸田は驚嘆した。老いた二人の男が壮年期に戻ったかのようだ。

「君は、忠輔の現し身となるべく頑張った。言葉の魔術師だった彼を真似、言葉と論理と倫理と数学を同等に扱うべく努めた。それは真の芸術家であり科学者の仕事だ。とても見事にやったと思う」

「お褒《ほ》めに与《あずか》り、恐悦至極です」

「ただし、忠輔そのものではない。君も自覚する通り。僕も忠輔にはなれない。だれも代わりができない、それこそが忠輔の忠輔たる所以《ゆえん》だった」

「その通りです」

「君はしかし、本当に頑張った。病に倒れた君が、表舞台から消えてから世界は徐々にダークサイドに傾いた。その事実が、君の働きの大きさを証明している」

「それは、過分なお言葉です」

岩見沢は平伏しつつ否定する。

「私一人で傾くほど、世界は脆《もろ》くはない。いくつもの柱が、同時に腐食を始めたのです。組織的な攻撃が、見えない闇から繰り出されていた。私は、その対処にまで頭が回らなかった。責任を感じています。自分の弱さを言い訳するつもりはありません」

「それは、ご自分にあまりに厳しい。岩見沢さんは常に命を狙われていた。おまけに、重い病にも取り憑かれたのですから」

仁戸田がフォローを入れると、チャールズはおどけた様子を見せた。

「彼をガードしていたのは君だけじゃないぞ、仁戸田くん！　何度か神龍《シェンロン》を発動した」

子供じみた自慢が発動する。これもこの不良老人らしさと言えた。

「知ってるだろ？　僕は不埒《ふらち》な輩の武器や乗り物《ヴィークル》を焼き払った。トゥルバドールが氷の楯《たて》を使うならば、僕は呪われた炎の剣《つるぎ》を使う。しょせん血塗られた手だ。これ以上の罪を重ねても、落ちる地獄の丁目が変わるだけ。僕は原罪を背負って地の底へ参る。寿命もあとわずかだ。待ち遠しいな」

「いや……」

独走についていけない岩見沢を横目に、

「チャールズさん、あなたはあと十年は余裕で生きる」

仁戸田は半ば本気で言った。不屈のヴァイタリティを目の前に見れば、末期《まつご》のイメージが湧かないのだ。この男ならきっと、科学的に自分に手を加え、人類史上の最高齢に達することもできる。

「その、氷の楯の話です」

仁戸田は本題を摑《つか》んで離さないつもりだった。口を滑らせたチャールズを逃がさない。

「あなたに立ち上がってもらうだけでは不充分だ、と言うつもりはありません。だが、最も強大なのはやはり、トゥルバドールの復活ではないですか？」

「そういう魂胆か。彼に呼びかけろというのか」

チャールズ・ディキンソンは憂鬱な表情をした。この老人は本来は、トゥルバドールという呼び名を使わないことを思い出した。のちに世間が使い出した呼称だからだろう。かつてなんと呼びかけていたかを仁戸田は明確に覚えているが、ここで口にするのは憚《はばか》られた。親しい者だけが使う符丁だ。

「彼が連絡に応じなくなってから、もう何年も経《た》つ」

老人の憂悶《ゆうもん》は深まる。仁戸田も引きずられた。

「チャールズさんでさえ、いまは、没交渉でしたか」

「うん。また話せるかどうかすら、自信がない」

「本当ですか」

岩見沢は落胆を露《あら》わにした。チャールズはあっさり頷く。

「残念だ。いま思えば、聞きたいことが山ほどあった」

しかも、どこか他人事《ひとごと》のような言い方。仁戸田は違和感を持った。

「最後に会ったのは――世界連邦樹立に向けて大わらわだった時期だ。僕らが深い話もできぬうちに、彼らは去った。大国の武装解除が全て終わったタイミングで」

「そうでした、そうでした！」

岩見沢が興奮して声を上げた。彼も間接的に関わっていたから、当時のことはよく覚えている。チャールズは満足げに頷いた。

「まるで、自分たちの仕事は終わった、とでも言うようにな。引き止めることは、僕にはできなかった。今生《こんじょう》の別れとなる予感はあったのにな。彼らは、神々しすぎた」

岩見沢は何度も頷いた。仁戸田には、無理だった。直接トゥルバドールと接触したことがないのだ。たまらなく歯がゆいし、当時の自分の力のなさが悔しかった。実質はすでに公安のエースだったが、警視庁の一刑事にできることは限られていた。

「望んで去っていくものを、どうして引き止めることができようか」

「それでも、どうにか捕まえていただきたい。世界の危機です」

仁戸田は声を大きくし、ここぞとばかり問うた。

「南極にいるのでしょう？」

情報インテリジェンスを司る部の長としての威信も懸けた台詞《セリフ》だった。

チャールズは否定しない。だが、頷かなかった。

「ならば部下を派遣します」

仁戸田は押し被せた。

「南極で彼に会うためには、どうしたらいいか教えて欲しい」

「僕には、確かなことは、今や何も言えない」

チャールズは苦悩の影を色濃く浮かび上がらせた。

「よく考えてもみろ。あれから何年経ったと思っているんだ。当時関わった者の多くは寿命を迎え、とうにこの世にいない」

「それは、普通の人間であれば、の話ですよね」

そこで岩見沢が控えめに口を挟んだ。

「彼らは……不死身なのでは？」

仁戸田はチャールズの反応に集中した。

「それこそ都市伝説だ」

チャールズは釣られなかった。

「彼らとて人間。寿命がないはずがない」

「チャールズさん。確かに彼らは人間だ」

仁戸田は正面からチャールズの目を見たかった。うまく捕まえられない。

「だが、神のごとき人間だ」

「現実主義者の君らしくないね。自分がなにを言っているか、分かっているのか？」

仁戸田はますます虫の居所が悪くなった。常に謀略の頂点に立ってきたと自負しているが、この世界一の悪戯《いたずら》っ子の前では分が悪い。どうして百歳を目前にして、童心そのものの無邪気な笑みを浮かべられるのだ？

「よしんば、生きていないとしても！」

抵抗を続ける。毒を食らわば、だ。

「血を継ぐ者がいるのではないですか？　彼らを研究し続けた佐々木忠輔氏のデータがあるはずです。チャールズさんはそれを引き継いでいるのでしょう？　我々に開示してもらえないですか」

「開示してもいいが、君たちに理解できるだろうか」

哀れむような眼差しが返ってきた。

「いったい彼が何をやったのか、君たちは理解しているか」

チャールズは軸をずらした回答を寄越《よこ》してくる。そっちが誤魔化《ごまか》すなら、こっちも考えがある。

「チャールズさん。それは我々の考えることではありません」

あえて木で鼻を括《くく》った返答をする。

「我々の仕事は、秩序の維持です。それに益する者がいるのならば協力を求めるまで。簡潔にお答えください。彼らはまだ存在していて、協力を得られるのかどうか」

「仁戸田公安部長。君は、昔の僕に似ている」

意外な言葉が浴びせられた。

「僕もプラグマティストだった。それを突き詰めた結果、たった一人で世界の警察《ワールド・ポリス》を気取った。悪者に勝手な制裁を食らわせて喜んでいた。自分の正義を疑わなかった。もちろん若気の至り。それじゃただの独裁者だよ。結果、取り返しのつかない過ちも犯した。だが、いまになっても……忠輔に言ってやりたくなるときがあるんだ」

老人の笑みを悪魔的な影が彩った。ぞくりとする。仁戸田は、この稀代の悪戯少年に魅入られている。認めざるを得ない。

「お前だけで世界を変えられたか？　と。汚い仕事も必要だっただろう。裏方がどれだけ苦労するか知ってるか？」

冗談めかしているが、本気だと感じた。そしてそれは、公安刑事や諜報員が常に抱えている思いと同じだ。

「裏方の矜持《きょうじ》と美学は、私も備えているつもりです」

自分でこんなことを言う日が来るとは思わなかった。

「我々公安に、英雄願望は一切ない。部下たちにも徹底しています。首相や警視総監を死んでも支える。そのためには手段を選ばない。今こその刻《とき》です」

覚悟が伝わったかどうかは分からない。だがチャールズの表情が妙に解《ほど》けたのは確かだった。

「チャールズさん。仁戸田君の要請には、一理あると思うのです」

岩見沢が控えめな援護をくれた。

「この危機を、どうにか打開したい。そう願うのはみな同じです。そのとき、真っ先に浮かぶのがトゥルバドールのことだというのは、人情です。私自身がそうでした」

するとチャールズは、何度か瞬《まばた》きしてから微笑する。

「では、二人に見てもらおうか。門外不出の映像を」

「門外不出？」

「忠輔とトゥルバドールの、やり取りだ」

おお、と岩見沢は言う。仁戸田は声を返せない。姿を見ることができるのか？　自身は、トゥルバドールとの邂逅《かいこう》をついに果たさなかった。世界でもこのご老体だけが持つ極秘映像に違いない。そこに、伝説の存在が映っている。

興奮と恐怖は同じ量だけ湧いている。コンソールに向かったチャールズは、書物と機械類の要塞のような部屋にあるモニタの一つに、鮮明な映像を映し出した。現れた人物は一人だ。いささか緊張した面持ちで突っ立っている。

　これが、世界に革命をもたらした天才の、若かりし日。

　この佐々木忠輔本人に会ったことはあるが、すでに六十代だった。対して仁戸田は二十代。公安の一刑事に過ぎなかった仁戸田は到底、あれこれ話ができるような立場ではなかった。だから、忠輔がどんな人間だったかを生身で実感したわけではない。

　彼は彼で興味深いが、焦点は、これから現れるであろう人物。チャールズは映像を早送りしない。ということはすぐに現れるのか。画面の中の忠輔と同じように、仁戸田はソワソワしながら待つしかなかった。

　だがそこで仁戸田の懐の端末が大きく震えた。緊急連絡だ。

　仁戸田は素早くチェックし、頬を痙攣《けいれん》させ、それから告げた。

「ニューヨークの国連本部が包囲されました」

「なに」

　と岩見沢が絶句する。チャールズもさすがに目を瞠《みは》って固まった。

「下手人は……まあ、ジェンキンスしかいない。参りましたな」

　岩見沢が絶望的な呻《うめ》きを漏らす。

「雪崩《なだれ》を打ったようだ……世界中の変事に乗じるように……なんと、卑怯《ひきょう》な」

「世界連邦を転覆させに来たな。さすがに腹が立つ。舐《な》められたものだ！」

老骨らしからぬ、瑞々《みずみず》しき怒りが弾《はじ》ける。仁戸田は惚《ほ》れ惚《ぼ》れした。怒りの感情に惹《ひ》きつけられる自分の性格は変えられない。反撃こそが生命の燃え立ち。この瞬間のために生きているとさえ感じる。

チャールズはコンソールに手を伸ばすと、モニタの映像を止めてしまった。仁戸田は静止画像を睨《にら》み、一瞬、烈《はげ》しく失望した。もう少しでトゥルバドールの姿にありつけたのに。ジェンキンスは万死に値する。怒りの発作はまっすぐに、野蛮な隻腕《せきわん》将軍に向かう。あんな男をユニヴァーサル・ガードのトップに選んだアメリカ国民をも侮蔑したが、取りも直さず、茂木を選んだ日本国民も返す刀で切られるべきだった。

世界は軋《きし》み出している。世界市民よしっかり目を開け！　そんな思考をした自分が意外だった。自分も変質している。ぬるま湯に浸かりすぎたせいだ。かつては民の判断など端《はな》から馬鹿にしていた。常に間違ったリーダーを選んでしまうのが民主主義だと高を括っていた。

世界連邦が成立し、それに注力したリーダーたちをそばで見ているうちに、自分にも影響が及んできた。だがやはり大逆流が起き、自ら民主主義を叩《たた》き潰《つぶ》そうとしている。人類は何も進歩していない。

仁戸田は目の前の、かつての革命家を見据えた。チャールズ・ディキンソンの本気を見たい。このレジェンドの容赦ない怒りの放出を。わずか十五歳で東京をジャックした。なんと、一人の男を殺すためだけにだ。彼の挙動は世界を震え上がらせた。その時に振るった力を、再び解放してくれ。そのためならば俺は何でもする。

「さあ、チャールズさん。一刻の猶予もありません」

「できるサポートはすべてさせていただきます。ご決断を」

岩見沢と二人で詰め寄る。すると老人は、

「分かった。長く眠らせていた回線を復活させる」

そう言ってくれた。吹っ切れたような表情で。

「言っておくが、連絡がつく保証はしないぞ」

ジュゼッペ・ダイネッリは、娘の手に手を重ねた。

「灰色頭のジャックが、ただの能なしじゃなくて、ちゃんと特技を持ってるのが分かったのは、たしか、カルネヴァーレ（カーニバル）が始まった日のことだったよ」

うん、と娘のクラウディアが満足して頷くと、ダイネッリも笑う。

それを私は、微笑《ほほえ》ましく見つめた。本当に仲の良い父娘だ。

「儂《わし》は、たまたま出くわしたんだよ。海辺にある小さな広場に、連中がたむろしているところにね。焚《た》き火《び》を囲んでた。連中の他にも人が集まってた。他のロマの一座だった」

ロマ。かつて〝ジプシー〟と呼ばれた人たちのことだ。

「同じロマのよしみで、広場に集まって四方山話《よもやまばなし》でもしていたのかも知れないな。この街じゃ焚き火なんか禁止だから、消させようと思ったんだがね。冷える日だったし、しばらく大目に見ておいてやろうかと思って、近くで見ていたんだ」

ダイネッリは当時、ヴェネツィアの消防署長だった。だがよそ者にも寛容。部下からも慕われていたに違いない。

「すると、仲間に促されて、灰色頭がゆっくり立ち上がった」

　言葉通りにダイネッリが立ち上がりそうになって、私は思わず笑みを浮かべた。ダイネッリは結局立ち上がりはしなかったが、代わりにせわしなく両手を動かして熱演した。当時の興奮を見事に伝えてくれた。

「儂は見ていないふりを装って、じっと注意してた――いままで何一つしなかった灰色頭が、何を始めるんだと興味があったからな」

　私と同じように、クラウディアも夢中になって聞いていた。この時のことを、こんなに詳しく聞くのは彼女も初めてらしかった。

「煙草《たばこ》を吸ってた連中が、次々に吸い殻を投げ出した。その時は、儂は何も不思議に思わなかった。実はそこからもう始まっていたんだが、何が起こってるのか分からなかったんだよ。急に冷え込むな……と思っただけだ。身体が震え出した。儂だけじゃない。みんな自分を腕で抱え込んでた。その時、気がついたんだ」

　ダイネッリが言葉を切った。

「何に気がついたんですか？」

　私はこらえきれずに訊いた。

「いつの間にか――焚き火が消えてた。だれも触れちゃいないのに、いきなりしゅんと消えちまったんだ」

　クラウディアが目を輝かせている。私の表情を食い入るように見ている。

「ゼロがいきなり拍手した」

　ゼロとは、灰色頭のジャックが旅を共にしていたロマの一団のリーダーの名だ。ナイフ投げの名手だったという。

「だが、さっぱり意味が分からない。灰色頭はニヤリともしないし、そこに集まったロマたちも、首を捻ってた。戸惑ってお互いの顔を見てたよ。そこでゼロが工夫してくれた——儂らにも分かりやすいようにな。もう一度、薪にマッチで火を点《つ》けた」

　ダイネッリはマッチを擦る手つきをする。そして両手を広げた。

「当たり前に火が点いた。だが、灰色男が顎《あご》を上げると、とたんに消えちまった。……儂の隣に立ってた男が、落ち着かなげに煙草を取り出して、火を点けた。ところが、灰色の男がそっちを見たとたん——それも消えちまった。そいつは、幽霊でも見るような目で灰色男を見てたね。たぶん儂もおんなじ目で見てただろうよ。それにしてもひどい寒さだった。儂は両手をこすり合わせながら、うねってる灰色の髪の毛を呆然《ぼうぜん》と見つめた」

　クラウディアは改めて私の顔を見つめた。まるで自慢するような表情で。

黒瀬理沙著『氷のレガータ』第Ⅲ章「訪れ」より

7

北米警備隊《NAG》の司令官にコールしながら、ソフィア・サンゴールは考えた。あらゆる反応を想定しなくてはならない。応じない可能性もある。だがソフィアに、コールしないという選択肢はなかった。

相手は応じた。通信画面に武骨な顔が大写しになる。老いを威厳に変えようとしてはいるが、血の気が多すぎて醜さのほうが強調される。そう感じてしまうのは贔屓《ひいき》目だろうか。

「コマンダー・ジェンキンス。確認したいのですが」

努めて淡々と指摘する。

「マンハッタンに集結している戦力は、あなたの部隊で間違いないですね」

すると意外な反応が返ってきた。

『無事だったか、ミス・サンゴール。よかった』

気遣うような口ぶりだった。

『信頼できる情報筋から、あなたの命が危ないと聞いた。あなたを守るために、部隊を差し向けたのだ。間に合ったようだな』

「いったい何をおっしゃっているのですか？」

開いた口が塞がらない。謀《はかりごと》を好まない、武力一本槍《いっぽんやり》の粗野な軍人だと思っていた。今回は明らかに、腹に一物据えて事を起こしている。だれかの入れ知恵だろう。

「どこからそんな情報が？　私はあなたに、自分の保護を要請していません」

できるだけ毅然《きぜん》と伝える。将軍は動じなかった。

『しかし、圧倒的な脅威が迫っている』

「自分の身は自分で守れます。そもそも……」

『無理だ。あなたの命を狙っているのは、とてつもない勢力だ』

筋書きができている。言葉でこの男を覆すのは難しかった。目の前が暗くなったが、ソフィアは光を探した。諦めてはならない。

「あなたは、ＦＢＩのフランクリン・チャンをご存じですね」

探し当てたと思った。正解を。

あの男が嚙んでいないはずがない。彼が国連本部を訪れてから、全てが雪崩を打って動き出している。

『さて、どうだったかな』

ジェンキンスはとぼけた。

『ＦＢＩには知り合いが多い。だれがだれだか、いちいち覚えちゃいない』

「チャン捜査官は、私のところに来たばかりですよ。あなたに報告したのでは？　国連ビル内や、事務総長室で見たものを」

『何のことだ』

「外部への機密扱いになっている、事務総長室があるフロアの詳細や、本部内の警備体制。セキュリティシステムの詳細を、あなたに伝えたんじゃないかと、言っています」

　すると、通信画面内のジェンキンスは少し引いた。座っている椅子の背もたれに身体を預け、どこか上の空になる。

『いずれにしても、情報源は明かせないのだ。勘ぐるのはやめて、素直に感謝してもらいたいな』

「感謝などできません。率直に言って迷惑です」

　するとジェンキンスの素《す》が出た。不穏な曇り空のような顔になる。

「分かっていますか？　あなたは、叛逆と取られかねない行動をしている」

『叛逆なんて大それたことをするわけがない。そんな意図はまったくない』

　白々しさにソフィアは暗澹《あんたん》とした。こんな見え透いた嘘を言う人間だとは思わなかった。

『ラシュモア山の件では取り乱してしまったが、もう落ち着いたよ。私も世界市民のために働ける。それを証明するよい機会にしたいのだ。国連事務総長を守ることは、最も世界市民の利益になることだろう？　これを成し遂げれば、私の勤務評定を変えてくれるかな』

「あなたの部隊を引き上げてください」

これ以上の戯れ言にはつき合えない。ソフィアは言い渡した。

「いますぐ。無条件に」

『断る。あなたの命の危機を、放っておくことはできない』

譲るつもりがない。やはり誰かと共謀の上で行動に出ていると確信した。

「……平行線ですね。私自身が大丈夫だと言っているのに」

『あなたが絶対安全だと確信できるまでは、部隊を引き上げることはできない。当然の務めだ』

相手のためだと言い訳するのが、侵略者の常套《じょうとう》手段だ。見え見えの手を使ってでも国連本部を封じたいのか。

『危険だから、事務総長、あなたには、外出は遠慮していただく。万が一にも攻撃に晒《さら》すことはできない』

得心がいった。ソフィアを暗殺したり逮捕する必要性は、必ずしもない。軟禁状態にすれば国連のトップは有名無実になり、ユニヴァーサル・ガードを統率する指揮官として機能しなくなる。ジェンキンスが狙っているのはそれだ。

指揮権を発揮できなければ、いずれ世界市民は国連事務総長に期待しなくなる。見捨てられる。それを、叛逆者側はじっくり待っていればいいのだ。徐々に喉《のど》を絞められるのと同じ。我知らず、ソフィアの額やこめかみから汗が伝う。

『ともかく、大船に乗ったつもりでいてくれ。我々の精鋭部隊によって、外の守りは完璧にしておくから』

将軍は悠々と回線から降りた。手中に収めたものにはもう関心がないとでも言うように。

怒りの発作が襲う。今すぐ本部ビルから外に出てやろうか？……いや、落ち着け。いま自分が最も優先すべきことは何か、なおさらはっきりしたではないか。

ジェンキンスの手先。ＦＢＩのフランクリン・チャンがそうであることはまず間違いないが、事務総長室に入り込んでホログラム発生装置を置いていったのは別の人間だ。考えたくはないが、国連内部の人間としか考えられない。外部の人間には事務総長室に入る権限がない。

あの装置に込められた真のメッセージを読み取れ。ホログラムの内容は二の次だ。いつでもソフィアを殺せるという脅しこそが肝要。内からも外からも、徹底的に恐怖を与え、ソフィアの意志を挫《くじ》くことが目的だ。

スパイを洗い出す。やはり、今すぐにでも必要だ。この瞬間もリアルタイムで、国連ビル内の情報をジェンキンスに送っている。もしかすると、暗殺者としての訓練も受けた凶漢。そう考えるべきだ。ソフィアがどこまでも抵抗を続けると判明すれば、ソフィアの命を絶つことも辞さないだろう。

誰が裏切り者だ？
ソフィアは電話を手に取った。

Ⅱ　ラシアン・ヴァイセズ

1

ロシニー・オストロフ国立公園。ロシアの首都の郊外の森に突如現れた部隊は、幽玄の国を警備する亡霊の部隊に見えた。

　およそ現実とは思われない光景に、吉岡《よしおか》冬馬の感覚は麻痺《まひ》しかけた。夜闇に沈む北の大地に現れた蜃気楼《しんきろう》の如く、場違いな美しさと荘厳さを放っている。武力とは明らかに死の使いで、兵士一人一人に死神が宿る。冬馬はまばたきを繰り返した。

　誰の命を獲《と》るか決まっているのに、死神は知らせようとしない。ただ粛々と魂を地獄へと運ぶ。自分の首を断頭台に差し出した気分になった。襲いくる虚妄を断ち切ってくれたのは、腰のジェネレーターの震動だった。これほど大量の武器と、冷酷な意志を感知してにわかに唸《うな》り出すのは当然だ。冬馬は目が覚めたように頭を振り、急いで隣に立っている人間を見る。

　アイリス・ディキンソン・神村《かみむら》。この同僚にして幼馴染みを、死んでも守る。

彼女は冷静さを失っていない。鋭い眼差しで現れた部隊を見据えていた。

二人の目の前で、部隊は整然と行進を止めた。

『手を上げて、武器を捨てよ』

スピーカーを通して声が響く。

『身分を明らかにせよ』

スピーチは英語でなされた。冬馬は半歩前に出る。

「ケーシチョウの者だ」

あえてシンプルな言葉を選び、身振りで身分証の提示を欲する。

相手は当初、全員が無反応に見えたが、部隊長らしき男が前に出てきた。

冬馬が身分証のデジタルコードを掲げると、相手はゴーグルのスキャナーを使ってすぐさま読み取った。小さな頷きを引き出すことができた。

身元が確かなことはしかし、状況を良くしてくれる気がしない。厚いゴーグルは部隊長の目の表情を隠している。口元も固く閉ざされている。ここは人目もない。邪魔者を殺処分するには絶好の状況だ。目の前の男には、こちらへの関心が感じられない。当然、同情もなかった。

しばらく殺伐とした沈黙が続く。

「ご同行を願う」

やがて、部隊長の耳に指令が届いた様子だった。ゴーグルについたカメラが自分たちの姿を捉えている。おそらく彼らの指揮官の元に届けられている。

逆らう余地はなかった。促されるままに足を踏み出し、部隊長の後ろをついて歩く。アイリスが歩調を合わせているのを確かめてから、冬馬は改めて、現れた部隊を眺めた。さっき感じた神話的なオーラは失せ、情のない銃殺隊のような印象が際立つ。統制の取れた様子は明らかに精鋭部隊。自分たちを捕捉するために差し向けられたのか。大げさに感じられるが、こんな辺鄙《へんぴ》な場所にピンポイントで現れた理由はそれしかない。

だが、なぜ警察ではなくユニヴァーサル・ガードなのか。

やがて、速水《はやみ》レイラと鴇田《ときた》隆児《りゅうじ》も連行されてきた。冬馬とアイリスの後ろを歩かされる。分隊を送って確保したらしい。二人は逃げたり、抵抗することを考えたのかも知れないが、ロシア《R》警備隊《G》の制服を認めて戦意を失ったのだろう。同時代を生きる者たちの本能だ。ユニヴァーサル・ガードは世界の治安を司る唯一無二の部隊。抵抗すること自体が叛逆。そう教育されて成長したのだ。

二人の無事に安堵するのも束の間、巨大な軍用ランドローバーが目の前に現れた。促されておとなしく乗り込む。巨大なタイヤは、公園の緑をお構いなしに踏《ふ》み躙《にじ》りながら進んだ。十分ほどの移動ののち、大通りが見える位置まで来た。公園の敷地内ではあるが、建物がいくつかある。促されて、四人はその一つに入った。そこで待ち構えていた人物に驚いて冬馬の足が止まる。

「ようこそ。ケーシチョウの皆さん。ずいぶん派手に暴れてくれたものだ」

淡々とした非難を浴びせられた。

「暴れたのは俺たちじゃない。サキという女の一団です」

素早い反論が必要だった。相手がいくら大物でも、気圧《けお》されてはいけない。

それにしても、こんなにも簡単にロシア警備隊のトップに会えるとは……自分たちを捕捉するためにわざわざ自ら？　穏やかではない。

「それは分かっている。ホテル・レニングラードの監視カメラに全て写っていたからね。恐ろしく凶暴なテロリストだ。あれも日本人だね」

丁寧な口調だが、非難であることに疑いはない。

アレクセイ・フョードロフ。写真や映像で顔はもちろん知っている。若いという印象を持っていたが、実物を見ればさらにその印象が強まる。五十歳という年齢に見合わない、青年のような容姿だ。もともとこうなのか、なにかの技術を用いて若さを保っているのか。

「ケーシチョウが国際犯罪を追いかけていることは知っているが、我がロシアをも、フィールドとしてくれた。光栄だ」

やはり気分を害している。明らかな嫌みにも、律儀に答えなくてはならなかった。

「なぜあの女がロシアにいるのか、我々にも分からないのです」

アイリスが抑えた調子で応じたが、反撃だった。

「付け加えますが、彼女の国籍は不明です」

冬馬は気が気ではなかった。フョードロフの顔が強張《こわば》ったからだ。

「では逆に訊こう。あの女がロシアにいるのはなぜだと思うのだ？」

「ウルの本拠地が、ロシアにあるからではないですか」

冬馬は驚いて隣を見た。アイリスは、ここで待ち構えていた相手が誰か知った時からスイッチが入っている様子だった。これほどあからさまに敵愾心《てきがいしん》を燃やすことはめったにない。冬馬は諫《いさ》める気が起きなかった。国際情勢を長く見ていれば、フョードロフが褒められた人物ではないことは明らか。敵意が湧くのは自分も同じだ。

「そういう噂はあるようだがね。確証はあるのかな？」

フョードロフの返しは意外に軽かったが、薄い色の瞳が圧迫感を醸し出す。まばたきが少ない。冬馬はその視線を遮りたかった。アイリスがこの男の視界に入れられていると思うだけで苦痛を感じた。自分の生命が脅かされるより苦痛だ。

「他国に濡《ぬ》れ衣《ぎぬ》を着せるのが、ケーシチョウのやり口なのかな？」

「サキが、この国でのびのびしているように見えるのは気のせいでしょうか」

それにしても、アイリスがここまで硬質な態度を貫くことは珍しい。冬馬は目を瞠るばかりだった。

「我々が、彼女を保護しているとでも言うのか」

フョードロフはわずかに感情を見せた。

「あれだけの破壊活動をされておいて？」

たしかに。ホテル・レニングラードの被害は甚大だ。死傷者は結局どれぐらいに上ったのだろう。見た目ほどひどくなければいい。彼らを救うために何もできなかったことが冬馬の胸に痛みをもたらしている。

「君たちは刑事だろう。ならば先に証拠を出せ。憶測で暴れてもいいなら、そんな楽なことはない」

「それは……」

冬馬が答えに窮していると、目の前でフョードロフが銃を取り出した。指揮官自らが。背後にいる速水レイラと鴇田隆児がむっ、と声を漏らし、一気に緊張が高まる。

「君たちは新兵器に守られていると聞いた。ならば撃っても無事なはずだな。撃ってもいいか？」

相手の狂気に戦慄した。俺は何と鈍いんだ、と冬馬は絶望する。この冷徹に見えるコマンダーは、深いところで病んでいる。アイリスはすぐ察知したから堅固な応対をしたのだ。気を抜くと殺される。いまこの場で。

フョードロフの銃口が宙を彷徨《さまよ》った。アイリス。冬馬。それからレイラと隆児の方へ。

冬馬は前に出た。

「撃ってもいいのは俺だけです」

生じたリスクは全て自分で引き受けたかった。

「実験してもらって構わない。俺はシールドで守られています」

フョードロフは少し考え、口の端を上げて銃を引っ込めた。

「調子に乗らないでくれ。お互い、自らが所属する機関の代表として、プロフェッショナルに話そうではないか。相手にあらぬ疑いをかけるのは賢くない」

自分から挑発しておいてこの言い草。この男は、相手の尊厳を踏み躙ることに長《た》けている。

「ということは？　コマンダー・フョードロフ。あなたは、我々に何を求めるのですか？」

アイリスは硬い態度を貫く。立場を悪くするだけに思えるが、冬馬はうまく対処もフォローもできない。フョードロフは、いささか呆《あき》れたようにアイリスを見やった。

「教えてやるが、ホテル内の銃撃戦など可愛いものだ。いま、世界中で軍事蜂起が起きている。私の管区でも、東シベリアでパイプラインの破壊活動が起きた。私はこれから現地に向かわねばならない。暇ではないんだ」

「すると、我々は？　ここで解放ですか」

真っ当な質問のはずだが、答えが返ってこない。フョードロフは自分のゴーグルの内部に写っている通信か情報かに集中している様子だった。しまいにはくるりと翻って背を向ける。こんな連中に関わっている暇などない、というポーズか。腹は立たなかった。このまま無罪放免にしてくれるなら言うことなしだ。

「サンゴール事務総長から、東シベリアへの出動許可は得られたのですか」

だが、自分の身の安全など度外視するのがアイリス・ディキンソン・神村だった。

「同時多発で蜂起が起きていることは知っています。明らかに計画的。だからこそ、事務総長は慎重になっている。出動要請を乱発しないはず」

正面から疑いをかけられた形だ。さすがのフョードロフもまともに視線を送ってきた。その顔はわずかに色をなしているように見えた。

「フョードロフ司令。あなたは、この状況をどこまで事前に察知しておられましたか」

アイリスは怯《ひる》まないどころか、取り調べを開始する勢いだった。

「なに？　どういう意味だ」

「世界中の軍事蜂起についてです」

「答える義務があるのか」

「ウルについての調査もしているはずです。動きを摑んでいれば、今回の事態について予測は可能だったのでは？」

「他人の庭で大暴れしておいて、好き勝手に訊いてくるんだな」

　フョードロフは口元を歪めた。

「君らこそ、魂胆は何だ」

「魂胆などありません」

　冬馬は前に出た。アイリスの強硬さを薄めたかった。

「世界市民のために、犯罪を捜査するのが我々の役目。公僕です。あなた方と同じです」

「我々のために、君たちが何をしてくれたんだ。むしろ騒ぎを大きくしているのではないか」

　フョードロフはまるで批評家だ。情が通じない。

「日本発のテロリストが、世界中で破壊活動を行っているのはなぜだ？　君たちは、しっかり責任を感じているのか？」

「捜査で容疑者を追い詰めれば、危険な事態が出来《しゅったい》するのは致し方ないことです」

　今度は速水レイラが異を唱えた。先輩の刑事たちに任せきりにしておくのが忍びなかったのだろう。その横の隆児が無念そうにしている。〝破壊活動〟を自らやっていた過去を悔いていた。

「ウルは、危険分子を増長させる、世界でも類を見ない悪質な組織です。探れば、反撃に遭うこともある。他人事とは思わないでいただきたい」

「ずいぶん親切だな。我々が、ウルにしてやられるとでも言うのか」

　フョードロフがふいに顔を歪めた。アイリスのペースに塡《は》まっていることに気づいたのか。

「ありえます」

　含みを持たせてアイリスが攻勢をかける。

「武力でではなく、搦《から》め手で。裏から支配されることだってあり得る」

　冬馬は思わず、後ろの速水レイラや鴇田隆児と視線を交わしながら、この場を収める方途を考えた。アイリスにも狙いがあるのは分かるが、他の三人はこの場を無事に離脱したいだけだ。軌道修正できないだろうか。

「君たちをこのまま解放するわけにはいかない」

　悪い予感が当たった。ロシア人指揮官は決断を下したようだった。冬馬たちにとって有り難くない種類の決断を。

「しばらく、我々に付き合ってもらう」

　穏やかでない宣言。全員が顔を見合わせる。

「何の権限で？」

　速水レイラが声に棘《とげ》を含ませ、

「モスクワ市警に引き渡せばいい話ではないですか。なぜ、あなた方とともにいなくてはならないのですか」

アイリスが勘所を突く。どちらも無視された。歩き出そうとしたところを、冬馬は大声で呼び止めた。

「電話は許してもらえますよね？」

まっすぐにロシア人を見つめる。フョードロフは動かない。

「国際捜査員として当然の権利です」

アイリスが法的根拠をよこす。フョードロフも無視できなかった。少し考え、しぶしぶ頷く。

「話してもいいが、我々の電話を使え」

フョードロフは部下に顎をしゃくる。若い兵士が端末を冬馬に手渡してきた。

「モニタリングはさせてもらう」

贅沢《ぜいたく》は言えなかった。冬馬は端末を手に仲間たちを見回し、ちらりとフョードロフを見てから、話す相手を決めた。立石勇樹警視総監の個人の番号を押してコールする。コール寸前に、端末の画面にＩＤを求められたので自分のデジタルコードも打ち込む。

立石総監は最も心配をかけているに違いない相手だ。ロシアに入ってからは、通信規制がかかるためスマートゴーグルからリアルタイムで情報を送ることができていない。きっと気が気ではないだろう。

『冬馬か？』

すぐに慌てた声が聞こえた。音声通信だが、冬馬は思わず頭を下げる。

「ご心配をおかけして申し訳ありません、立石さん」

『無事か？　アイリスも』

「はい。いま俺たちは、ロシア《R》警備隊《G》に拘束されています。この通信も聞かれています」

しっかり断ったあと、状況を伝えた。

「アイリスは救い出せましたが、サキは逃しました」

『そうか』

言葉少なだ。無理もなかった。フョードロフは誰より警戒すべき相手と分かっている。

『このあとこっちから、正式に申し入れる。お前たちを解放してくれと』

「助かります」

冬馬はフョードロフの方を見たが、気づかないふりをするかのように背中を向けている。同時通訳ツールを使って通話を聞いているはずだが、都合の悪い申し入れは無視したいのだ。

『最大限の努力はするが、なんだかんだと理由をつけられたら厄介だぞ。なにか、交渉に有利な材料はないか？』

逆に求められた。冬馬は少し思案し、

「ソフィアに……」

その名を口に出した瞬間に、相手の空気がさらに緊迫した。

『もう秘密でも何でもないと思うから、あえて言うが』

慎重な言い回しで、立石はゆっくりと告げた。

『国連本部は、包囲されたそうだ』

「なんですって」

冬馬の日本語の嘆きの声は、モスクワの森の闇に拡散して消えた。それを聞いたロシア人も日本人もそれぞれの反応を見せる。

『さっきまで彼女と通信していた。取り囲んだのは……』

「北米警備隊《NAG》ですか？　ありえない。叛逆じゃないですか！」

あまりに不穏当な言葉だ。フョードロフのインカムにも同時通訳が届いたか。八大隊のコマンダーの一人に、また別の変事がもたらされた。ところが目覚ましい反応は見せない。

冬馬に顔を寄せてきたのはアイリスの方だった。

「どうしたの。まさか、ソフィアが……」

「国連本部が包囲されたそうだ」

アイリスは取り乱さない。少なくとも表面上は。

「ジェンキンス司令の仕業ね」

「ああ……それしかないよな」

冬馬は何より、この会話がモニタリングされているということに絶望感を覚えた。

『冬馬。直ちに危険、ということではなさそうだ』

　立石も、慎重なあまり声が途切れ途切れだった。

『現地の情報筋からも連絡をもらっているが、部隊が本部ビルに踏み込む様子は……今のところない。国連本部の機能を、麻痺させるのが目的かもしれない』

　耳を寄せて聞いていたアイリスは頷き、立石に聞こえるように声を大きくした。

「北米警備隊《NAG》側は、ソフィアを保護するためだと言ってきます。これは軍事蜂起です。ジェンキンス司令は否定するでしょうが」

　そして、答えも聞かずに駆け寄った先は、この場を掌握するもう一人の将軍のところだった。

「友人がニューヨークでピンチに陥っています。もうあなたもご存じでしょう？　今すぐ駆けつけたい」

　するとフョードロフは、気の向かない様子で振り返った。

「私は詳しい状況を知らない」

「信じません」

　アイリスは切り捨てた。冬馬もたまらずに駆けつける。

「フョードロフ司令。あなたと、北米警備隊《NAG》のジェンキンス司令との関係性は？　決して悪くはないですよね」

「良いも悪いもない。コマンダー同士、必要に応じて連絡を取る関係だ」

決まり文句のような返答。アイリスと冬馬は取り合わなかった。

「ジェンキンス司令官は、何を考えていると思いますか？」

「ぜひ教えていただきたいですね。あなた個人の見解を」

フョードロフは表情を変えない。刑事の追及など歯牙《しが》にも掛けないという素振りだった。

「フョードロフ司令。ではあなたは、今回のニューヨークの変事について、どんな対応をするつもりですか」

アイリスが理詰めで追及する。

「別に。私の管轄《かんかつ》外だ」

小憎らしい逃げ。冬馬は鋭く問う。

「事務総長がピンチでも？」

「要請があればもちろん動く。今のところ何もない」

「しかし、あなた方の最高司令官の危機ですよ。ロシア警備隊のトップとして、声明ぐらいは出されるでしょう」

「神村刑事」

ロシア人はついに苛立ちを露わにした。

「私は、東シベリアの対応で精いっぱいだ。アメリカの件はコメントできない」

速水レイラも鴇田隆児もこのロシア人を睨みつけている。誰が見ても怪しいと感じるのだ。

「あなたは、ニューヨークで起きることを、事前に知っていたのではないですか」

さすがに踏み込み過ぎだ。冬馬は咄嗟《とっさ》にアイリスを手で制した。ここは取調室ではない。場所が悪すぎる。ロシア警備隊《RG》司令官の版図なのだ。だが勢いを止められなかった。

「ロシア警備隊は情報機関も備えている。自分の管轄内にある不穏分子や、軍事的脅威を取り除く義務がある。きちんと国連本部に報告していますか？　最も罪深い、地下兵器産業の本部が、ロシア国内にあるという疑惑にはどう答えるのですか」

いざとなった時の幼馴染みの肝の据わり方は、真似できない。古傷が痛んだ。国連大学爆破の時も同じだった。自らの命も顧みず死地に飛び込んでいった。この勇猛さをもう見たくない。冬馬は無理やり前に出てアイリスを自分の背後に隠した。

「無礼は謝ります。しかし、ソフィアを……サンゴール事務総長を思いやるのは当然です。我々は友人同士なので。ぜひご理解いただきたい」

舌打ちが聞こえた。この非礼にアレクセイ・フォードロフはどう対応する。

「警視総監も聞いているのだろう。このやり取りを。まずは通話を切ってくれるか」

気にしている。そうだ。電話機を顔の近くに掲げたままだった。

「またかけます」

と立石に告げ、コールを切りながら冬馬は期待してしまう。この刑事たちは手に余る。早く厄介払いしよう。そう思ってくれれば好都合だ。ところが。

「君たちを解放してもいいが、その前に確かめたい。君たちはいま、最新技術の力で守られている」

フョードロフはどうしてもすんなり解放しようとしない。表情に色が差したのに気づいて、魂胆が見えた、と冬馬は感じた。

「我々には決して開示されない、トップシークレットの技術だ。もし情報開示してくれるのなら、すぐ解放するのもやぶさかではない」

「は？　応じる義務がありますか？」

さすがに呆れて冬馬が問い返すと、

「我々、一介の刑事に開示する権利はありません」

アイリスが後ろから、事実で援護してくれた。

「そもそも、我々がシールドの仕組みを知らないんでね」

冬馬は自嘲《じちょう》してみせる。

「与えられたものを使っているだけです。ただ、シールドのジェネレーターは命よりも大事にしろと厳命されています。そもそも、渡そうとしても無理ですけどね。ジェネレーターは自らを守る。あなた方は手を出せない。所有者以外の人間には、ガラクタと同じです」

「実に念の入ったことだ。忌々《いまいま》しい！」

本音が漏れた。無表情な顔が微妙なこわばりを作る。

「フョードロフ司令官。迷惑をかけたことは謝ります」

冬馬は平身低頭してみせた。

「だが我々はもう発たねばならない。出国の許可をいただきたい」

「こっちを、無能な集団だとでも思っているのか？」

ふいに牙を剝き出しにした。

「シールド使いを封じ込める技術も持っているぞ。そもそも、ただのテロリストに、そこにいるお嬢さんは捕まっていたではないか。シールドとて無敵ではない」

痛いところを突かれた。シールドで命は守れても、拘束されれば身動きが取れなくなる。

するとフョードロフは、いきなり表情を緩め、なんと冬馬の肩をポンと叩いたのだった。

「もう少しだけ同行を願う。悪いようにはしない」

冬馬はアイリスと顔を見合わせ、しぶしぶロシア人指揮官について行った。急に親しみを演出しても胡散臭《うさんくさ》さしかない。しかめ面の速水レイラと鴇田隆児に、従うよう促さなくてはならなかった。

軍人は信用ならない。冬馬は改めて痛感する。人を疑ってばかりの、陰険な刑事にそんなことは言われたくない。そう言い返されるだろう。だが、ふだんから武力を扱っていると物事を力で解決するクセがつく。敵をどう攻略するかを日々考えているとより多くの武器が欲しくなる。挙げ句には、敵に対する憎悪で自家中毒を起こしてしまう。道徳科学の基本である正当防衛、専守防衛の原則を忘れ去り、先制攻撃を口にするようになる。先手必勝、などというスローガンは目先の勝利しか得られない、最も愚かな選択だと量子演算で明らかになっている。戦闘の後にもたらされる災禍を度外視しているからだ。「先制攻撃」と「本質的勝利」が対義語であることは論理的に証明済みだ。

専守防衛は黄金の原則。失敗を積み重ねてきた人類がようやくたどり着いた正解なのだ。その価値が分からない人間は指導者になるべきではない。世界連邦の基礎を作ったリーダーたちの哲学の柱には必ず、〝正当防衛こそ唯一許される暴力〟と記銘されている。

冬馬は幼い頃にその意味を修めた。加害者になることを忌避した。武器を毛嫌いした。だから、シールドはまさに天からの贈り物だ。身に沁《し》みてそう感じる。

このフョードロフよりも、自分こそが開発者について知りたいのだ。会って礼を言いたい。そして、真意を訊きたい。なぜ自分などに与えてくれたのか。この責任にふさわしい行動を取れているかどうか。評価を下してほしい。

むろん、このロシア人のような野心家に譲り渡すことは絶対にしてはならない。

ついつい足がもつれそうになる。フョードロフが導く先に明かりが見えなかったからだ。だが冬馬は先頭を譲らず、フョードロフのすぐ後ろについて歩いた。フョードロフの部下たちもついてくるが、冬馬は誰より、このフョードロフから仲間たちをできるだけ離しておきたい。自分の身体を隔壁にしたかった。

ユニヴァーサル・ガードの司令官を、まるで有害物質扱いだな。そう思って密《ひそ》かに笑う。

進めば進むほどに闇は深まってゆく。

2

「うん。やっぱりだ。つながらない」

十分と経たないうちに、あっけらかんと言ったチャールズが信じられない。

「そんな……連絡が、取れないと言うんですか」

仁戸田は非難がましく言ってしまう。

「そうだな。まあ、電話では。これは予想通りだ。だが他にも、Eメールなんかはある。送ってみよう。いつ返事があるか——それともないかは、分からないけどな」

どうにも重みが感じられない。世界の危機だと本当に分かっているのか。

だが、この大御所以外にトゥルバドールと連絡がつく人間はいないのだ。言われるままに、返信が来るのを待つしかないのか。

「やれやれ。それにしても、また力の時代に戻るのかな？」

　チャールズは岩見沢と、まだまだ話し足りないらしかった。

「軍事力の正体は、とっくに明らかになったのになあ。それは、人間社会とは別個の生物である。それは暴れ馬であり、人食い虎である」

「そうです」

　岩見沢が同意し、仁戸田はうんざりした。

「強大な枷《かせ》を塡めてコントロールしない限り必ず人を殺す。これも歴史がさんざん証明している。従来のように、軍事力が国家に所有されていては、愚劣な指導者が国家元首となったとき必ず間違いを犯す。自らの怒りや欲望のままに力を行使してしまう」

　チャールズと岩見沢の対話が熱くなればなるほど、仁戸田は冷めた。近代史の復習をしに来たわけではないのだ。

「軍事力は国家でなく〝世界市民〟の民主的な意志によってのみ動かされるべきだ、という君の主張が初めて国連総会で披露されたとき、全ての国家の代表が嘲笑《あざわら》ったな」

　懐かしげに言う。チャールズの機嫌が良さそうなことが仁戸田は信じられない。

「とんだ夢想家が、国連に思い出作りにやって来た、と罵られた」

「はい。世界連邦は存在しえない。造ろうと試みるだけ無駄だ。全員にそう言われました」

岩見沢も変に幸せそうだ。仁戸田は呆れ顔を隠さねばならなかった。

「なぜなら各国が主権を手放さないし、その国独自の軍事力を絶対に放棄しないから。全世界の人間が、そう思ったでしょう」

当時、日本の首相に就任したばかりだった岩見沢耕太郎は、めげずに主張を繰り返した。そのことには仁戸田もリスペクトはある。当初は味方ゼロ。岩見沢の信念の強さが一部の国に感銘を与えはしたものの、流れは変わらない。日本は孤立無援だった。

政権交代のあと、国連改革という奇天烈《きてれつ》な夢に向かい出した新首相に対する感情など、仁戸田は覚えてさえいない。鼻で笑い、すぐ挫折して首相も辞めるだろうと思っていた気がする。国内でも、世界連邦の実現を信じていたのは岩見沢と、彼を支えるごく少数に過ぎなかった。ところが、挫けない新米首相は、ことあるごとに国家の武装解除と万人警備隊《ユニヴァーサル・ガード》の設立を訴え、各国を歴訪しては説得を続けた。岩見沢本人は、信じていたのだろうか？　自分が生きているうちに、自分が唱える理想が実現すると。

いや。岩見沢は夢見る少年ではなかった。当時の著作物やインタビュー、回顧録を見ればそう感じる。自分の歩む道の険しさと途方もない長さに気づいていた。知りながら歩み出した。千里の道も一歩から。行けるところまで行き、あとは後世に託すつもりだったのだ。

ところが、岩見沢の目が黒いうちに夢が実現した。夢のようだ、と本人が繰り返し口にするように。

　運命的な出会いがあったからだ。その一人はもちろん、佐々木忠輔。

「何もかも、忠輔先生の研究と主張。それに触れられたおかげです。十代の時に出会ってから、私は忠輔先生マニアと言ってもいい。初めてご本人に出会えたときの感激は忘れません。私は伝えました。先生、あなたのおっしゃる通りです。人類の歴史というビッグデータから導き出した結論は明瞭だ。あらゆる戦争が『防衛』の大義名分の元に行われてきた。あらゆる先制攻撃が、醜い自己正当化の結果だと論理的に確定している」

　こんなふうに感情を込めて謳《うた》い上《あ》げる岩見沢に、仁戸田はもう何度も遭遇している。そのたびに耳を塞ぎたい思いだった。

「修正国連憲章も、連中は踏み躙るんだな」

　だがチャールズはご満悦だった。この二人は馬が合いすぎる。再会させたことを後悔した。

「先制攻撃は侵略と同義。専守防衛だけが唯一、合法である。刑法で言い換えれば正当防衛だ。それは厳密に定義され、詳しいガイドラインと事後の査定もセットで法制化、明文化された。故に、今後武装蜂起する奴らはいかに自分たちが専守防衛を堅持したかを偽装することに血道を上げるだろう。加害行為に相当する、と裁定された場合はペナルティが課されるからな」

「どんな戦争当事者も国際法廷につかなくてはならない」

岩見沢が妙に恍惚《こうこつ》と言い、チャールズが頷く。

「この原則を、世界連邦が発足するはるか以前にルール化し、論文として発表していたのが忠輔だった。首相に就任するやいなやこの論文を携えて国連に乗り込んだのが岩見沢耕太郎、君だ。まさしくドン・キホーテだよ！」

チャールズ流の最高の褒め言葉だった。仁戸田は席を外したくなる。口実を本気で考えた。

「戦争犯罪を犯した権力者の量刑は、法の専門家と科学者、そして世界市民の代表の合議により確定します」

岩見沢の恍惚はとめどない。仁戸田はその表情を視界に入れないようにした。

「世界連邦革命の際、すべての国家がその取り決めに加盟、調印しました。初めて国際法が実効性を持ち、地球的な〝法の秩序〟が確立したのです。それをご報告に上がったときの忠輔先生のお姿を今も忘れられません。先生は本当に喜んでくださった」

「ん？　ちょっと待て」

ふいにチャールズが素っ頓狂な声をあげた。

「なんだ……返信か？」

モニタにはメーラーの受信画面。そこに何かが届いていた。全員が釘付《くぎづ》けになる。

「これは……」

チャールズの声が震えた。

3

「提案があります」

フョードロフに主導権は握らせない。そんな強い意志が、モスクワの黒い森の中で弾けた。

「私たちにとって共通のボスに、一刻も早く連絡するべきでは？」

言い出したのはアイリスだった。

「ソフィア・サンゴール国連事務総長」

冬馬は激しく頷きながら言った。全くの正論だ。

「彼女の無事を確かめ、指示を仰ぐ。いま最も重要なことだ」

「フョードロフ司令、あなたの電話を使わせてもらいます。いいですね」

アイリスとのコンビネーションが決まり、相手の虚を衝《つ》くことに成功した。フョードロフは断る理由を探したようだが、捻出する間を与えない。アイリスはさっき端末を返した警備隊員《ガーディアン》から奪い返し、素早くコールした。冬馬は耳を寄せて祈る。

『アイリス！　無事なのね？』

　相手がすぐに出てくれたことが、幸か不幸かも分からない。

「そちらの方こそ！　何が起きたかは聞いてる。あらゆる手段で身を守ってね」

『ありがとう。いま、サーヴェイスのみんなと……』

「ソフィア。この通話は、ロシア警備隊《RG》にもモニタリングされていることを忘れずに」

『隠すことは何もありません。国連事務総長に秘密はない』

　答えは早かった。冬馬は痺《しび》れる。危機にこそ強さが際立つ女性だ。事務総長室での不審物騒ぎから、まだ二十四時間経っていない。

『ロシア警備隊の端末からのコールだから、何事かと思ったけど』

　目の前ではフョードロフが、さすがに畏《かしこ》まっている。このタイミングで、国連事務総長と直接繋がることは想定外だったようだ。

「いま、コマンダー・フョードロフがそばにいる。申し訳ないけれど、私たちの身分を保証してもらえると助かる」

　言外に、困った扱いを受けていると伝えた。

『分かった。コマンダー・フョードロフ、聞こえますか？』

　ソフィアはすぐに察してくれた。

『アイリス・カミムラとトーマ・ヨシオカは最高に有能な国際捜査員です。世界市民のために寸暇を惜しまない。二人の任務を妨げないで』

ユニヴァーサル・ガード最高司令官の要請だ。趨勢《すうせい》は決まった、と冬馬は安堵《あんど》する。

「妨げるつもりなどありません。まもなく彼らを解放するところだ」

フョードロフは臆面《おくめん》もなく言い切った。

「森に迷い込んでいたんでね。人里まで連れて行って差し上げます」

『それは親切に、ありがとう。二人は私の親友でもあるので、嬉しいです』

公私混同と誹《そし》られても構わない。そんな心意気に感謝する。自らの身も危うい状況で、冬馬は改めてソフィア・サンゴールの懐の深さに感じ入った。

対して、アレクセイ・フョードロフの冷淡さはどうだ。国連事務総長の危機に対して、心配する一言さえかけない。普段から事務的な関係性なのか。無駄口を叩かないという意味か。そうは思えなかった。

『アイリスとトーマに、頼みがあるの』

ソフィアは新たな任務までくれるつもりだった。ますます二人の刑事の存在価値を上げようとしている。結果として、フョードロフには立つ瀬がなくなる。本来なら、ユニヴァーサル・ガードのコマンダーにこそ大事な任務を与える立場だ。

「なに？　ソフィア」

アイリスが訊いたが、答えが返ってこなかった。不審げに端末を見る。冬馬も覗《のぞ》き込《こ》んで確かめた。

回線が途切れている。

「ここで君たちを解放する」

フョードロフが声を大きくした。それで、部下に命じて回線の大元から断ったのだと分かった。ごまかすための大声だ。何という非礼か。

しかも、いつの間にやら明かりが一切ない場所にいる。大通りが見える場所まで来たはずなのに、またもや辺鄙な区域に逆戻りだ。木々は減り、ここは森でさえない。地面の芝生や草木もまばら。荒野と呼ぶにふさわしかった。

「ここで解放？」

「解放というより、置き去りではないですか」

二人して抗議する。

「文句を言うな。こちらにも事情がある」

ロシア人はどこまでも冷淡だった。

「乗ってきたマシンがあるだろう。呼び寄せてここを離脱すればいい」

もはや邪魔者でしかない。だが、国連事務総長の後ろ盾のおかげで厄介者になったのならそれもいい。

十秒と要さず、ロシア《R》警備隊《G》は速やかに撤退した。初めからいなかったかのように。

冬馬たちはしんとした大地に残される。

「呼べるか？　エアモービル」

冬馬はアイリスに聞いた。

「呼びます」

アイリスが自分の端末を使ってコマンドを送った。

「反応がありました。こちらに向かっています」

「よかった」

「ロシア《R》警備隊《G》に、発信器をつけられているかもしれません。警戒した方が」

速水レイラの親切な警告が差し挟まれる。

「そうだな。機体が着いたらスキャンしよう」

まだ安心はできない。それでも、フョードロフと部隊がいなくなったことで心理的圧迫がなくなった。不安に耐えた仲間たちを見やると、鴇田隆児が卑屈に縮こまっている。自分が役に立っていないことが不甲斐ないのだろう。冬馬は笑って見せた。

「隆児。ロシアから出たら、少しゆっくりしよう」

すると、ぎこちないものの、笑みが返ってきた。

Legend Part 3

穏やかな語らいとともに、ヴェネチアの夜は更けていく。

「リサ、もしかするとあんたも知ってるんじゃないか？」

語り部のダイネッリは軽く咳払《せきばら》いをすると、胸の前で腕を組んだ。

「カ・ドーロの火事のことは、世界でもニュースになったはずだからな」

「知っています。大まかなことだけは」

私は控えめに応じ、訊いた。

「ぜひ、詳しく聞かせてください」

「カ・ドーロは黄金の館、という意味だ」

ダイネッリは丁寧に説明してくれた。

「十五世紀のゴシック建築の最高傑作と言われている。大運河《カナル・グランデ》に面した、この街でも自慢の建物の一つだ。燃えちまったら、被害は計り知れないよ。建物の損害はもちろんだが、中は美術館になっていてたくさんの貴重な絵画がある。カルネヴァーレ（カーニバル）の真っ只中に火が出たんだ。よりによって、世界中から観光客が集まってる時に、運河の真ん中の自慢の建物が煤《すす》だらけになっちまう。ヘタすると焼け落ちて、運河の真ん中が歯抜けになっちまうと思って、儂らは大急ぎで駆けつけると躍起《やっき》になって水をぶっかけたんだが、火の勢いは強かった。儂らの消防船も歯が立たない。こんな水浸しの街だってのに、一度燃えると手がつけられないんだよ。古い建物ばかりだからな。皮肉な話さ。この街の消防士は、本当に大変なんだよ」

「ええ、ええ」

私は心から頷いた。ジュゼッペ・ダイネッリは、消防署長として長くヴェネチアを守ってきた。気の抜けない日々だったことだろう。

「若い者たちが懸命にポンプで水を汲《く》み上《あ》げてカ・ドーロに放水するのを、儂は消防船のデッキで歯がみしながら見上げてた。対岸にも運河の上にも、凄《すご》い数の野次馬が集まってきた。追っ払う余裕なんかない。だから、儂は最初気づかなかったんだ。あのロマたちが、ゴンドラに乗って儂らのそばに来てたことを」

「あたしはすぐに気づいたわ」

娘のクラウディアは胸を張った。

「あなたも現場に？」

私が訊くと、クラウディアは誇らしげに頷いてみせる。

「ちょうど学校帰りだったの。野次馬が集まってたから何かと思ったら……パパが頑張ってた」

「儂はクラウディアに気づいたし、やがてロマ連中にも気づいた。やつらのリーダーのゼロが、いつも通りのニヤついた顔で乗ってやがった。だが気にも留めなかった。他の野次馬と同じように物見遊山で来たとしか思わなかったんだ。ところが……みるみるうちに火が治まり始めた」

　クラウディアが目を輝かせた。

「あいつらの姿が見えて、すぐだ。空気が急に冷たくなった。思わず儂は身を縮めたよ」

「空気が冷たくなった？」

　訊く私の声が、妙にトーンが高いことに自分でも気づいた。

「ああ。なんと言ったらいいのか……冷たい息を吐く巨人が、空から息を吹きかけてきたような気がしたよ」

　ダイネッリの喩《たと》えは妙に生々しかった。

「ゴンドラにはあの男が乗ってた。灰色の頭をした、痩せこけた男がな。それから……そうだな、ものの一、二分だよ。ぜんぶ消えちまった。火が。あれだけ轟々《ごうごう》と燃えてたのが、嘘みたいにな」

「彼はどんな様子でしたか？」

「灰色頭かい？　なんにも。普段と変わらなかった。ただ、燃える建物を眺めてるだけだったよ」

　クラウディアが夢中で頷いている。ダイネッツリが〝灰色頭〟と呼ぶ焦点の男、ジャックは、ただいただけらしい。

　なのに火事はきれいに治まってしまった。

「火が消えると連中は、ゴンドラの舳先《へさき》を来たほうへ返した。そして戻っていったんだ、まるでなんにもなかったみたいにな。儂はあっけにとられて、あいつらが見えなくなるまでずっと見送ってた。だって、礼を言うのもおかしな話だろう？　儂は消防署のボスなんだ。若いもんたちに、頭がおかしくなったなんて思わせるわけにゃいかん。（中略）しかし、儂はあいつらが好きになった。がめつくて、嘘を言ってでも金をせしめようとする旅芸人が多い中で、連中は違った。なんというのか、気高さみたいなもんを感じたんだよ。得することだけ考えてるんじゃない。なにか、違う目的で動いてるやつらだった。じゃあ、連中がヴェネツィアになにしに来たかなんて、分かりゃしなかったがね」

　私は頷き、少し間を置いてから、静かに訊いた。

「あなたは、いまも本当に信じているんですか？　彼らが……その、灰色の髪をした男が、火事を消したと？」

　クラウディアがすかさず何か言おうとしたが、

「お嬢さん」

ダイネッリは落ち着いた声で私に応じたのだった。

「信じようと信じまいと、あんたの勝手だ。だが、あの男は本当にできるんだよ」


黒瀬理沙著『氷のレガータ』第Ⅷ章「カ・ドーロ炎上」より

4

　エアモービルの到着を待っている。すぐには来ない。無人の自動操縦で呼び寄せる場合、機体は慎重な飛行モードを取る。しかも、フョードロフによってずいぶん遠くまで連れてこられた。

「冬馬さん。今のうちに、伝えておきます」

　アイリスが言い出した。さりげない口調だったので、この空白の時間を埋めるためだろうと思ったのだが、聞いているうちに冬馬は息が詰まった。

「シールドについてです。今や、あらゆる人間がシールドの秘密を手に入れたがっている。数少ないシールドキーパーたるあなたにも、知っていてほしい」

「それは……」

「シールドのポテンシャル。それから、シールドの開発者と管理者についてです」

「我々は聞かないほうがいいですね」

　察した速水レイラが素早く言った。鴇田隆児を連れてこの場を離れようとする。

「構わないわ。あなた方を信用している。私が言ったことを、誰にも漏らさないと」

　アイリスが迷いなく言い、速水レイラは感激したように立ち尽くした。隆児など涙目だ。

「シールドのプロトタイプがお目見えした日を、私は覚えています。それは〝アスティ・ピット〟という工房から生まれました」

静かな語りが、いったん止む。その数秒の間に、冬馬の脳裏にいくつもの記憶が閃《ひらめ》いた。

「本当に小さな、腕時計ほどの大きさに過ぎませんでしたが、生じる力はその時から強力だった」

「……やっぱりそうか！」

冬馬は思わず声を上げていた。

「シールドの開発者は……君のおじいさん。チャールズさんだ。アスティ・ピットとは……俺も昔、お邪魔したことがある。あのお屋敷の、チャールズさんの部屋の一つだ」

何重もの壁に囲まれた広い邸宅には、用途に合わせていくつもの部屋がある。その一つがアスティ・ピット。まるで町工場のようなところだった。発明家でもあるチャールズは、あの工房から、今まで世の中になかった数々の物を創り出してきたのだろう。

「はい。ただ、開発者と言っても、あくまで工学的な意味に限ります」

アイリスは、誠実にして長い注釈を入れた。

「エンジニアとして、おじいさまはシールド実用化のために全能力を捧《ささ》げました。それでも、実現まで十五年以上を費やした。そして、彼一人の力では到底たどり着けなかった」

シールドの功績を祖父一人に求めない。複数の人間の努力が結集したもの、と言いたいのだ。

「でも、いま管理しているのは、チャールズさんでは？」

「答えはイエスであり、ノーでもあります」

「というのは？」

「確かに、初期はおじいさまが代表になって管理していました。そうせざるを得なかったのです。でも今は、必ずしも、そういうわけではありません」

　そこでアイリスは頭を下げた。

「説明が難しいのもあって、避けてきました。申し訳ありません」

「分かるよ。最高機密だし、安易に情報漏洩《ろうえい》できない。それは理解してる」

　冬馬は本心から言った。不平は全くない。チャールズの孫であり、警視庁の重要なポストにいるために、多くを知りながら誰ともシェアできなかったアイリスにむしろ同情する。

「充分予想がついたしね。これだけのものを開発できる天才は、限られてる。感謝しかないよ。俺は、チャールズさんに守られていたんだなと思うと」

「忠輔さんの精神も染み込んでいます。基礎となる理論を確立したのは、忠輔さんですから」

「そうか……やっぱりあの二人は、最高のコンビだった」

　最も尊敬し私淑している人物。佐々木忠輔はまるで自分の守護神だ。

「忠輔さんの理論物理学の能力は、人類史上でも特筆すべきレベルにあった。先進的すぎて、未だに検証中の論文が膨大にあるほどです。シールド技術の柱を打ち立てたのは間違いなく忠輔さん。いわば、父祖の霊が私たちを守ってくれていると言ってもいいかも知れません」

あえて非科学的な表現を使ったところにアイリスの思いがこもっていた。

「アイリス。教えて欲しい」

いまならば訊ける、と冬馬は確信した。

「このシールドは、もしかすると……トゥルバドールに直接通じてる。そうじゃないか？」

アイリスの双眸《そうぼう》が見開かれた。無数の星が瞬《またた》き、冬馬は自分が真実を射抜いたことを知った。

「どうして分かったんですか」

アイリスは率直だった。本心は、告げたかったのか。トゥルバドールとの関わりについて。冬馬はますます力を得る。

「感じたんだ」

自分の言葉の貧しさに笑いながら、内面に集中した。今まで摑んできた感覚を正確に言語化したい。

「シールドはただのシステムじゃない。意志を感じるんだ。何度か、君にも言った通りね。

俺は見守られてると感じた。ときには、背中を押されてる気がした」

「冬馬さん」

アイリスは感心し、満足しているようだった。冬馬も嬉しい。

「殺さない。殺されない。その意志を体現したのがシールドだ。それっていうのは、トゥルバドールと同じだろ？」

真実を口にしたいという熱がとめどなく上がる。

「伝説では、どんな軍隊とも生身で対峙した。武器を向けられても、彼はものともしなかった。殺されることを恐れずに、危地に乗り込んだ。それっていうのは……シールドキーパーが目指す理想の境地だ」

「その通りです」

アイリスの頷きが、承認に思えた。

エウレカ——俺は、達するべき認識に達することができたのだろうか。

空気が変わるのを感じた。今までとは違う気配が混ざり込んでいる。振動。そして光。

冬馬はハッとし、アイリスのパンツスーツの一箇所を見た。

左脚の一点が輝いている。内側からの光が、生地を通して浮かび上がっている。

「そうか。君のシールドは、この脚に……」

機械製のレッグそのものにジェネレーターが組み込まれている。きっと最新式で、出力も強い。冬馬は心底嬉しかった。アイリスを傷つけられるものはこの世に存在しないと思えるからだ。自らのジェネレーターも振動していることはすぐ気づいた。感情的になっている。

それだけに止まらない。速水レイラが地面に手を当てて振動を確かめ、隆児が目を瞠ってアイリスと冬馬を見比べている。彼らにさえ、変化は明らかなのだ。

二人を包むシールドの力場。それが活性化している。

「……なにが起きてるんだ？」

「分かりません」

アイリスも純粋に驚いている。

「推測でしかありませんが……私たちのシールドが共鳴している」

しっくりくる表現だった。冬馬は頷きながら言う。

「なんだろう、この、力が漲《みなぎ》るような……」

ただの工学的な現象ではない。使用者の生体にまで影響を及ぼしている。冬馬の今の気分を一言で言えば、鉄壁の城にでも守られている感じだった。それこそ、ミサイルでも跳ね返すのではないかと思うほどに。

「私にも未知の現象です。しっかり検証して、解明する必要が」

アイリスが科学者の顔を見せた。前から感じていたことが事実だと実感できた。チャールズは自らの孫も被験者とし、逐一データ収集している。むろん、冬馬の使用実績も吸い上げてシールドのアップグレードに役立てている。そしてチャールズは孫を、管理者の一人に取り立てたに違いない。ディキンソン家の人間はシールドのエキスパートなのだ。

　だがアイリスにさえ、未知の領域がある。

「今のこの現象も、トゥルバドールに伝わっているのかな」

　冬馬は訊いた。アイリスは答えに窮している。

「トゥルバドールに会えるなら、会いたい」

　躊躇《ためら》いながらも冬馬は続けた。

「伝えたい。再び、世界が危機に陥っていると」

　隆児が前のめりになって話を聞いているのに気づいた。急激に変わっている最中のこの若者も、話にしか聞いたことのないトゥルバドールに恐ろしく惹かれている。

　だがアイリスは答えあぐねている。冬馬は罪悪感に襲われた。

「甘えかな？　俺たちはもう、トゥルバドールに頼るべきじゃないのか」

　すると、アイリスの重かった口が動き出した。

「彼、もしくは彼らがどこにいて、なにを思っているか。推し量ることは、難しいです。ずっとそうだったように。彼らは、言葉で意思表示をすることが滅多にないからです。でも」

アイリスはまっすぐに冬馬を見た。

「伝えたい。この危機を。それは、冬馬さんと同じ気持ちです」

場違いな愛情が噴き出す。たとえ夫婦になれたとして、自分は死ぬまで、アイリスのわずかな変化や、ほんの一言に一喜一憂する。そのことに、喩えようもない幸福を感じた。

「アイリス。頼ってばかりいるのは申し訳ないが、それでも……世界連邦が成立したのは、トゥルバドールのおかげだ。ならば、その秩序が揺るがされているなら、関心を持つ。そう思いたいな。トゥルバドールがまだ生きているなら、の話だが」

アイリスはまた、言葉では答えない。だが表情が語っていた。考えるべきことが多すぎると。アイリスが判断できない不確定要素がある。口で説明するにはあまりに複雑な何かが。

圧はかけたくない。冬馬は夜空を見た。できるだけ軽い声を出す。

「それにしても、君のエアモービル。なかなか来ないな」

「ナビは正確ですか？　現在地が正しく届いていないのでは」

速水レイラも言った。到着に時間がかかりすぎていることを気にしていたのだ。

アイリスは空を見上げ、少し口元を緩めた。

「いま着きました」

その通りだった。黒い楕円《だえん》形が夜空に現れた。無人モードらしく慎重に、ゆったりと降下してくる。

隆児がポカンと口を開けて着陸飛行を見守っていた。機体の底面やタイヤがはっきり見え出したところで、ふいに光が炸裂《さくれつ》した。

荒野の向こうから、黄色い光の直線が真っ直ぐに夜空を裂いたのだ。

降下しつつあった楕円形から火が出るのは一瞬だった。爆発音と共に楕円形は二つに割れ、虚しく真下に落下した。冬馬たちのいるところから十メートルは離れていたが、とっさに地面に伏せた四人の上に大小の破片が飛んでくる。きな臭さが鼻をついた。

エアモービルが撃墜された。

フョードロフか？　荒野の向こうを見据える。

彼方《かなた》から現れた人影——それは、ロシア警備隊《RG》の方がよほどマシだと思えるものだった。

Legend Part 4

（ジュゼッペ・ダイネッリの証言の採録）

火事の翌日だったよ、あのアメリカ人がやってきたのは。

笑った顔がハリソン・フォードに似てた。リサ、君はまだ若いが、知ってるか？　スター・ウォーズのハン・ソロ役の俳優だ。そうか、知ってるか。そりゃよかった。ハリソン・フォードは笑うと目がつり上がって、ちょっとずるい顔になるだろう？　その男は三十過ぎぐらいだったが、若い頃のハリソン・フォードにそっくりなんだよ。儂は本気で息子なんじゃないかと思ったぐらいだ。で、今も奴の本当の名前が分からないから、勝手にハリソンと呼んでいるんだがね。

ハリソンは真っ先に儂のところへ来た。手下を何人も引き連れてな。街の保安に責任のある人間を捜していて、消防署長の儂に行き当たったらしい。前置きもなしに、英語でいきなりこうだ。

「人を捜してる。痩せた、灰色の髪の男がこの街に来ていないか？　おそらくジャックと名乗っているはずだ」

その喋り方や訛《なま》りで、すぐアメリカ人だと分かった。

儂は儂なりに、そいつに危険な匂いを嗅ぎつけたつもりだ。普段は穏やかな観光地だが、いままで血《ち》腥《なまぐさ》い事件もなかったわけじゃない。こいつらは物騒だ、関わらない方がいい。奴は石油会社の名刺を持っとったが、儂はすぐ捨てた。ありゃ表向きのもんでしかない。本当は裏社会に住む男だ。匂いで分かるのさ。目つきでな。

儂はしらを切ったよ。耄碌してるフリをしてね。この時期、街にはよそ者が多すぎていちいちチェックしておらん、そんな、灰色の髪の男なんて見た覚えがないし、捜せばどこにでもいるだろう、勝手に捜したらいいと答えた。

「奴は火を消せる」

ハリソンは苛々しながら言った。

「手も触れずに、火を消すんだ。そんな奴は他にはいない。心当たりはないのか？」

いったい何の話だ？　儂を馬鹿にしとるのか？　そう言ったら、奴は儂を睨んで行ってしまった。

儂はホッとして、それからあわてて、連中が根城にしている干潟に船を飛ばしたんだ。ちょうどよくみんな干潟にいたから、あんたらを捜してる男がいるぞ、と教えることができた。

連中は思ったほど動揺しなかった。自分たちが追われてることは承知してたみたいでな。

ただ、いつもニヤついてるゼロが、この時ばかりは真剣な顔で儂に言った。

「おっさん、あいつらに関わっちゃいけない。できるだけ近づかないようにするんだ」

「あいつらはなんなんだ？　マフィアか？」

「あいつらにかかったら、マフィアなんかかわいいもんだ」

　ゼロの顔色は冴えなかった。

「なんでお前たちを追ってるんだ？」

「それは言えない」

　ゼロは悲しげに頭を振った。

「どうせ信じちゃもらえないからな」

　儂はロマたちを見回して、言った。

「お前たちが何をしたか知らないが、奴らは危険だぞ」

「ダイネッリさん。俺たちは罪人じゃない。犯罪に関わってもいない。やましいことは、なにもないんだ。悪者はあいつらのほうだよ。信じてくれ」

　旅芸人の言うことなんて信じたことはないが、儂は信じた。儂は連中の味方になったんだ。とことんかくまうことに決めた。この干潟にいる限りまず見つからないとは思うが、もっと安全なところに送ってやってもいい。そう言った。連中は集まって、少し考えてた。それから、ゼロは儂のところへ来て言ったんだ。その顔にはニヤニヤ笑いが戻ってた。

「少しは稼がせてくれよ。カルネヴァーレはまだまだ続くんだぜ」

「逃げないのか？　面倒なことになっても知らんぞ」

驚いたことに、みんなの顔は活き活きし出してた。開き直ったのか、まるでいたずらっ子みたいに目が輝いてるんだ。

ただし、灰色頭のジャックだけは気乗りしない顔だった。

「あいつらが捜してるのは、あんただ」

儂はジャックに言った。

「あんたが火を消せるのを知ってたぞ」

ジャックは何も言わずに儂を見た。この男は昨日、火事を消したことを悔やんでるんじゃないかと儂は思った。あそこに集まった野次馬たちの中で、勘のいい奴はとっくに噂してたんだ。儂の耳にも入ってた。ロマたちが魔術で消しただの、いや火を点けたのもあいつらだとか、あることないことをな……ジャックは、目立つマネをしちまったわけだ。

ハリソンの一味が、ジャックを見つけるために火を点けたんじゃないか。儂はいまは、そう思っとるんだ。奴らはどこか別の場所から旅芸人一座を追ってきた。ヴェネツィア辺りに入ったと見当をつけてたのかも知れない。それを確かめるために火を点けたんだよ。有名な建物に、できるだけ派手にな。火を点けて騒ぎを起こせば、ジャックがいるかどうか――火を消しに現れるかどうか――分かるからだ。どっちにしろ、ジャックは火を消しちまった。それで、自分がこの街にいるってことを証明してしまったんだ。

儂は灰色頭に訊いたよ。

「あいつらは、あんたを捕まえてどうするつもりなんだ？」

ジャックは答えなかった。

答えられないくらいひどい目に遭うのかも知れない。儂はそう思った。あのアメリカ人たちはなにをしでかすか分からない。捕まったら、ジャックの命に関わるだろう。

「ジャック、そんな辛気くさい顔するなよ！　大丈夫だって」

ゼロはえらく楽しそうだった。危ない橋を渡るのが好きでたまらないみたいでな。まったく困った奴だったよ。

「せっかくの稼ぎ時だ。奴らに邪魔されてたまるか」

闘志満々だった。どうするつもりなんだ、見つかって捕まったら終わりじゃないか、そう言っても取り合わないんだ。大丈夫だ、心配要らないよおっさん。見てな、そう言ってな。

黒瀬理沙著『氷のレガータ』第Ⅸ章「偽ハリソン」より

Ⅲ　ゴッデス・オブ・ディストラクション

1

冬馬は、視界に現れた者が誰かを受け入れることができなかった。

なぜ奴がここに現れた？　フョードロフが裏で通じていて、手引きしたのではないか。

そう疑うのが自然だが、真っ先に冬馬の頭に去来したのは黙示録だった。あの女は、青ざめた炎のように燃える馬。その正体は死神であり、地獄生まれの破壊神。冬馬の目には、いまや天災そのものに感じられる。あるいは、全ての神話に棲む真黒《しんこく》の女神。

ホテル・レニングラードを支配していた暴虐の一団が再び現れた。

それだけでも衝撃なのに、更なる衝撃が冬馬に撃ち込まれた。なんと、真横から。

「冬馬さん。彼女は、田中晃次の孫です」

早口に告げられたアイリスの言葉は、エアモービルの爆発を超える驚きをもたらした。冬馬の両目は限界まで見開かれ、真実を求めて彷徨った。闇の向こうに死神が見える。ふいに、ただ血縁に取り憑かれた憐《あわ》れな末裔に変わる。同類を憐れむ感情も冬馬の中に湧いた。あの女は祖父そのものになろうとしているのか？　田中晃次が望んだ理想社会——それは、優れた人間だけが特権を享受する世界だ。純粋培養《ばいよう》された猛毒。血の中に混じり、受け継がれる呪い。

サキが引き連れている部隊は、男が五人。その一人がロケットランチャーを持っている。たったいまそれでエアモービルを撃墜した。他の男たちも残らず、物騒な得物を手にしていた。ボスであるサキの指令を待っている。全員が暴力の化身に見えた。佐々木忠輔が先導した価値観の対局に置かれるもの。田中晃次と佐々木忠輔は生涯の宿敵だった。その孫の世代が、この世紀末にぶつかり合う。ここで殲滅《せんめつ》を図る気か？　人里を離れ、思う存分暴れられる荒涼たる大地で。

守らなくては——自然に足を踏み出す自分がいる。身を隠すものが全くないこの場所では、身を楯にするより他にない。

ところが、冬馬を追い越して前に出た人間がいる。

2

鴇田隆児は気がつくと前に出ていた。

サキから逃れることができないと悟った。かつて愛し、そして殺されかかった女。自分の生と死、両方があの女の手の中にあった。全てがあの女の思いのままだった。

　そしていま、モスクワの外れでまた遭遇する。短い間に二度も。

　ホテル・レニングラードでは無視された。今度こそ無視されてたまるか、という思いが身体を前に押し出した。ロシア警備隊《RG》司令官フョードロフと、ウル。噂されていたつながりは事実。この暗黒のラインこそが、世界を簒奪《さんだつ》しようとしている闇勢力の根本だ。隆児は確信した。そしてフョードロフは、警視庁の刑事たちを最悪のテロリストに引き渡して処分させる気だ。汚い仕事は愚連隊《ぐれんたい》にやらせる。噴き出す激怒が全てを呑み込んだ——俺の血管の中で血が燃えている。

「おい！　知ってるか？」

　ところが、サキはまた隆児をいないものとして扱う。アイリスを指差し、嬉々《きき》として喋ったのだ。

「いま、あんたのじいさんの介入は無理だ。衛星兵器のエネルギーゲージはゼロだからな！」

　勝ち誇っている。隆児に正確な意味は分からない、ただ、あのチャールズ・ディキンソンを恐れてのことだというのは分かる。冬馬がアイリスを心配げに見た。微笑ましいプロポーズを目撃したばかりだ。この二人には無事でいてほしい。だから自分が楯になる。

「ここならマイスナーネットに頼る必要もない。撃ちまくれるからな！」

サキの今度の台詞は理解できた。理解できる自分が呪わしい。隆児は、ついこの間まで仲間だった。マイスナーネットとは電磁気力による拘束装置のことで、確実にシールドキーパーを捕捉できる。その威力は鳥取《とっとり》で目《ま》の当たりにしたが、もう要らないという。隆児はサキが連れてきた配下の男たちを血眼《ちまなこ》になって観察した。

答えは連中の装備にあった。銃器を超えた兵器、重火器だ。圧倒的な火力で、宿敵である警視庁の刑事を殲滅する気だった。サキの眼中にあるのは冬馬とアイリスの二人だけで、くっついている有象無象《うぞうむぞう》の生死は気にしていない。ゴミのようなもの。

つまり、付け入る隙《すき》がある。隆児の意識はいきなり冷徹になった。

「お前たち二人が、シールドのジェネレーターをここに置いて行くのなら、命だけは助けてやってもいい」

狙いはシールド。だがすぐに、隆児はもちろん、この場の全員がサキの台詞を信じていないのが分かった。シールドが欲しいのは本当だが、おとなしく差し出したとしても皆殺しにするに決まっていた。

「無理だ。まだ分からないのか」

吉岡冬馬が心底悲しげに言った。

「シールドの方が、俺たちを手放さないんだ。俺たち自身には権限がない」

「権限がないなら上に掛け合え！　四の五のぬかすな」

サキの背後から炎が噴き上がった。比喩ではなく、本物の火焔《かえん》だった。部下が手にした兵器が火を噴いたのだ——火炎放射器。

「今日は熱の実験をさせてもらう。前回は、照射範囲の狭いレーザーだったから失敗した。今回はレーザーに加えて、広範囲をカバーできる火焔を使う。これで満遍《まんべん》なく灼熱《しゃくねつ》をお届けできる」

正気とは思えない解説。今からこれを人間相手に使うのだ。

火器は一つや二つではなかった。隆児の視認できた限り、少なくとも二つの火炎放射器と二つのレーザー砲がある。生身の人間なら一瞬で消し炭になる火力で、いったい何千度まで上げることができるのか。溶鉱炉を持参したようなものだ。

「待て。ここにシールドキーパーは二人だけだ。あとの二人は」

冬馬が叫ぶが、

「知るか！　とことんまでやる」

サキは吐き捨てた。配下の全員が身構える。

問答無用と悟った二人のシールド使いの反応は早かった。隆児は冬馬に肩をつかまれて引き戻された。それからアイリスと二人で並んで、シールドを持たない二人をかばうように矢面に立つ。正面から火が放たれるのとほぼ同時に、隆児と速水レイラの楯になった。

うおっ、と隆児は思わず叫んでいた。とてつもない熱気が襲ってきたからだ。目を開けていられない。直接の炎やレーザー光は、二人のシールドが防いでくれているから生きていられる。だが、二人の作る力場の縁から流れ込んでくる熱せられた空気までは防ぎようがない。さすがの速水レイラも苦痛に身悶《みもだ》えしている。両手で顔と髪をかばっている。ヘルメットや耐火服が欲しい。

恐ろしいほどの高エネルギーがぶつかり合っているのを感じた。荒野は激しく熱せられている。力場を作って防ぐのに集中している冬馬たちは、背後を振り返る余裕もない。ただただ、襲い来る高熱に立ち向かっている。

隆児は自分のことも心配だった。レイラのことも心配だった。だが、炎にさらされている冬馬とアイリスが何より心配だった。シールドの鉄壁さは鳥取でも、フクシマでもこの目で見ている。だがこれほどの高熱が集中したことはないだろう。どこまで耐えられるか、当の二人にも未知数のはずだ。

自分ほどちっぽけで無力な者はこの場にいない。それが分かっているからこそ役に立ちたかった。何ができる？　必死に考え、必死に目を開けた。

いま身を寄せ合う形になっている速水レイラ。腰の部分が当たるたびに、異物感が隆児を刺していた。拳銃だ。

続いて、間隙を縫って視線を前方に送る努力をする。熱気にムラがあることに気づいたのだ。炎の効果を確かめるため、サキは部隊に時々放射を止めさせているようだった。

必死に目蓋《まぶた》を開けると、闇の中でサキが仁王のように立ち尽くしている。

隆児は悟った。これを逃せば機会がない。

人を殺してはならない。何度も言い含められていた。おそらく吉岡冬馬は正しい。全ての罪の中で取り返しのつかない決定的なもの。それが殺人だという原則はなんとなく、理解できはする。それでも、自分の中の正義はサキを殺せと言っていた。これほど悪い人間はいない。これほど人類に対して有害な生き物はいないという確信。捕らえて悔い改めさせるなんて不可能。どんなに徳の高い導師にも無理だ。

ヒトラーや切り裂きジャックを目の前にしたら、殺さずにいられるか？　俺には難しすぎる道徳問題だ。喜んで間違えてやる。これからたくさんの人間が殺されようとしているのにその犯人を殺さない、そんな選択は自分にはできない。

迷いが消えた。あの女の息の根を絶てば、少しは人類の役に立てる。そのアイディアはスポットライトのように自分の命を明るく照らした。自分は罪人だ、冬馬に掬《すく》い上《あ》げられたからここにいるだけで、本来は国の外に出る資格さえない人間。もう死んでもいいのだ。そして、地獄に堕《お》ちるなら諸共《もろとも》だ。サキ、死んでくれ！

数秒待った。タイミングを計り、速水レイラの拳銃に手をかけた。一気に引き抜く。

そこからは躊躇わなかった。躊躇いが死に直結すると分かっていた。拳銃を前に向ける。狙うのはただ一人。銃口が相手の眉間に向いたと確信した瞬間に引き金を引いた。これほど自分が、余計なものが洗い流され透徹した状態になったことはないと感じた。この瞬間のために生まれてきたのだとさえ思った。

弾が飛んでいく。破壊の女神に向かって。

この結果が人類の歴史に関わる。飛べ貫け殺せ。

同時に、とてつもない熱と光と音が押し寄せてくる。隆児を包む。

3

冬馬が炎を浴びたとき、心配したのは自分の身ではなかった。

他の三人。アイリスは自分と同じくシールドを持つからまだしも、速水レイラと鴇田隆児だ。とっさにアイリスと呼吸を合わせて楯になることで直撃は防げたものの、おかげでその場から動けない。完全に釘付けにされた。

目の前の破壊の化身は笑みを消し、実証研究者のように観察していた。火焔とレーザーの重層攻撃により生じた、ゆうに数千度になる熱にどれほど耐え得るのか。死に直結する実験をさせられている……アイリスを一瞥《いちべつ》した。

同じ使命感で超高熱に立ち向かっていた。人工の左脚が一カ所、白く輝いている。出力が上がっているのだ。冬馬の腰の装置の振動も呼応していた。改めてシールドの強度に感嘆する。自分の肌に届く前に、狂熱は完全に遮断されていた。幾度となく防御力は体感してきたが、ここまでの高エネルギーもシャットアウトする。なんと堅固な楯だろう。

我慢比べには強い。だが、耐えているだけでは打開は無理。どうする？

目の前の者たちに自分の銃を向けることに、今や抵抗はなかった。これほど明白な正当防衛の状況があるか。ただし殺さない射撃というモットーは守る。自分の銃に手がかかるが、火焔を浴びながら確実に遂行する自信がない。それが決断を遅らせていた。

冬馬の逡巡《しゅんじゅん》の間に、味方の側から動き出す人間がいるとは思わなかった。

「隆児！」

テロリストから急速に何者かに変わりつつある若者は、超高温に身を晒すことも構わず冬馬たちより前に出た。これほど明白な自殺行為はなく、悲壮さに胸を打たれた。その手には拳銃——だが冬馬は動けなかった。速水レイラの楯であり続けなくてはならないからだ。

つまり、隆児の手から放たれた銃弾を止めるものは何もなかった。

弾丸の軌道が見えた。冬馬は我が目を疑う。スローモーションのように糸を引く。錯覚ではない、シールドの力場がもたらす現象だと直感した。極限まで大きくなったエネルギー場は空間に影響を及ぼし、時間感覚すら歪ませている。思い返せば、シールドキーパーに向かってくる弾は常に勢いをなくし、やがて地面に落ちる。それと同根の現象だ。

隆児の放った弾の向かう先は明らかだった。サキ。隆児のかつての同志にして恋人。

逆の立場を冬馬はフクシマで目撃している。あのときサキは隆児を容赦なくライフルで撃った。ではこれは復讐《ふくしゅう》か？　いやそんな単純なものではない、隆児の横顔は死線を越えて透明だった。悪を討ちたい、仲間を救いたいという祈りをそこに見た。

そして弾は、思いを載せて真っ直ぐに飛ぶ。迎え撃つ多重の炎をものともせずに。

祈りが届く瞬間が見えた。恐るべき反射神経で、躍り出てきた隆児に気づいたサキは身をとっさに反らしたのだが、充分ではなかった。

サキはもんどり打って後ろに倒れた。

火焔攻撃が止む。

異様な静寂が押し寄せてきた。

4

冬馬の視界の中でサキは確かに倒れた。

サキの配下たちが色めき立ってボスに駆け寄る。冬馬はアイリスと視線を交わし、次の事態に備えた。たとえサキ一人死んだところで、事態はそれほど好転しない。

「あんた！」

速水レイラが怒りながら隆児に駆け寄る。武器を奪われて発砲された。こんな若僧に。隆児は地面に膝《ひざ》をつきながら、辛うじて倒れ込まずにいた。だが顔色は真っ赤で、頬にいくつもの水ぶくれができている。生身で高温に晒された人間の実験結果がそこにあった。オーブンから這《は》い出してきたかのような悲惨な有様だ。息も絶え絶えだが、目の光は死んでいない。手ごたえを感じている。自分の放った弾は女を捉えた。そう確信して希望を燃やしている。

次の瞬間、希望は打ち砕かれた。

サキがむくり、と地面から起き上がったのだ。自分の手で身体を押さえながら立ち上がる。たいしたダメージを負っていない……性能のいい防弾着を着けていたのだろう。拳銃程度を防ぐなら、シールドなど要らない。最新の防弾スーツは衝撃の吸収力も凄い。胴体に着弾してもダメージはほぼ無し。顔など、剥き出しになった部分に当てなければ意味がなかった。そう悟った隆児の表情は無残に打ちひしがれてゆく。冬馬は言葉もない。正当防衛という名目が立つなら、この若者にサキを殺して欲しい。そう念じた自分に違和感を覚える。だが、地上最悪の人間を殺すことにも罪悪感を覚えるべきなのか？　式に当てはめれば答えは明らかなはずだが、冬馬の思考はノッキングした。少なくとも今は考えるべきではない。命の脅威を理由にして、冬馬は目の前にただ集中した。報復に備えよ。サキの両眼が異常な怒りを放っている。今これから、途轍《とてつ》もない暴力の解放が起こることは確実だった。

　隣から手が伸びてきて冬馬に触れる。冬馬はアイリスに応じ、手を強く握った。すべてが自然な動作だった。お互いの求めるものが一致し、言葉で説明する必要はなかった。

　アイリスの左脚は、今や大腿部《だいたいぶ》全体が発光している。冬馬の腰の装置も負けじと振動していた。光と律動が完全に同期している。

　再び前方から炎が噴射された。ボスの無事を知って気をよくした男たちが、貧弱な武器しか持たない四人を力任せに押し潰そうとしていた。冬馬とアイリスはますます強く手を握り合う。

　冷気を感じた。これまでで最も激しい熱を浴びせられているというのに、冷たい力場が滑らかに広がる感覚——あえて可視化するなら、何もかも跳ね返す氷の壁があるかのような。いや、ただの壁ではない！　冬馬は頭を振った。

　これは巨大な手だ。意志を持ち、特定の領域に伸びる。ただの楯には成しえない動きが空間を伝わり、届くべきところに届く。

　火が消えた。

　その瞬間を冬馬は目に焼きつけた。二つの強力な火炎放射器が、いきなり炎を吐き出すのをやめた。レーザー砲も同じだ。ヒューズが飛んだように静かになった。

　男たちが呆然として、手にした兵器の調子を確かめている。

冬馬の脊柱《せきちゅう》を走り抜けたのは歓びよりも戦慄だった。途轍もないことが起きた、兵器たちは死んだ。死の静寂だ——氷の塊を胸に埋め込まれたような感覚が襲う。

「これがお前たちの本当の力か！」

破壊者が狂喜している。撃たれたことなど忘れている。

「あたしの功績だ。トゥルバドールの再来だ！」

冬馬の目の前が暗くなる。サキは正しい。呪わしいほどの鋭さだ。

「ここは退け」

冬馬は言った。だが聞くような相手ではない。火焔とレーザーが使えないと知るや、男たちは拳銃やサブマシンガンを取り出した。また冬馬とアイリスは手を握り合う。見えない波が再び発生した。それは標的を違《たが》えず、並んでいる火器に向かってまっすぐに伸びた。コンマ数秒しか要さなかった。冬馬とアイリスはそれを感じた瞬間、同時に頷いた。

「もう、お前たちの武器は役に立たない」

冬馬の喉が声を発した。その威厳。自分に乗り移っているものの正体を冬馬は見定められない。自分を超える存在であることは間違いなかった。剛毅《ごうき》な声は相手を押し返す。気圧された男たちが、自らの銃器が役に立たなくなったこと——引き金を引けども引けども弾が出ない——を悟りさらに呆然とする。それを冬馬は、他人事のように見ていた。

ふいに銃声が響いた。冬馬の背後から。

「こっちの武器は使える！」

速水レイラが鋭い声を張り上げたのだ。眼前の男たちにかかった魔法が自分には届かず、普通に弾が出たことを確かめ、また威嚇射撃を夜空に響き渡らせる。

「あなたたちを撃てる。退かなければ、容赦なく撃つ！」

なんという明確な宣言だ。だがおかげで伝わった。丸腰になってしまったという自分たちの状況を把握できた者から後退を始めた。トゥルバドールの伝説が脳裏を過《よぎ》っている者もいるかも知れない。だが多くは、ただ畏怖《いふ》に駆られているだけに見えた。

ボスを除いては。

「こけおどしの手品だ！」

まったく畏《おそ》れていない。トゥルバドールの力を感知しながら、なおも自らの破壊欲を抑えない。

「火器が使えないなら、これでやる」

現れたのはサバイバルナイフだった。自分の腿《もも》に装着していた。破壊と殺戮のためならあらゆる手段を取り揃える、人間離れした女。

直ちに反応したのは速水レイラだ。駆け出すと、冬馬とアイリスを守るように立ちはだかり拳銃を構える。

「あんたは気に食わない」

速水は言い放った。

「あたしなら、躊躇いなくあんたの眉間を撃ち抜く。試してみる？」

さすが警視庁の特殊部隊のリーダー。速水レイラの銃を構える姿と気迫に、信憑性《しんぴょうせい》を感じたのだろう。サキはようやく後退を始めた。

「貴様ら。二人揃うと厄介だな」

だが眼中には入れていない。相手にしているのは徹頭徹尾、冬馬とアイリスだった。指を突きつけてくる。

「シールドの真の力を見せてもらった。タッグだと増幅されるらしいな……だが、バラバラならどうだ？」

鎌をかけるように言う。この期に及んで弱みを見つけようとする。冬馬は思わず一歩踏み出した。どこまでも毒を振りまくその強靭《きょうじん》な悪に、怒りより興味を覚えた。この漆黒《しっこく》の精神を支えているものはなんだ？

「ふん。次はもっと賢くやる！　死にたくなければ、四六時中くっついているんだな！」

それが捨て台詞だった。サキは振り返りもせず闇に消えた。もつれがちな足取りで部下たちが追ってゆく。

ようやく、暴虐の部隊は視界から消えた。

冬馬は仲間たちを見回す。生きている。四人とも。隆児だけはひどい火傷《やけど》を負ったが、あとは無事。アイリスが隆児に向かって屈み込み、火傷の具合を見ながら言った。

「ここを離脱します。しばらく辛抱して」

「方法はあるのか？　アイリス」

冬馬が訊くと、

「代わりのエアモービルを呼びます」

という答え。

「すぐ呼べるのか？」

「はい」

「チャールズさんが、また調達してくれるか……心配かけたんじゃないか？」

「私のゴーグルから、様子は送っていました」

「通信はクリアだったか？　俺のは、遮断されていたが」

「独自の衛星回線を使っています」

アイリスはさらりと言った。彼女と祖父の通信網は特別に強力らしい。

「いま、おじいさまは、直接助けられなくて歯嚙みしていると思います。使える手段が限られていたので」

「だれか派遣してくれるつもりだったのか？」

「あるいは。遠隔操作できるツールが、ロシアには不足していたので……心配かけましたね、確かに」

　そう言ってアイリスは微笑んだ。祖父に無事を報告できるのが嬉しいのだ。家族思いの少女でしかない。

「神村警視。いったいどうやったんですか？　これもシールドの力？」

　速水レイラが、冷めない興奮とともに訊いてきた。あれだけの火焔と熱線を浴びながら、自分たちが丸焦げになっていないことが信じられない様子だった。

「私たちにも分からない」

　アイリスは吐露した。冬馬と視線を交わしながら。

「二人でやったからできたのか、それとも……おじいさまに報告しないと」

　いま起きたことは、きっと映像だけでなく、数値としても送られている。チャールズなら高度な分析をして現象の正体を示してくれるはずだ。

　鴇田隆児が地面に伸びている。息荒く、虚ろに宙を見つめている。

「大丈夫か？」

　冬馬が声をかけると隆児は頷いた。誰の目にも、大丈夫だからではなく、そうしなくてはならないから頷いたのが分かる。

「隆児。お前無理したな」

冬馬は非難しない。たとえスタンドプレイであろうと、全く功を奏さなかったとしても、自分を犠牲にして仲間を救おうとした結果だ。声は自然と優しくなる。

「死ぬみたいな顔をするな。致命傷じゃない」

今度の頷きには、無理がない。隆児は目を閉じた。苦しいだろう。だが、冬馬の声を聞いて安堵しているように見えた。

冬馬は屈み込み、変色し爛《ただ》れている隆児の頰骨のあたりに、ごく軽く触れながら言った。

「お前、どうやら不死身みたいだな。シールドもなしで生き延びやがって」

隆児はかろうじて笑みを浮かべてみせた。成長を認められた子供のようだ。

「あなたに救われるとは思わなかった」

アイリスも、元テロリストに優しい言葉をかけた。

「冬馬さんがあなたをパートナーに抜擢《ばってき》したことに、私は眉をひそめていましたが、結果的に正解でした。あなたは変わった」

多分にリップサービスが入っているが、いまこの空間を祝福しようという思いが嬉しい。

冬馬は笑みを漏らす。隆児も顔中が痛いはずなのに、頰を緩ませたままだ。

「彼をどこへ連れて行きましょう？　モスクワの病院に頼るのも、致し方ないでしょうか」

速水レイラが事務的な問いを発し、アイリスが応じた。

「エアモービルには、応急処置用の医療器具も乗せてもらいました。冷凍バンドを使えば、火傷の痕が残らないようにできるかも」

小気味良い説明だった。続けて言う。

「冬馬さん。彼を伴っていたことは功を奏した。サキは、彼に触れないようにしていたから」

冬馬は首を傾《かし》げた。

「どういう意味だ？」

「彼の存在が、サキの精神にギャップを作ってくれたのです」

「なに？……そうだろうか？」

意表を突かれるとはこのことだった。

「間違いありません」

アイリスは請け合った。大げさに感じるほどに。大地に伸びている隆児にも聞かせたい、という情を感じた。

「サキの視線は鴇田隆児を避けていた。何らかの感情的な忌避が、そこに表れていた」

アイリスはスマートゴーグルを通して分析したらしい。表情や視線から心理を読んだのだ。

「てことは……」

「私はさっき、彼女に初めて、人間らしさを見出しました」

これほどの攻撃を浴びながら、敵に対してこの分析。その賢明さに冬馬は呆気《あっけ》にとられてしまう。

「俺には、信じられないが」

それが正直な思いだった。冬馬の目からは暗黒神話の神にしか見えなかった。アイリスは判断を誤っている。するとアイリスは、わずかに自信を失ったように見えたが、

「彼を殺すでもなく、罵倒するのでもない。ひたすらの無視に徹しようとした。これは、彼女の行動様式の中では異例です」

「だが前回、フクシマで、隆児はあの女に撃たれてるんだぞ」

「でも死ななかった」

あえて外したと言いたいのか。それは実は、自分の中にもあった疑いだった。それを強調されるとアイリスが正しい気もしてくる。地面の隆児を見た。

しっかり目を開けていた。アイリスの分析は、隆児をも打ちのめしている。あの女との浅からぬ因縁に絡みつかれて悶えている。憐れだった。前回は撃たれ、今回は炙《あぶ》られた。ボロボロにされてもなお、けりはついていない。苦痛だけが引き延ばされる。

「まあ、あの女は、普通の精神の持ち主じゃない。別人が同居してる疑いはある」

隆児に聞かせるためだけに冬馬は言った。そこで、夜空から軽快な風の音が舞い降りて

くる。新しいエアモービルだ。

やっとこの地を離れられる。まだ安心はできないが、一刻も早く、この最果てのような荒地から離脱したい。冬馬は隆児を背中に担ぎ上げ、速水レイラとアイリスに脇を支えられながら空飛ぶ車に乗り込んだ。

Legend Part 5

（クラウディア・ダイネッリの証言の採録）

あたしの意識が飛んでからどれぐらい経ったんだろう。

それまで、目の前で入り乱れていたすべての光景が、暗い穴に吸い込まれるようにして、薄れていったわ。後に残ったのは——前にも見た雪山のイメージだった。凄く険しくて、だけど凄く、清らかな山。それは、ジャックそのものだった。

ジャックが心配そうにあたしを覗き込んでる。その目は暗かった。あたしは瞬きを繰り返して、それからどうにか、笑って見せたわ。ジャックを悲しませたくなかったから……でもジャックの顔は暗いままだった。

あたしは、まだチカチカしてる目で、ぼんやり空を見上げた。鉛色の雲が渦を巻いてるのが見えたわ。それがふわっと曇った。あたしの吐く白い息が視界を遮ったの。凄く冷え込んでた。いつ雪が降り出してもおかしくなかったわ。

「思った以上に、奴らは本気だな。いったい何人連れてきたんだか」

キャラバンのリーダー、ゼロが引きつった顔で笑ってた。

「すまん」

ジャックが謝ったわ。

「よせよ。危険なんか承知の上だ」

ゼロは笑って、ジャックの肩を叩いたの。

ゼロも知ってるんだ、って思った。ジャックがどこでどう育って、どんな目に遭って、今どうしてここにいるのか——ぜんぶじゃないにしても。知ってて、ジャックを護《まも》ろうとしてる。あたしは今更のように、そのことに感動したわ。

やがて船が干潟についた。上陸したらすぐ身支度が始まったの。テントを畳んで荷物をまとめて、夜を待つことになった。夜闇に紛れてヴェネツィアを離れようって考えたのね。

つまり、あたしたちの最後の日。

しみじみと悲しかったわ。この場に親友のマルコがいないことも悲しかった。何度も一緒になって楽しい時間を過ごしたのに。最後ぐらい全員揃いたかった。ゆっくりお別れを言いたかったのに。

もう最後だと思って、あたしは思い切って訊いたの。

「あのアメリカ人たち、何者なの？」

するとルシオ（キャラバンのメンバーの一人。パチンコの名手）が、

「ジャックは、あいつらだけには捕まっちゃいけないんだ」

ってそれだけ言って、口をつぐんだわ。

知ればあたしが危険にさらされる。そう考えて、言わないのね。心底悲しくなった。あたしはこの旅芸人たちに何もしてあげられない。で、もうすぐ会えなくなる。あとは、みんなの無事を祈るぐらいしかできなくなる。それがほんとに悔しかった。

「クラウディア、マルコによろしくな。いつまでも仲良くやるんだぜ」

ルシオがそう言って、あたしは泣きそうになった。涙をごまかすために、

「来年、戻ってきたらいいじゃない！」

わざと怒ったように言ったわ。

「カルネヴァーレは毎年あるんだから。また稼ぎに来てよ！」

あたしは、ジャックの手をぎゅっと握りながら言った。ジャックが困ったようにあたしを見る。

「来年のことは、俺たちも見当がつかないんだ」

ジャックは残念そうに言ったわ。正直すぎて、あたしはジャックが憎たらしくなった。

来年の今ごろ、自分は生きているかどうかさえ分からない。

ジャックはそう言いたいんだ。

黒瀬理沙著『氷のレガータ』第Ⅺ章「つながった手」より

5

モスクワの空に戻った。一路空港を目指している。だが、またロケットランチャーでこのエアモービルの機体を狙われるのでは、と思うと冬馬は気が気ではない。

「ソフィア？　聞こえるか？」

国連本部に電話がつながり、相手の声が聞けるというだけでほっとした。ウェブカメラ越しに自分の顔を送る。相手方の顔も見えた。連絡が断ち切られていたから心配をかけているに違いなかったが、

『よかった。二人とも無事で』

ソフィアは穏やかに応じてくれた。冬馬は手短に、たったいま乗り切ったピンチについて説明した。ソフィアの瞳が潤む。

「で、余計な情報だが、隆児も無事だ」

『なおさらよかった』

ソフィアはニューヨークで、元テロリストに対しても偏見を持たずに接してくれた。それが隆児に与えた影響は大きいと冬馬は感じていた。

「そっちこそ無事か？　ソフィア。あの将軍は暴挙に出ていない？」

ソフィアは静かに首を振った。国連本部ビルは包囲された状態のまま。

『私のことは心配しないで。あなたたちはロシアにいる。ニューヨークからは遠すぎる』

「そんなことはない。弾道飛行を使えば……」

『二人に行って欲しいのは、アメリカじゃないの』

ソフィアの意志は明確だった。自分は虜囚ではない。あくまでも指揮官。

『トーマ。あなたを国連特使に任命します』

「なんだって？」

冬馬が目を白黒させている間に、

『赴任地はナイジェリア。ラゴス』

滔々《とうとう》と任務が告げられる。

「ラゴス……」

『アフリカ《A》警備隊《G》の本拠地よ』

そうだ。アフリカ警備隊。腹の底にズシンと響く重みを感じた。鍵を握る勢力であることはすぐ察した。八つのユニヴァーサル・ガードの中でも立ち位置が最もはっきりしない。指揮官の、暗く厳しい表情が脳裏に浮かんだ。彼の名は——

『イサ・オビク司令官を、どうかあなたの言葉の力で、世界連邦の側に引き戻してください』

「な、なんだって？」

『私の説得には応じなかった。彼は、勝つ勢力につくと明言したの。世界連邦体制を守る勢力が優勢か、反体制側が優勢か、まだ見えない。そういう判断らしい。でも、あなたなら説得できる』

「何を言い出すんだ。ソフィア」

『こっちはこんな状況。アフリカに人を出す余裕はないの。助けて、トーマ』

「待ってくれ。責任が重すぎる」

とっさに逃げの姿勢を見せてしまう。すぐ横でアイリスが見つめているというのに。アイリスは口を噤《つぐ》んでいる。エアモービルの操縦に集中している。バックシートでは速水レイラが隆児の応急処置で忙しい。

『あなたしかいない。忠輔さんの衣鉢《いはつ》を継ぐ、言葉の使い手にしか務まらないの』

冬馬は思わず頭を抱えたが、ふと思い立って言った。

「……アイリスも同伴させてくれるか？」

一番そばにいる人間に頼ってしまう。いや、これは公私混同ではない。アイリスの頭脳と人徳が加われば、もしかすると頑固なコマンダーでも説得できるかも知れないではないか。

ところが、アイリス本人に意思を訊く前にソフィアに制された。

『ごめんなさい。アイリスにはヨーロッパに向かってもらいたいの』

「ヨーロッパ？」

ピンとこない冬馬に対して、

「リヒター司令官のところね」

アイリスはすぐ察した。

『お願いできる？　アイリス。もちろん、あなたも国連特使として』

「了解です。私も、ヨーロッパ情勢には注目していた」

『ハリエット・リヒターは最も新任のコマンダー。この非常事態に、一人で立ち向かうには荷が重いから。彼女がこれから、対峙することになるのは』

「フョードロフね。地理的に言って」

冬馬はようやく、ソフィアの深い思慮に気づいた。ついさっきまでフョードロフと直接面《つら》つき合わせていたアイリスを、リヒター司令官の力に加える。アイリスも、国連特使となれば世界中のどこでも身分が保障される。国際捜査官である上に国連特使でもあるとしたら、一国家に拘束の権限はなくなる。ソフィアは自分の力の使い方を知悉《ちしつ》していた。

『前から警戒していたの。アレクセイ・フョードロフは油断ならない。直接対峙して、もしかするとあなた方も、感じたかもしれないけど……彼は、理由をこじつけて自分の部隊を動かしかねない。情報筋から警告が届いているの。彼の領土的野心について』

「そうか。やっぱり奴も反動主義者。帝国主義に回帰したいんだな」

冬馬は自分なりの感触を伝えた。

『ええ。フョードロフ司令は西進を狙っている。歴代のロシアの指導者と同じ妄執に囚われている。そういう分析よ。一つ違うのは、歴代の誰よりも粘り強くて狡猾《こうかつ》なこと。軍事の経験が浅いハリエット・リヒターには、分が悪すぎる』

冬馬は、国連本部で出会った〝サーヴェイス〟の面々を思い浮かべた。優秀な情報インテリジェンスのエキスパートたち。彼らの分析結果に違いない。フョードロフは東シベリアに向かう、と言っていたがでまかせかも知れない。本当のことは何も口にしない男だ。

確かにリヒターはずっと政治家だったから軍事の経験がない。軍務に就いたことがないのはアイリスも同じだが、彼女は博覧強記。あらゆる分野に精通している。何より、ソフィアの分身のような存在だ。リヒターのそばにいれば、フョードロフに対していろんなレベルで効果的な手を打つことはできるだろう。だが。

「アイリスでなくちゃいけないのか」

諦めが悪いとは思いつつ、冬馬は言ってしまう。

「監禁された挙げ句、死地を抜けたばかりなんだ。ロシアからすぐ、次の目的地っていうのは……」

「冬馬さん」

当のアイリスにぴしゃりとたしなめられる。

「命を懸けているのはみんな同じ。私は大丈夫です。移動中に休息します」

冬馬は何も言えなくなる。アイリスと離れたくない、という本音は口にできない。

握り合った手の感触が鮮やかに残っている。

『ロシアからの出国がスムーズに行くように、私はこれからフョードロフ司令に釘を刺しておきます。ロシア政府にも正式に要請します』

「ありがとう。本音では、私たちを殺しそびれて苛立ってると思うけど」

『あたしたち、生き延びましょう。意地でも』

親友同士の女性たちは笑顔を向け合ってから回線を切った。

冬馬はなんと言ったらいいか分からず、ただ横顔を見つめる。

「冬馬さん。アフリカは遠い。道中気をつけてください」

前を見据えたままアイリスは言った。

「君こそ」

冬馬も気持ちを切り替える。一人の男から、一刑事へ。

「いまは、世界中どこも情勢不安だ。何が起こるか予測がつかない」

「そうですね」

「予測がつかないといえば、シールドだ」

冬馬はつい早口になる。この先一緒にいられないとなると、話す時間も限られる。

「さっき起きたことは君も予測していなかった。そうだろう？」

「はい」

「なんと言うか、あれは……とんでもないことだった。まるで」

「冬馬さん。おじいさまにも、何が起こったか詳しく伝えます」

アイリスも震撼《しんかん》している。知的興奮が瞳の星を煌《きら》めかせている。

「もしかすると……シールドキーパーとして、私たちに課せられた役割は、私たちが思う以上に大きいのかもしれない」

「怖いことを言うな」

冬馬はうまく笑えない。ましてや、トゥルバドールの名はちらりとも口にできない。

「応急処置、終わりました」

後部座席から速水レイラが報告した。

「この子は、帰国次第すぐ病院に放り込みます」

手のかかる子供という扱いだ。冬馬は思わず笑い、レイラに感想を聞きたくなった。レイラからはどう見えたのかと。戦力で圧倒的に勝るサキの部隊を自分たちは撤退させたのだ。なぜそんなことができたと思う？　喉元まで出かかったが、やめた。冬馬もアイリスも正確には分かっていないのに、シールドキーパーでない人間に分かるはずがない。

眼前に光の列が見えてきた。広大な敷地に多くの航空機が並んでいる。巨大な空港だ。

一緒にいられるのはここまで。

四人はこれから、世界中に散る。冬馬は腹を括ろうと思った。隣のアイリスを見る。

つらい。離れたいわけがない。

6

地球の全く別の場所をテクノロジーがつないでいる。

モスクワ。ニューヨーク。そして東京。

警視庁の本部にいる立石勇樹は息を潜めて二人の会話に耳を傾けた。両方ともが巨大な組織のリーダー。世界史に名を残すことが決まっている人物同士だ。

『では本当に、あなたが手を回して、テロリストを差し向けたわけではない。あくまでそう言うのですね』

『当然だ。私の名誉にかけて断言します。サキとその部隊に悩まされているのは、我々ロシア国民ですよ』

ソフィア・サンゴールとアレクセイ・フョードロフ。ソフィアが問い質し、フョードロフがシラを切る。そんなやり取りがしばらく続いたあと、ソフィアは話を妥結させることを選んだ。

『分かりました。ではトーマ・ヨシオカたち四名を、ロシアから無事出国させる。フォードロフ司令、あなたはそのことについて異存ありませんね』

『異存はありません。しかし、事務総長。あまり感心しませんな』

フォードロフは分かりやすく嫌みを言った。

『こうまでして彼らを贔屓するのは、私情ではないのか？　疑念を世界に広げますよ。私はともかく、ロシア政府もよくは思わない』

『いまは非常時なのです。疑念が晴れないならいくらでも説明します』

ソフィアはまるで動じなかった。ウェブカメラをまっすぐに見据えている。相手がどんな人間であれ、誠心誠意向き合うと決めているようだった。

『最も難しい事態に対処できる人間は限られる。私は、ケースに応じてふさわしい人間を割り当てているだけです。最適な人材の配置こそ、国連事務総長の主な仕事ですから』

『後悔しないことですな。身内ばかり重用して、えこひいきの女王と呼ばれぬよう』

ロシア人指揮官の負け惜しみ――と、立石からは見える――は止まらなかった。だがそれをも、ソフィアの誠実さが正面から受け止める。

『私の采配が、正しいかどうか。これも歴史の審判にかけられます』

国連を預かった身としての覚悟を示した。ソフィア・サンゴールの決断は常に正しい。

そんなふうに世界市民からの信頼と憧れを得ることを目指している。組織は違えど、リーダーのあり方について悩み続けている立石は強烈なシンパシーとリスペクトを覚える。

『フョードロフ司令。あなたの持っている覚悟と同じです。司令官就任の際、あなたは世界市民に誓った。その武力は誰のものでもない、市民のためにあると。私もあなたと同じです』

暗に釘を刺す。うまい巻き込み方だと思った。しかも相手に充分敬意を払う。

『私はあなたに、北米警備隊《NAG》に対する出動を要請せずに済ますつもりです。アメリカ大陸で起きたことはアメリカ大陸内で解決します。あなたの手を煩わせずに事態を収束させる。ですからあなたも、自分の任務を果たしてください』

『承知しました』

ロシア人は畏まった。話している相手が、自分の指揮官だとふいに思い出したかのように。

『東シベリアに本隊を差し向け、騒動を収束させる。その後、直ちに地元警察と連携して、首謀者を割り出します。ですが』

見せかけの敬意が、早くも少し剝《は》がれた。苦言を差し挟んでくる。

『――我々の回線に、なぜかケーシチョウがコミットしている。この会話を聞いている。説明してもらいたいものですな』

ついに自分に切っ先を向けられた。立石は居住まいを正す。

『どうか、理解してほしいものです。世界の治安維持に寄与するケーシチョウの努力を』

ソフィアはすかさず擁護してくれた。

『世界連邦の守護神の一人である貴方《あなた》なら、究極的には、同じ目的のために邁進《まいしん》するチームメイトだと理解しているはずです』

信頼を相手に預ける。これがソフィア・サンゴールの強さだ。相手の善性に訴える。共感を引き出し、罪悪感を目覚めさせようとする。奸物《かんぶつ》に溢れる世界で、奸物を黙らせる力を持つ。少なくとも、反感を喚起しない。そのやり方がどれほど成果につながっていることか。彼女を慕う人間を増やしているか。

徳、という目に見えない、数値に表しにくい性質がどれほど世界を動かしうるか。これも歴史の実験だと立石勇樹は思った。

「フョードロフ司令。他意はありません」

立石は心を定め、ロシア人に直接話しかけた。

「この通信への参加をお許しいただきたい。同時に、捜査上のこととはいえ、モスクワで起きた騒乱を、我が警視庁の刑事たちが治められなかったことをお詫びします。並びに、出国をお許しいただき感謝します」

裏でサキと通じ、大事な部下たちを暗殺させようとしたのではないかという疑惑は脇に置く。相当な胆力が必要だったが、立石はやりおおせた。自らの顔を通信画面内に映し出し、深く頭を下げてみせる。

『早く出て行ってほしい。シールド使いは災厄を呼ぶ』

不躾《ぶしつけ》な物言いに、腹は立たない。立石はロシア人の率直さに感謝さえした。そして、相手の顔がわずかに引《ひ》き攣《つ》っているのを認めて内心快哉《かいさい》を叫んだ。アイリスや冬馬がこのロシア人をいささかでも悩ませたのだとしたら、胸の空《す》く話だ。部下たちが誇らしい。

『なぜ、シールド技術をケーシチョウが寡占《かせん》しているのだ？』

フョードロフは、溜《た》め込《こ》んでいた不満をぶつけてきた。

『その説明も、いただきたいものだ。この場には、国連とケーシチョウのトップが揃っているのだから』

『日本発の、開発途中の技術だからです』

ソフィアが即座に返答してくれた。立石も懸命に補足する。

「刑事たちは実験台でもあります。日々のデータが全て、技術に還元されている。人類の共有財産になりうるレベルに達すれば、パテントを開放することも現実味を帯びてきます。ただ、それには時間を要する。ご理解ください」

『開発途中。申し訳ないが、言い訳にしか聞こえない。すでにシールドは、充分すぎるほど強力だと聞いている』

フォードロフの非難は耳に心地よかった。それほどに、アイリスと冬馬はこの男を手こずらせたのだ。

『国連は公益に資する。時が来れば、しかるべき配備を行うように勧告します。私が約束します』

『……了解した』

　事務総長の明言には、フォードロフも矛を収めざるを得ない。

「フォードロフ司令。ご意見を伺いたい」

　立石は思い切って問いを発した。こんな機会は滅多にない。

「ジェンキンス司令は、何を考えて部隊を動かしたのだと思いますか」

『分からない』

　返ってくるのは最低限の返答。

「あなたとの関係は、良好と聞いています」

『良好だが、全ての手の内を明かすコマンダーはいない。私は、今回の作戦のことを知らなかった。北米警備隊《NAG》が、独自に得た情報に基づいて動いたのだろう、としか言えない』

「ジェンキンス司令に、これから何か、アドバイスする予定は？」

『むろんない。最近は話もしていなかった。公式の通信記録を見てくれ』

　フォードロフは淡々と言うが、信じるつもりはなかった。極秘の回線を使っていたら辿《たど》りようもない。

『向こうもいま忙しい。こっちも急場だ。話す予定はないね』

ひたすら身をかわされた。この件には、頼まれても関わりたくないようだ。

『立石総監。これはもしや、捜査か？　私に対する』

「滅相もない」

立石はへりくだってみせる。

「いま、我々が追っているのは世界中の破壊分子です。ユニヴァーサル・ガードのコマンダーは、もちろん世界秩序を守る同志であり、テロリストとは真逆《まぎゃく》の存在であると信じています」

誠実な声を出したつもりだが、皮肉ととられただろうか。通信画面からフョードロフの顔が消えた。一言も残さず回線を抜けていった。

『ごめんなさい。コマンダーには、気位の高い人が多いから』

苦笑いのソフィアが、日本語で立石に謝ってきた。かえって恐縮する。

「大変ですね、サンゴールさん。普段からあんな人たちに指示を与えないといけないとは」

『お互いに、リーダーの悩みが共有できますね。アイリスとトーマを使うのも、さぞご苦労でしょう』

「はは。お察しの通りです」

この気遣い。本当に稀有《けう》なリーダーだと感じる。しかもソフィアは、アイリスと冬馬の友人としても振る舞う。公と私に差異を感じないことが素晴らしいのだ。

『二人の無事を喜びましょう。すぐに働いてもらうのは、気が咎《とが》めますが』

「いや。あの二人は、喜んで働いてくれますよ」

親代わりを自認する立石は、そんな言い方を選ぶ。ソフィアは笑みを見せた。

『国連特使としてお借りすることを認めてくださってありがとうございます。二人の身に危険が及ばないよう、私も努力します』

一瞬、涙腺《るいせん》が緩む。どれだけ自己鍛錬を積めばこれほどの人間が出来上がるのか。年下でありながら尊敬の念しか感じない。自分なりに精いっぱい、この人の力になりたい。

「あの二人は、自分の身を守れます。バックアップは私がしますので、事務総長は目の前の課題に集中してください」

画面の中で、ソフィアの目が感謝とともに細められる。日本の警察組織が、アメリカ国内のクーデターに対処することは不可能だ。無念だった。世界市民からこのリーダーが奪われることほどの不幸はない。なんとか救えないものか。ずっと考えているが妙案は浮かばない。

『久しぶりに、チャールズ翁に会いたくなりました』

ソフィアがふと言い、立石は目が覚めた思いだった。心を読まれたようにも感じた。やはり彼女も悟っている。まさに事態は彼のもとに収束しつつある。過去の亡霊が甦るとき、かつて実際に立ち向かった人間に思いが至るのは当然だ。危機において頼る人間が決まっていることの、この国の幸と不幸を思う。

「いま、翁のもとに人を送っています」

立石は正直に告げる。

「山が動くかもしれません」

『本当ですか？』

ソフィアは声を躍らせる。それからふいに、表情を厳しくした。

『大変なご高齢なのに……申し訳ない話です。我々、後を継ぐ世代が不甲斐ないばかりに、ご心労をおかけしてしまうのは』

「そうですね。ただ、あの人が、この事態に黙っているはずがない。そうも思うのです」

ソフィアは悲しげに微笑するばかりだった。やがてポツリという。

『動かない山が、なくなりつつあるのでしょうか。ただし、最も動いてほしい山は……』

立石は二の句を継げない。互いの胸にある思いは同じ。軽はずみには口に出せないのも同じだ。ただ黙って、力づけるように相手を見た。いま人類で最も重責を担っている女性に、心からの敬意を伝えたかった。

だが、ソフィアは悩み深い眼差しのまま。彼女も秘密を抱えていると直感する。後ろ暗い何かではない。ただ、国連のトップが宿命的に背負う極秘事項が存在することは想像がつく。その重さには同情するしかない。

『立石総監』

一度深く息を吸ってから、ソフィアは言った。

『期待しましょう。心ある人は皆、世界情勢に胸を痛めている。それぞれの力を尽くす時です』

立石はウェブカメラに向かって大きく頷いて見せた。

今はそれしかできないことを悔しく思いながら。

Legend Part 6

（ジュゼッペ・ダイネッリの証言の採録）

儂のヴェネチアに何をしてくれるんだ？

後悔したよ。儂は甘かった。まさか、奴らがあそこまで大がかりで、大げさだとは思いもしなかったんだ。まったく魂消《たまげ》たよ。干潟に向かってくる船は三百トン級の巡視船だった。こんなものでラグーナに乗り込むなんて……限度を知らない馬鹿者たちだ。とんでもない数の人間が乗ってた、五十人は下らなかったろう。しかも、船首や側面に機関銃が備え付けられてた。戦争仕様だ。

奴らは絶対にただのギャングなんかじゃない。ＣＩＡだかＮＳＡだか何だか知らないが、政府の肝煎《きもい》りに違いないと分かったよ。だが、アメリカの特務機関がなぜロマなんかを恐れる？　どうしてここまでする必要があるんだ？　儂にはさっぱり分からなかった。

船は乱暴に、干潟に乗り上げてきた。奴らは素早く下りてきて、たちまち儂ら全員を取り囲んだ。軍隊一個中隊みたいに統率がとれてた。実際、兵隊上がりの人間も交じってたんだと思うよ。一人残らず銃を構えてる。たかが旅芸人一座にここまでするなんて正気の沙汰《さた》じゃなかった。こっちは武器なんか持ってない、武器になるものなんて、ゼロのナイフ投げ用のナイフがせいぜいなのにな！……あのひどい気分は、実際に奴らに囲まれなくちゃ分からんと思うよ。生きてる気がしないんだ。背中にクラウディアを隠したところで、四方八方から銃で狙われてるんだからな。言われなくたって両手を上げちまう。

　すると、一人の男がゆっくり、船を下りてきた。そいつだけが手に銃を持っていなかった。ハリソンだ。

「やっと捕まえたぞ。世話焼かせやがって」

　その顔は、勝利感でゆるんでた。ハリソンは一度ブルッと震えて、スーツの上に羽織ったダウンジャケットの襟《えり》を寄せてから、舞い落ちる雪の中を、ゆっくり儂らに近づいてきた。実際、たまらない冷え込みだったよ。儂はクラウディアを抱き寄せた。

「これが最後のチャンスだ。平和裡《へいわり》に、事を解決するためのな」

　ハリソンは言った。

「我々と一緒に来い。さもなくば殺す」

　その目は、灰色髪の男しか見ていなかった。

　ジャックはじっとハリソンを見返していた。

　答える様子は、まるっきりなかった。

　ジャックを守るロマたちも張り詰めていた。ゼロが物凄い目でハリソンを睨んでる。エスクドとルシオも一歩足を出して、自然にジャックを取り囲んだ。ジャックを絶対に、渡すつもりがないのが分かった。まるで部族の宝物を守るかのような決死の覚悟が伝わってきた。

だがハリソンはロマたちを気にしていなかった。

「なにか言ってみろ。ジャック」

ハリソンは笑顔だった。あのずるそうな、目のつり上がった笑顔さ。

「こっちへ来い。追いかけっこは終わりだ」

ジャックはなおも黙っていた。ハリソンに向かって歩き出すこともない。かと言って、逃げ出しもしない。

「ちくしょう。どうしたらいい」

ゼロが言った。独り言のように。

だれも答えない。

僕は、ジャックの顔を見た。

恐ろしく真剣な顔だった。そりゃあそうだ、命が懸かってるんだからな。だが僕には、自分の心配をしてるようにはちっとも見えなかった。彼は——仲間のことを気遣ってる。自分の楯になってくれるロマたちを、自分とは容貌も生い立ちも違う連中のことを思いやって、眉を顰《ひそ》めてる。どうにかみんなを救いたがってる。それが分かったんだ。

だが状況は絶望的だった。

「まだ駄々をこねるつもりか？」

相手はついに痺れを切らした。

ハリソンの合図で、手下たちが銃をジャックに向けた。防弾チョッキを着た奴、アーミースタイルの女、プロレスラーみたいないかつい奴。全員が、ジャックを狙ってやがるんだ。発砲の指令が下れば、ジャックは一瞬で蜂の巣になる。

儂は観念したね。あんな経験はできるもんじゃない。あのちっちゃな穴から死が飛んでくる。自分目がけて、間違いなく自分にめり込むのさ、無慈悲な鉄の弾がね。命を奪うためなんだ。当たり前のことを言ってると思うだろうが、それぐらい、あれは格別なもんだ。もうどうしたって、足掻《あが》いたって助けを乞うたって、女房にお別れを言いたくたって、弾が当たったら終わりなんだから。なにもかもできなくなっちまう。儂は幽霊を信じるよ、怨霊をな！　あんなふうに命を獲られたらあんまりだ。死にたくない人間を無理やり殺すぐらい罪深いことはないね。

だがそれでもジャックは動かない。

ハリソンは、自分の隣にいた黒髪の、額の広い男にアゴで命じた。ハリソンの側近らしいそいつは、まっすぐに儂のところへ来た……そして、儂の顔の真ん前に銃を突きつけたんだ。身体から力が抜けた。ジャック本人を脅すより、他の人間を脅す方が早いと踏んだんだろう。まったく虫唾《むしず》が走る。腐ったやり口だ。儂はディアを背中に隠すので精一杯だったよ、男の目が最悪なんだ。その黒髪男の目には感情がなかった。どんなことでもやってのける目だ。ハリソンが命じれば、こいつは確実に撃つ——。

黒瀬理沙著『氷のレガータ』第Ⅻ章「暴威」より

Ⅳ　サモン

1

回線を挟み、東西の将軍が鎮座ましましている。

その一人は自分。アレクセイ・フョードロフは、客観的にこの場と自分を眺めていた。これも歴史の一ページとなる。最近はあらゆる局面において、すでに書かれた歴史をただ辿っているような気分になる。心理的な錯視に過ぎないが、せいぜい楽しむことにしている。これから派手なクライマックスが来る。また別の心理状態に捕まることは必至だからだ。

回線の向こうのジェンキンスも、無表情に、ただじっと時間をやり過ごしている。老いた鰐《わに》のように見える。いつ暴れ出すか分からない迫力は認めざるを得ない。

待ち人がある故、奇妙な時間が流れている。話すこともなく、ただ相手の存在感に耐える。新たに空気を乱す相手をただ待ち受けている。

『出陣の時がきた』

静寂は唐突に破られた。

『ご両名、準備はよいな？』

そんな無遠慮な声と共に、ジェネラルズの秘密回線内に新たな存在が起ち上がった。

久しく現れなかった。だが、いざ現れると破格の存在感を見せる。漢民族でありながら、どこか漂泊の蒙古《もうこ》族を思わせる赤ら顔。あの、世界を制覇しかけた蒼《あお》き狼《おおかみ》の血を継いでいるのではないか。充分あり得る話だ。

『我々は龍の道を知っている。常に堂々と、その真ん中を歩いてきた』

中国人の言い回しは、本人の英語力が高いとは言えないせいもあって難解だ。将軍たちは微妙に渋い顔をするが、当の中国人は気にしない。

『この機を逃せば、また百年待たねばならないだろう。そんなことに耐えられようか？　主権を取り戻せないなら、討って出るより他にない。覇を唱えられないなら、人類を滅ぼした方がましだ。死なば諸共』

アメリカやロシアの覇権主義とはまた違う独特な哲学。中華思想とは実は、歴史の中で最も傲慢な思想なのかもしれない。いや、あくまでこの将軍個人の異様さだろうか？　自らを世界の王と任じて疑わないそのメンタリティは、さすがにどの大国も持ってこなかった。格段に古い国であるせいもあるのか。アメリカもロシアも多民族の寄せ集めだ。だが中国の支配者は、多民族であることを容易に否定する。問答無用でアイデンティティを統一してきた歴史がある。相変わらずの人口最多国、一方で自国民を続々と世界に送り込み続ける。世界全体を中国にしてしまいたいに違いない。

　だからさしもの将軍たちも緊張を強いられる。世界連邦が成立していなければ、この国が国力・武力共に世界一になっていた可能性が高い。世界連邦さえできなければ最もでかい顔をしていられた。だが、形式上は軍事力を失ってしまった。国家側の人間がそれを悔やんでいないはずがなかった。

　フョードロフは改めて、隣国にこの男がいることの運命を思う。常に牽制《けんせい》しあい、反面、多くの時を手を握りあって過ごしてきた。龍と熊が本気でぶつかり合えば世界が崩壊する。そう知っているから、仕方なく良き隣人を演じてきた。

　自分にとってどっちが厄介だろう。兵馬俑《へいばよう》を従えた将軍と、カウボーイを率いる将軍とでは。答えを出すのは難しい。

『失敗は許されない』

　中国人は繰り返し強調した。

『私は今回、必ずアジアを統一する』

　東アジア警備隊《EAG》の司令官が拘束され、事実上張り子の虎の状態になっている今こそが千載一遇の好機。自明の理だ。

『だから貴君らも、必ず天命を果たせ』

梁《リャン》の発破に、

『分かっている。だが梁、油断するな。オジー女には気をつけろ。クロコダイルのように元気に噛みついてくるぞ』

アメリカの隻腕将軍が泥臭い忠告で返す。梁が率いる西アジア警備隊《WAG》が、いま対峙すべきはオセアニア警備隊《OG》。それは地理的必然だ。

『こちらは抜かりない』

梁の顔には余裕が溢れている。

『フィリピン海で決着をつける。オセアニアも、統一アジアの属国にしてやるわ』

冗談の調子ではない。中世の蛮王そのものの言い草だった。

『ときに、ジェンキンス司令』

そして梁は、画面の中で姿勢を変え、丸い赤銅色の顔をカメラに近づけてきた。

『そっちはどうなのだ。ブラジルのキャプテンは手強《てごわ》いぞ？』

『フフン。これは戦争だ。サッカーじゃない』

ジェンキンスは鼻息を荒くした。画面が凶暴で粗野な笑みで溢れる。

『手はず通りニューヨークは氷漬けにした。サンゴールは籠の鳥だ。親友を人質に取られて、デ・ソウザはさぞ慌てているだろうさ。オフサイドだ、ラフプレイだと罵られようが構わん。勝手にクリーンなフェアプレイを続けてりゃいいさ。こっちはボールなどそっちのけで殴り倒す。タイソンのようにな』

ボクシングを引き合いに出した。百年以上前のレジェンドだが、ジェンキンスは自分の冗談が気に入ったらしく、顔のニヤつきが治まらない。

『俺がデ・ソウザをやっつけている間に、君らも首尾よく仕事を完遂してくれよ。世論が騒ぎ出す前に』

『貴君なら、世論などものともしないだろう』

力を信奉する者同士の、テストステロン臭に溢れた対話だった。

「甘く見るな。デ・ソウザは案外戦略家だぞ。フェアプレイだけじゃない。マリーシアを使ってくる」

フョードロフは横槍を入れる。過剰な男性ホルモンはむしろ有害だ。この男たちと同じ臭いを放ちたくはない。

「サンゴールとの仲の良さは、気がかりだ。ニューヨークを放っておくはずがない。なんとか救い出そうとするぞ」

『だがそれには、俺の精鋭部隊に勝つ必要がある』

ジェンキンスには不動の自信がある。正面からの武力衝突で負ける気はさらさらないのだ。

「彼女は、ポルト・アレグレで起きた争乱も手際よく鎮めたようだ」

フョードロフは冷静な指摘を続けた。

「力試しにもならなかった。相当本気でかからないと、足を掬われる」

『フョードロフ。人の心配をしている場合か。ドイツ女だってなかなか手強い』

「分かっている。だが、こっちにはオビクがついている」

自信満々に返した。まさに切り札だ。

「ロシアとアフリカで挟撃すればヨーロッパなどひとたまりもない。積年の恨みを晴らす時だ……歴史はひっくり返る。貴族を気取って搾取し続けてきた欧州勢は、ついに永遠の奴隷となる」

将軍たちが好みそうな単語や表現をわざと使った。画面の中で、将軍たちの血色がますます良くなる。

「ロシアやアフリカを、辺境として馬鹿にしてきた報いだ。これぞ革命だな！　労働者革命だ」

『珍しく興奮しているな。君もさすがに感極まっているようだな』

ジェンキンスが嬉しそうに指摘した。

「興奮せずにいられるか。この時のためにどれだけ準備したか……搾取してきた資本家は永久に封印される。因果応報だ」

ルサンチマンを抱えた典型的なロシア人を演じた。欧州に対する積年の劣等感と憎しみが、ロシアの民の魂に沈殿している。世界連邦の一員、などというおためごかしで、何百年もの民族的怨念が鎮まるはずもなかった。

『愉快痛快だな』

梁もご満悦だった。長く同じイデオロギーを信奉してきた国同士だ。互いの国が定期的に暴君を輩出しては人類に惨禍《さんか》をもたらしてきたことには、一切触れない。むしろ内心は誇りに思っている。

『世界中に溜まっていた恨みと暴力衝動が一気に弾け、世界秩序はひっくり返る。世界連邦革命のおかげだ』

梁が言い、ジェンキンスが同意した。

『そうだな。偽りの平等を掲げ、人々を腑抜けにして牙を抜いたつもりだろうが、誰が淀《よど》んだ牧場に満足するものか。本物の戦士の牙だけは絶対に抜けないのだ、馬鹿め！　我々の力を見せつけてやろう』

将軍たちの国の、将軍たちの言葉で会話していた。恐怖を司る者こそが人々の上に君臨する。それがこの国では常識だ。人類は暴力を手放さない。本性は、未来永劫《みらいえいごう》変わらない。そんな歴史観、人間観を信じて疑わない男たちの宴。

『だが、なぜ茂木は自滅した？』

丸い赤ら顔が、暗雲に覆われたように黒くなる。

ジェンキンスの顔も曇った。触れたくない話題のようだ。フョードロフも、迂闊に答えを返すことができない。

『なぜ、我々と足並みを揃えるのをよしとせず、抜け駆けをしたのだ。そのくせ、ああも簡単に降伏した……理解できん。ただの腑抜けか、とんでもない愚か者だったのか？』

なおも米露の男たちは黙る。すると中国人の勢いに拍車がかかる。

『我々にとって、まるで益のない独走だった。国連と、国際社会の警戒心を高めてしまったではないか！　なんであんな馬鹿なことをした？』

『茂木は人一倍プライドの高い男だった。我が道を往きたかったのだろう』

ジェンキンスは同情的だ。つき合いの古さが舌鋒《ぜっぽう》を緩めている。

「いや。一番乗りの名誉を得たかっただけだと思う」

フョードロフはあえて冷たい批判を挟んだ。

「功名心が呼んだ失敗だ」

『私は、貴君らの見方とは少し違う』

すると梁は、フョードロフをも出し抜いてきた。

『茂木は――ウルに頼りすぎたのではないか？』

鋭い、とフョードロフは感じる。やはりこの男は舐めてかかれない。

『茂木は、ウルから直接、最新兵器の提供を受けていた。だから思い上がってしまったのだろう。自らの力を過信したのだ』

「ケーシチョウを舐めてもいた。自らの国の警察組織を」

フョードロフは別角度から指摘した。

「脇が甘いのだ。ケーシチョウは本気でウルに迫っている。我が国にも侵入してきた」

忌々しいシールド使いの刑事たちの情報を伝えると、梁もジェンキンスも食いついてきた。ウェブカメラを睨む両目が血走っている。

『そっちに行く前はニューヨークに来た。国連との親密さをアピールするかのようにな』

ジェンキンスの髭《ひげ》が不機嫌に捻《ねじ》れている。この男の方がずっと分かりやすい、とフョードロフは感じる。

『フョードロフ司令。ウルの工場は見つかっていないのだな？』

梁の目がギョロリと動く。梁は回線を繋ぐ度に必ず確かめてくるのだ。

『警視庁の連中に、嗅ぎつけられてはいない？　自分のものだと思ってもらっては困るぞ。我々は全員、ウルに出資し、相互提携しているのだから』

「大丈夫だ」

フョードロフは表情を変えない。鉄面皮を誇っている。内心の苛立ちなど微塵《みじん》も見せない。特にこの中華将軍の前では。何せテリトリーが隣接している。

『だが、連中は無敵の楯を持っているんだろう。厄介だ。アレクセイ、連中に手出しできたのか？』

今度はファーストネームで呼ぶ。歳はだいぶ上。おじさんのような親密さを演出したいのか。あるいは舎弟として首根っこを押さえる気か。いずれにしても、フョードロフは靴は舐めない。かといって非礼も働かない。

「手出しはできる。あえてやっていないだけで」

『強がるな。連中のシールドの謎を解かない限り、脅威は消えない。将来に禍根は残るぞ』

「分析を急いでいる。すぐに対抗装置、新兵器を開発して連中の楯を無効にする」

『ウルにやらせているんだろう』

梁は、全てお見通しとでもいうような調子だった。フョードロフは無反応を貫く。すると梁は提案してきた。

『サイトーを、ここに呼ぶべきではないか』

フョードロフは慌てない。予想の範囲内だ。

「彼はいつでも応じる。実に協力的な男だから」

『我々の要請に応じなかったことがあるか？』

そうジェンキンスも笑っている。ウルをしっかりグリップしているという自信がある。

『我々の活躍こそ、奴の生命線なのだ。自分の兵器を使ってもらうことが奴の生き甲斐なのだから。サイトーという男を好きか嫌いかは別にして、奴を警戒する必要は、何もない』

『そうだろうか』

梁は引っ込まなかった。ジェンキンスが首を傾げる。

『何が不満なのだ？』

『茂木を焚きつけた疑いを、解消させてほしい』

「焚きつけた、だと？」

『サイトーは、大それた野望を抱いているのではないか。陰の権力者になるつもりかもしれない』

『それは俺も、懸念しないではなかった』

ジェンキンスがにわかに同調し、フョードロフは意表を突かれた。

『だが、ウルには決定的な弱みがある。武器はあっても、兵力を持たないという点だ。それでは、いくらなんでも、我々に対抗することはできない。梁、君の懸念は杞憂《きゆう》だ』

『ジェンキンス。〝茂木の乱〟の報告書をちゃんと読んだのか？』

梁は嘆いて見せた。

『ウルの武器はテロ組織を支えている。ならば世界中のテロ組織は、ウルの戦力と呼んでもいい。それより何より、進歩しすぎた自律型兵器だ！　あれを量産すれば人間の兵士は要らぬ』

　やはり突いてきたか、とフョードロフは内心舌打ちする。

『人型兵器の威力を見ただろう。現時点でさえ、ウルが、ユニヴァーサル・ガードを凌《しの》ぐ兵力を備えることも可能だ』

『おいおい。それはさすがに……』

　笑い飛ばそうとするヤンキー将軍の顔に精彩がない。

『心配し過ぎと言うか？　私は、サイトーに腹蔵がないとは思えない』

『ないとは言わないが、我々を裏切るような大それたものじゃないだろう』

『いや。革命はもう、始まっているのだぞ。万が一にも足を掬われたらかなわん。今一度、ウルのあり方を確認する。改めてしっかりと首に鎖をつけておく必要がある。疑わしいところがあれば全て吐き出させよう。最新兵器の数と生産ペースをぜんぶ報告させる』

『だが、我々は現在の戦力で、充分勝利できる』

　ジェンキンスは強気を貫く。

『このまま我々が世界を掌握してしまえば、ウルにでかい顔をさせる余地はない』

『いいや。盤石の態勢を取るべきだ』

　梁は全く譲る気がなかった。

『どんな懸念も取り除いておく。打てる手はすべて打ち、投入できるものはすべて投入するのだ』

『ウルに自律兵器を出させる気か？』

梁の狙いに気づいたジェンキンスはウェブカメラを睨みつけた。

『人心が離れるぞ。ウルの人形を、俺は好きではない』

ジェンキンスの思わぬ本音が飛び出した。将軍たちのスタンスの違いがここにきて露わになる。人形。ウルの人型兵器を忌み嫌っているのだ。

『ロボットやＡＩが暴走し、人間を滅ぼす映画は、我がハリウッドでいくらでも作られてきた。我々が、ウルから実際に仕入れたとしたら……もはやエンターテインメントではない。アメリカ市民はそっぽを向くかもしれない』

ジェンキンスの語りは妙な哀愁に満ちていた。フョードロフにはそれが、去り行く寸前の老兵に見える。

『あれだけ銃を愛したアメリカ市民が何を言う？』

梁子墨《リャン・ズーモオ》は一笑に付した。

『貴殿らの民は、どんな兵器も銃器も受け入れてきた。それが利益に繋がるならなおさらだ。世界連邦以後も、マインドはそう変わってないだろう』

『ずいぶんな物言いだな。俺には侮辱に聞こえるぞ』

静かな警告だった。梁は気にかけない。

『どう聞こえようが構わない。今が勝負時なのだ。勝たなければ、すべては灰燼《かいじん》に帰す』

覚悟している。自分たちの勝利のためには絶対に退かぬと。

『手段を選ぶな。いまは勝つことだけを考えろ』

さしものヤンキー将軍も、相手の正しさを認めるしかなくなったようだ。突っぱねるのをやめた。そのタイミングを見てフォードロフは言った。

「サイトーを呼ぶ」

まるで中立者のように。内心は、米中の対立を喜んでいる。今はどちらの敵にもならないでおく。

手際よく、サイトーのいるウルの本部に向けてコールした。

2

若い声が部屋に響いた。

「この男を殺すことは逆に大勢を救うことだ。むしろ殺さないことこそ人の義務に反する。そうじゃないか?」

アーカイヴから取り出したその声は若い。あまりにも若い。

チャールズは苦く笑った。声の主はチャールズ自身。当時十五歳。いまも脳裏にこびりついている。叫んでいる内容は、十代の頃の自分を規定する原則だった。
声を投げかけた相手は佐々木忠輔。当時、最も超えたかった男だ。

「めんどくさいコンビよね」

割って入ったのは女性の声だった。

「結局こうやって話し出すと止まらないんだから。昔とちっとも変わらない」

馬鹿にするような、だが、どこか愛情に満ちた調子。回線越しに言いたい放題だ。何度聞いてもチャールズの顔はほころんでしまう。彼女は、佐々木忠輔の妹。

「確かにそうだね、安珠《あんじゅ》」

まだ子供だった自分の声が語りかける。

「これほど話が尽きない相手はいない。良くも悪くもね。僕が本当に人と会話できていると感じられる数少ない人間だ。忠輔とはどうでもいい話をする方が難しい」

なんだこれは。忠輔を敵と名指ししながら、愛を謳《うた》っているではないか。九十代のチャールズの顔が熱くなった。どんなに強がっても結局、敵わないと知っていた。そんな自分がいじらしい。あの男を困らせて喜んでいる生意気さがいとおしかった。

何もかもを録音し、残しておいた自分を褒めてやりたい。まだ生きているかのような佐々木忠輔の肉声が、いったい何テラバイト残っているのか。記録し始めた当時、これほどの量になるとは思わなかった。忠輔の言葉の価値を知ってはいたが、黄金よりも価値があると悟ってからは水も漏らさず記録した。日常会話でさえレコーダーを起動した。だからこそ莫大になり、ＡＩでの管理が必要になった。

言葉の力を極めようとした忠輔が扱った言葉たちは、彼の本質。魂そのものだ。これらを有機的に再組成し、確固たる塔を屹立《きつりつ》させようと執念を燃やしてきた。長く生きすぎたせいだろう。よもや百歳を目前にするとは。しかも、まだ頭も身体もしっかりしているとは。おかげで妄念が去らない。熾《おこ》った火が消えてくれない。

本当にもう、忠輔はこの世にいないのか？

ふいに途轍もない喪失感に襲われる。佐々木忠輔は天寿を全うした。彼にふさわしい敬意も、晩年には得ることが出来た。人生の大半を注目されず、評価もされなかった孤独な思索者が、最後だけでも報われたのは幸せなことだ。それをいつまでも喜んでいればいいのに。

「忠輔。僕はいつになったら引退できるんだ？」

そうぼやいてみた。痛みを伴う笑いが漏れる。自分を恥じた。実際に血を流しているのは、愛する血族たちだというのに。

少し前に死ねたら大往生だった。そう考えてしまう自分がいる。世界連邦を安定期にまで導けた。叛乱が起きる前だったら、安らかに死ねたはずだ。ここにきて下げ潮か……無策でいたわけではない。不気味な胎動《たいどう》を感知し、備えていた。それでも充分ではなかった。

これほど徹底的な反動の大津波が押し寄せるとは。歴史を学んでも学び足りない。人間を極めても極めきれない。

悪者は殺せ。なんと使い古された、何と工夫のない馬鹿げた過ちなのか。

そこに、かつての忠輔の声が響く。チャールズ老人は顔を顰《しか》めた。少年の頃と同じ表情になる。

殺していい人間はいない。そこから始めなければ世界は変わらない。

「なんて高いハードルだ！」
思わず忠輔を非難する。少年に還《かえ》ったチャールズの甲高い声で。
「ジェンキンスのことも殺すなと言うのか？　他の暴君たちも？　テロリストも？　忠輔、いつまで僕を縛るんだ」
自ら望んで縛られていることは棚に上げる。若き日の忠輔は、朗々と謳い上げた。
万有引力の法則は宇宙にある全ての物質に平等に適用される。重力波の影響を逃れてふ

わふわと漂っていく物質はない。それと同じです。人間とは道義の次元を生きる生き物。
道義を表す公式から逃れられる個体はひとつもない。

自ら辿り着いた公式の開陳。思い出した……チャールズの笑みが歪む。これは、自分の父親に向けられた言葉だ。

これは、忠輔と、田中晃次——チャールズの父——が対話している場面だ。ただし、田中の声だけを聞こえないように調整してあった。呪いの言葉を耳に入れたくないからだ。雑音を排し、純粋に忠輔の言葉を抽出するためだと自分に言い訳している。老いて心が弱くなったとは認めたくない。

それにしても、と今更ながらに深い溜息《ためいき》を吐《つ》く。よくぞあんな悪魔を、日本の刑務所に封じ込めることに成功したものだと思う。当時の日本政府（木村由紀治《きむらゆきじ》首相）と日本警察（野見山忠敏《のみやまただとし》長官）の英断だ。並ならぬ覚悟と忍耐だった。

日本政府が〝普遍的管轄権〟の行使を呼びかけたのが画期的だった。世界中の国々にも田中晃次の罪を裁くよう訴えたのだ。普遍的管轄権とは大量虐殺《ジェノサイド》、戦争犯罪、人道に対する罪など深刻な国際犯罪を、発生場所や容疑者の国籍にかかわらず訴追できる権利のことで、世界各国が足並みを揃えることで法的根拠はなおさら盤石になる。田中の故国である日本がこれを主導し、世界各国で起きた戦闘に於ける殺人、傷害、拷問などの人権侵害行為について田中晃次の責任を認定した。これを愚直に積み重ねることで、世界中の司法機関で有罪判決の山を築くことができたのだ。なんと丹念で、辛抱強いやり方だったことだろう。

国内法でも十一の罪状で裁いた。それによって事実上の終身刑を食らわせたのだ。おかげで、田中を死なせず、しかし一生獄から出さないという難事を完遂した。日本という国が、一日本人を裁く上でできることを全てやった。田中が経営するＣＰテクノロジーズは評判を下げ、やがては倒産に追い込まれることになる。安価で高性能の兵器が世界中に届けられることはなくなったのだ。これは日本人の快挙。いや、人類の勝利と言えるとチャールズは今も信じている。

だが、栄光は過去のものとなった。世界を再び暗雲が覆っている。

地球上の遠隔操作できるものは全て僕のものだ。

ふいにスピーカーから響いたのは、自分の声だった。世界を滅ぼそうとする小鬼の声に聞こえた。十五歳の自分の憤《ふん》怒《ぬ》が巡り巡っていま、世界を危機に陥れている。そんな気さえする。

自分の犯した罪を償うために命を懸けてきた。だがどれだけ徳を積み重ねたと思っても、地中から染み出してきて悪夢を見せるのだ。罪は一つも消えていなかった。寿命が尽きる前に追いつかれた――もう逃げられない。

チャールズ・ディキンソンの責任に於いて失われた人命がある。〝C〟として世界中で暴れていた頃、いったいいくつの〝悪〟に制裁を喰らわせただろう。それによって死んだ人間、巻き添えになって死んだ人間もいる。正確に数えることは困難だが、自分は確かに殺人者だ。

ところが、あの頃の自分がいま、活き活きと動き出すのを感じた。少年時代の全能感がこの老体から抜け出して跳ね回っている。

僕は〝C〟を蘇生させる。

それ以外に責任を取る方法はない。少なくとも今この瞬間は、そう思えてならない。

再び道を踏み外す覚悟はできているか？　チャールズは自分に問いかけた。

「民主主義など、この星に存在した例《ため》しがない。初めから終わりまで衆愚政治《オクロクラシー》があるだけだ」

実の父親はとうに死んだ。だが、父親が吐いた言葉が自分を捕まえるのは一瞬だ。

田中晃次は〝憎しみ〟を信じていた。決して絶えることはないと。だから自分の力は衰えないと確信していた。

あの猛々《たけだけ》しい〝C〟が屹立するほどに、本能が逃げを打つ。さすがに歳を取り過ぎた、自分に無理を強いればすぐ死んでしまう。逃げて何が悪い。そんな思いが、唐突な睡魔に変わってチャールズを襲った。異常に強い、意識を失わせようとする力だ。ほとんど失神ではないか！　なんのことはない、もう僕は死ぬのでは？

怖くなかった。このまま死ぬなら楽だとさえ思った。

お前は逃げない。バディの言うことを信じなくてどうする。

微睡《まどろ》みを破るように、野太い声が響く。

スピーカーから実際に出た音ではないのに、鮮やかすぎて目が開いた。

チャールズが〝バディ〟と呼んだ刑事の声だった。懐かしさに目が潤む。歴史には全く残らない男。うだつの上がらない平の刑事なのに、存在感は抜群だった。誰より熱く、だれより犯罪を憎んでいた。そこを見込んで強制的に下僕に抜擢したのだが、一緒になって都内を走り回るうちに、名実ともにバディに昇格した。

結局、変えられたのは自分の方だった。墨田署《すみだしょ》の小西哲多《こにしてつた》は、〝C〟であるチャールズに手錠もかけず、小さなハッチバックに乗り込んで行動をともにし続けた。あの狂乱の東京ジャックの最中、たった一晩の小西哲多との逃避行の一部始終を覚えている。あんなに必死で、あんなに楽しかった記憶はない。

バディに無性に会いたかった。太い声で活を入れてほしかった。背中をどやしつけて笑い飛ばしてほしい。この生意気小僧、らしくねえな。なに辛気臭い顔してんだ？　と。

　チャールズ・ディキンソンの生き様を規定しているのは佐々木忠輔だけではない。小西哲多がとうに世を去っていることが淋《さび》しくてならない。難しい理屈は苦手なのに、本能で正しいことを選ぶ男だった。人を殺すことに、絶対に首を縦に振らなかった。小西を筆頭として、警視庁の刑事たちが揃いも揃って一柳《いちやなぎ》美結《みゆ》の復讐を止めた。美しい物語だ。

　年齢も性格もかけ離れたあの男を、チャールズは誰よりも親友と感じる。自分が信じる正義のためには命も投げ出した。仲間のためにどんな火中にも身を投じた。あのときも、後輩の一柳美結を救うためにそうした。チャールズがハッキングした米軍の無人機が、今にもミサイルを撃ち込もうとしていたのに、武器王の棲む摩天楼《まてんろう》に単身、飛び込んでいったのだ。あの捨て身の後ろ姿。八十年以上前のことだとは信じられないほどにくっきりと、目蓋に焼きついている。

　美結だけではない。当時、怒りに乗っ取られ、殺人の禁忌など忘れ果てていた自分を、忠輔や刑事たちが寄ってたかって止めてくれた。おかげで自分は〝C〟の看板を下ろす決意ができた。あれ以降、人生の大半を日本で過ごしてきた。警視庁のバックアップをしつつ、〝皇帝〟が間違っても力を取り戻さぬよう気を配った。

　まだ恩返しは充分ではない。忠輔や小西や一柳美結が敷いてくれたレールの上に世界連邦が乗っている。レールを破壊しようとする輩のせいで、理性と良識を乗せた列車が脱輪しかけている。

修復しろ。軌道に戻せ。異口同音に叫ぶ声が聞こえる。

3

「核は手に入るな？」

教主のサイトーの手元が神経質に震えている。

「それは、間違いなく入ります」

アルフレッドは篤実な物言いを守る。執事の鑑《かがみ》を体現する。

「ご存じのように、全ての国家が素直に武装解除に応じたわけではありません。秘匿していた兵器を、隠しおおせた国もある。探り出し、交渉し、供出させる作戦は継続中です」

「だが、世界連邦革命当時は、相当厳しい徴発が行われた……核兵器のほとんどが総ざらいされた」

「それでもやはり、逃げ延びたものはあるのです。成果は出ています」

サイトーの目が輝く。

「順調か」

「順調です。我々の耳と口は世界中に送り込んである。おかげで我々の仲間は増えている。トゥルバドールへの恐れを、少しずつ克服しているようです」

「姿を消して久しいからな」

嬉々とする教主を、執事はほんの一瞬、奇異なものでも見る目で見た。

「トゥルバドールも、神ではない。永遠に生きるはずがない」

「いかにも。神ではありません。生きているはずもなし」

何度互いに念を押しあっていることだろう。つまりは怯えを払拭できていないということ。だがアルフレッドは口には出さない。

「本命の、南極ルートは？」

「まもなく到達します」

「ついにか！」

教主は踊り出すのでは、と思うほどに喜んだ。

この男をウルの教主と呼び習わして久しい。長く機能してきた構図が終わりかけていることを、口には出せない。自分はまだ執事なのだから。

世界連邦革命後に、南極に新しい施設が建設されたことは衛星写真で確認している。入れ子構造の建屋と厳重な防護壁を見れば、核の貯蔵施設であることは間違いなかった。国連は特例機密情報としてこれを開示せず、公式には認めていない。だが、南極点に近い場所に、核兵器を集積していることは確実だった。

核の不可侵地帯を設けた南極条約（一九五九年締結）から約百三十年経っている。更新された修正南極条約に従い、南極は〝使わない核〟の貯蔵場所になったわけだ。中でも南極点は、地球上で最もアクセスが難しい場所の一つ。監視衛星によって常時見張られていることは疑いない。常駐の警備部隊がいるという噂もある。いようがいまいが、どんな国際機関、工作員、テロ組織も南極点には容易に近づけない。近づけたとして、核兵器を奪取することはまず不可能だ。そもそも輸送手段が限られるし、要する労力も多大。まず、大陸から持ち出す前に保安部隊に捕まってしまう。南米警備隊《SAG》あたりが保安部隊を兼ねているという噂があり、信憑性は高い。国連事務総長とデ・ソウザ司令官の親密さを考えれば。

「核抑止の力学を捨てられない。国連も所詮は力に頼っている。二枚舌め！」

教主は呪いの念を吐き出した。

「今日日《きょうび》、世界中のはぐれテロリストも残された核を躍起になって狙っている。まかり間違っても有象無象には渡すな」

「抜かりはありません。今この瞬間も、ズヴェズダが南極点に迫っております」

「ズヴェズダ」

名を呼ぶその調子には畏怖が混じる。サイトーにして、一目置く存在なのだ。

「……致し方なし。氷の大陸を制覇するには相応《ふさわ》しい、あの男に頼るより他にないな。だが……南極には例の伝説がある」

「トゥルバドール」

アルフレッドはそつのない合いの手を入れた。良き執事として申し分ないはず。

教主は頷き、迫るように訊いてくる。

「ズヴェズダに充分な備えはあるのか？　まさか、もういないと高を括っているのでは？」

アルフレッドは言葉に詰まってしまう。するとサイトーは、たちまち取り乱した。

「トゥルバドールは、氷雪の化身だぞ！　氷壁と雪原、全てが彼の触媒であり、ダイヤモンドダストを自在に操るのだぞ」

「いや……それは怖がりすぎかもしれません」

アルフレッドはわずかに顔を顰めてしまう。迷信深い主人に対する内心の呆れが、表に滲み出すことを止められない。

「怯えて動けないのでは、所詮、何もできないではないですか」

諌めるような口さえ利いてしまう。だがサイトーは聞いていない。

「近づけば氷漬けにされる！　ただのおとぎ話と、私は思わない！」

こうまで興奮すると、落ち着くのをじっと待つよりない。アルフレッドはただ耐えた。

たっぷり五分の忍耐で、教主はどうにか平静に見えるようになった。

「遠征の指揮は、ズヴェズダに任せ切りか？」

その問いに、アルフレッドは待っていたとばかり、顔を近づけて秘密めかした。

「実を言うと、監視を命じています。望月《もちづき》に」

アルフレッドは控えめに応じた。

「望月友哉《ゆうや》」

サイトーは目を丸くする。

「スパイとしては優秀だが……いざという時、ズヴェズダを止められるとは思えん」

かえって懊悩《おうのう》を深めてしまったか。だが執事アルフレッドは、眼差しに感情を込めぬよう、ただ宙を見つめることを選んだ。

ふーっ、と大きな吐息が、広間の隅々まで吐き出された。

「アルフレッド。〝良き助言者〟よ。いま、主導権を握っているのはいったい誰だ」

全身を投げ出すような、腹の底からの問い。

「我々だと思っていた。将軍たちを差し置いて、私こそがキャスティングボートを握っている。世界は私の望んだような場所になり、とてつもなく満足のいく未来が待っている。そう疑わなかった。だが、果たして私は正しいのか」

執事の首は、頷きかけてから固定された。

「誰かの思惑通りに動かされているのではないか……このところ、どうもそんな気がしてならん」

「恐ろしい相手ばかりですからな」

執事は無難な言葉に終始する。自分こそが、激動の時代の間で蠢《うごめ》く小さき者の典型ですとでも言うように。巨軀《きょく》を縮め、存在感を消すよう努める。

「南極に……カーリーを送るべきだろうか」

まるで迷信を囁《ささや》くかのような教主の口調。だが聞き流せない、重要な問いだった。

「しかし、彼女が望むかどうか。悩ましいな……」

「全くです。彼女は、南極よりも、戦場を好むのではないのですか」

「いるかいないか分からん敵を探すより、敵を確実に捕捉し、手を下したいだろうからな」

互いに大きく頷く。あの稀代の女テロリストのことはよく理解しているつもりだ。

「なんと罪深く、無責任なのか。トゥルバドールは！」

ふいに叫ぶ教主。噛み合わないようでいて筋はつながっている。

「連中の、ほんの一時の奇蹟が秩序を作り替えてしまった。いなくなれば、世界が元に戻ろうとするのは当たり前だ……武器を失った大国たちがたちまち取り返す！　だから我々が必要とされた。私の労苦を知れ！　トゥルバドールよ、氷雪の化身よ！　もういないならいないで腹が立つ。もしまだいるのなら……許せぬ」

「いま、姿の見えないものに囚われるのは、もうやめにしたほうが」

執事にしては今までになく踏み込んだ。これ以上、仕える者の錯乱状態につき合いたくはない。そんな意志を垣間見せるものの、走り出した教主はやはり止まらない。

「あとは人類に投げっぱなしか！　いまこそ、また現れて、この危機に対処すべきだろう。何をしている！」

幻の相手に挑発を飛ばした。執事は呆れながらも感心した。ラヴコールに聞こえる。倒錯した憎しみは愛情に似る。この男は、トゥルバドールが目の前に現れれば喜んで平伏してしまう。そんな疑いが、執事の厚い胸の裡を黒く染めてゆく。

そのとき通信コールが届いた。アルフレッドは執事の仕事を着実にこなす。すなわち、届いた通信の要旨を教主に伝えた。

「将軍たちが会合中のようです。教主をお呼びです」

するとサイトーは、何を言われたか分からないように固まった。

4

将軍たちの極秘回線に呼び込まれた武器王の表情は、意外なほど威厳に欠けている。商人特有の、あるいは日系人特有の腰の低さと言うべきか。軍人ではないのに、扱っている品は全て血腥い。その乖離《かいり》が失調感をもたらす。

フョードロフは一歩退いた立ち位置で見守ることにした。

『茂木に融通したという自律型兵器だが。量産体制はできているのか？』

前置きはない。梁子墨《リャン・ズームォ》は用件から入った。

『もちろんです。十機単位で、受注を承ります』

サイトーは恭《うやうや》しく返す。カリスマの片鱗《へんりん》は見せず、商人に徹している。

『さすがだな。手回しがいい』

梁は満足そうにするが、そこで旧世代のカウボーイが割り込んだ。

『待て！　人による支配こそ人を従わせるのだ。ロボット兵士は嫌いだ』

分かりやすい男だ、とフョードロフは内心嘲笑う。

『なまじ人の形をしているのが、どうしても生理的に合わない』

『ジェンキンス』

梁ははっきり苛立ちを顔に出した。

『繰り返すが、この機会に覇権を握らねば、我々の時代は永遠に訪れない。美学にこだわっている場合か』

『美学ではない。帝王学だ』

『この戦役限定でもいいのだ！』

梁なりの妥協案を提示してくる。梁は梁で焦りを抱えている。

『いま、使える戦力を全て使わずしてどうする。そもそもユニヴァーサル・ガード同士は戦力が拮抗《きっこう》しているのだ。ウルの道具で底上げしなくてはだめだ。女将軍どもに負けて恥を晒したいのか』

『いや』

ジェンキンスの頑固さも生半可ではない。さっきは渋々納得したようにも見えたのに、また元に戻っている。

『我が軍の兵士はどこよりも勇敢だ。デ・ソウザの部隊など上回れる！』

『精神論はやめろ。私は火力と物量しか信じない』

梁は正しい。フォードロフは黙っていたが、内心の軍配は完全に一方に上げていた。ジェンキンスは茂木の過ちから学んでいない。自分の美学や武士道に殉じる者は、負ける。必要なのは覇道。手段を選ばぬ非情さのみだ。

『俺は要らない』

『死なない兵士をお薦めしますよ。歳も取らない。命令には絶対服従。あなた方の治世は盤石になる』

頑《かたく》ななヤンキー将軍に対して懐柔に出たのは、破壊を司る商人だった。臆面なしにセールストークに熱を入れる。

『ジェンキンス司令。どうしてもヒューマノイドがお嫌いならば、代わりになるものを調達しますよ。イヌ型はどうですか？』

『イヌ……』

ジェンキンスが絶句し、フョードロフも頭を抱えたくなった。ヒューマノイドと大して変わらない。生き物を模したものが嫌われているのに、察しないのか。相手の心理を正しく読み取れない。この教主には何かが欠落している。

『あるいは、タコ型では？　最新型ですよ。どこにでも侵入できるフレキシビリティがある』

「ジェンキンス。サイトー。個別の話はあとでやってくれ」

フョードロフは思わず間に入った。ところが、悦に入った教主は語りをやめない。

『人間が兵士を務める時代は終わるでしょう。死体袋《ボディ・バッグ》を数える必要のない時代が訪れる。戦場で、兵士は死なないのですから。代わりに、市街地でこそ、軍服を着ていない者たちが山のように死ぬ時代が訪れるのです』

余計な事を言うな、とフョードロフは怒鳴りつけたくなる。何を酔っているのだ。ジェンキンスの古頭を刺激しても益はない。サイトーの視野《しや》狭窄《きょうさく》はやはり災いだ。

ただし、梁は面白がっていた。このアメリカ人と日系英国人の噛み合わなさは、中国人にとっては極めて愉快らしい。いやに機嫌の良さそうな顔で訊いた。

『サイトー。君のところの兵器は本当に高性能で、生産ラインもすこぶる効率がいい。ついに自律型兵器の黄金時代を呼んだな。それで部隊を編成して、自分たちで世界を制覇しようと思わないのか？』

冗談の調子だが、実は生死を左右する問いだとフョードロフは感じる。

『滅相もない』

サイトーは平伏する勢いだった。商人の熱を瞬時に引っ込める。

『我々には、民意の後ろ盾がありません……民に支持されたあなた方でなくては人心がついてこない。我々はあくまで、武器屋にすぎません』

『良い心がけだ。分を弁《わきま》えている』

龍を自認する将軍はご満悦に見えた。だがよく見れば、目が少しも笑っていない。サイトーもさすがに感じているのか、ウェブカメラに視線を向けない。画面越しでも威《い》嚇《かく》は効いている。格の違いが露わになった格好だった。

『茂木は、彼の武士道《ブシドー》からすると、人型兵器をよしとしないと思っていた。だが時局を考えて変節したようだ。サイトーよ、内密に貴殿を頼ったのだろう』

『私は商人です。求められれば提供する。誰に対しても同じです』

サイトーは目を上げないままだが、声に揺らぎはない。

『茂木様が所望《しょもう》されたのはたった二機でした。百機をおすすめしたのですが』

『ふん。全てにおいて半端な男だな』

これには同意する。フョードロフは思う。おそらく茂木は、ジェンキンス以上にヒューマノイドに忌避感があったのだろうと。その件のみならず、故国での蜂起には様々な綻《ほころ》び、不首尾が見つかる。本人の迷いを反映しているとしか考えられない。

『あの男を侮辱するな』

たまらず擁護したのがジェンキンス。昔気質《むかしかたぎ》同士だ。

『茂木もきっと、迷いながら使ったのだ。人型兵器など好まないはずだ。二機が限界だったのだ』

『あの男の抜け駆けが、我々に迷惑をかけているのだぞ』

梁は率直だ。全てがうまくいって、三人で世界分割に漕ぎ着けたとして、火種は絶えない。この二人は衝突し続ける。

だから自分は常に二人の間に立っておこう。

そして、最後まで立っているのも自分だ。

「茂木を良い捨て石にする。我々は失敗しない。全員が勝つ」

ここぞというタイミングでフョードロフは宣言し、将軍たちの頷きを引き出した。サイトーまでが熱心に頷いている。

「ご苦労だった。サイトー、退出してくれ」

フョードロフが告げ、サイトーはただちに回線から去った。

『ふむ。彼に大それた野望はなさそうだな』

梁は満足したようだ。安心はしていないだろうが、サイトーをこうやって締め上げ、震え上がらせるのも目的だった。苛烈《かれつ》な支配者の資質に溢れた男だ。

『言っただろう。奴は敵ではない』

不機嫌に鼻を鳴らすのは、この場で最も野卑な、機械の腕を持つ男だった。

『奇天烈な男だが、恐るるに足らぬ。恐れるべきは、別にいる』

『と言うと？』

『言うに及ばず。我々の、究極の敵だ』

ジェンキンスは野犬のように唸った。

究極の敵。名指しせずとも、ここでは通じる。

『考えておかないといかん。いざというとき、出てこられると困る』

「出てくることは、もうないだろう。どこにも姿を現していない」

フョードロフは水をかける。相手の頭を冷やしたい。

『いや。俺はどうしても安心できない』

だがジェンキンスは、取り憑かれていることを隠そうともしない。

『どうして正体と居場所が分からないのか？　すでに死んだのか……そう思いたいが』

「もしまだ生きているのなら、ウルを放っておかないはずだ。ここまでウルが力をつけるのを阻止しなかった。つまり、もう死に絶えたのだ」

フョードロフは筋の通ったことを言ったつもりだが、ジェンキンスの反応は全く芳しくない。

『どうする？　都市伝説が事実だとしたら。我々の兵器が、張り子の虎に堕し、役立たずになったとしたら？』

『再び武装解除に追い込まれたら』

よりによって梁が同調した。

『我々は終わりだな。負け犬だ。我々は見てきただろう、前の世代の敗残兵たちを。口を噤む、当時の将軍たちの顔は忘れられん。彼らは何を見た。出会ってはならぬものに出会ったような顔ばかりだ』

梁は取り乱しはしない。そこはさすがだが、恐れを隠すつもりもない。

『我が国も同じだ！　米国軍人の誇りを持つ者たちが、全員屈服するとは。悪夢は消え去ってはいない』

ジェンキンスは自分の台詞を、頭を振って否定した。

『いや……怯えていては、いつまでも覇権は握れない。ここまで来てしまった。いまさら後には退けぬが』

「ジェンキンス。真の脅威は他にいるぞ」

　フョードロフは声を大きくした。ここで全員が肝を冷やしていても何の役もないのだ。

「生死も分からぬ、古い存在に怯えている場合か。トゥルバドールを支え、まだ生きている輩がいるだろう」

『……チャールズ・ディキンソンか』

　新たな怯えが振り絞られる。

『まだ生きているのだな』

　梁も反応した。やはりこの男も気にしていた。

「生きている。まもなく百歳。だが、生きている限り警戒を解くことはできない」

『あんなに抜け目のない男はいないからな！』

『一時は、国連の守護神のようにも言われていた。我々がこぞって蜂起したら、黙ってはいないと思っていた。まだ動かぬか？』

　米中の将軍の注意を喚起することに成功した。さらに思い出させてやる。

「ディキンソンは、日本人とイングランド人の間に生まれた。そして、あまりにも有名な話だが、自分の父親を生涯の敵とした」

『――田中晃次。皇帝』

ジェンキンスが呟く。

「そうだ。ウルのロールモデルになった。彼の手法を真似て、民間の軍需産業は天井知らずの成長株に変わった。知っているだろう？　ケーシチョウに拘束されるまで、彼は〝死を司る男〟などとは呼ばれなかった。皇帝と崇《あが》められていたのだ」

『たしか、長い裁判だったな』

梁が慨《がい》嘆《たん》を込めて言った。両目に異様な光がある。支配を求める輩のご多分に漏れず、この男も田中晃次に敬服している。ふいに憤った。

『信じがたい。日本の法が彼を封じ込められるとは！』

『常に法は、武に屈するはずだが』

ジェンキンスが放言し、

『佐々木のまやかしなしには、そんなことはできなかった。人類史上、最も舌が回った男だから』

佐々木忠輔への憎しみを露わにする。煽った甲斐がある、とフョードロフはほくそ笑んだ。

「佐々木はとうに死んだが、愛《まな》弟子《でし》たるディキンソンは健在。目障りだ」

とどめの煽り。すると中国人も米国人も、フョードロフの思い通りに熱くなった。

『ディキンソンは、佐々木忠輔の伝道師でもある。ここまで佐々木の思想が広がったのはディキンソンの仕業だ』

『うむ。佐々木の方程式が、世界連邦が推奨する教科書にまで出てきおるからな』

恨みと怒りが噴出する。世界連邦を成立させた中心人物の生き残り、最後の大物であるチャールズ・ディキンソンの抹殺の意義を痛感している。

『あれこそ、佐々木忠輔が、全人類に仕掛けた呪文ではないか！　忌々しい』

「採用を決めたのは、岩見沢耕太郎だが」

　フョードロフが注釈を入れると、激しい反応がある。

『あの死に損ないはどうしている。まだ生きているのか？』

「生きている」

『チャールズ・ディキンソンもまだ日本に？』

「調べてある。居場所まで」

　フョードロフはさらりと告げる。

『……それはいい』

「だいぶ前に築いた、厄介な要塞のような場所にいる。簡単には攻略できないだろうが」

『攻略するのか？』

「いずれはな。あの古狸《ふるだぬき》は、どうにも死ぬ気配がない。排除しておくに越したことはない」

『同感だ』

『だが、どうやってやる?』

三人の男は互いを見合った。

羊たちの群れをばらばらにし、だれも知らない道に解き放ったのはだれなのか？　だが、羊の群れはふたたび集められて、こんどはもう、永久に服従するのだ。われわれが彼らに、静かな、つつましい幸せを分け与えてやるのだ。それこそ、そもそもがかよわい生きものとして造られた彼らにふさわしい幸せなのだ。

ドストエフスキー『カラマーゾフの兄弟』第5編　プロとコントラ
亀山郁夫訳

「連中は価値ある人間の足を引っ張るしか能がない。挙句には見境なく殺すのだ。だから私は自然淘汰に手を貸す。殺し合う人間に手段を与える。そうやって、滅びるべきものを滅ぼしているだけ。それが人類のためだ。それが、私の正義だ」

――田中晃次

『ネメシス　警視庁墨田署刑事課特命担当・一柳美結3』第3章　濁流より

V　インヘリタンス

1

私が笑っているように見えるかもしれない。と、梁子墨《リャン・ズームォ》は笑いながら思う。

だがそれは上っ面だけの話だ。まだ腹から笑うことはない。

大願成就ののちに初めて笑おう。

うだつの上がらぬ万年共産党員であり、一向に出世できなかった父親と自分は違う。小蛇から龍が生まれた。それが自分だ。強大な軍事力を手に入れるために臥薪嘗胆《がしんしょうたん》。中華人民中最高の龍は、雌伏を厭《いと》わず耐え忍んできた。かつてない版図を収めることが運命づけられているからこそ耐えられた。今こそ自分は、アジア全域はもちろんオセアニアまで手に入れる。その後に目指すのは、むろんその外側の領域。結果として、史上最も偉大な支配者となることだ。

新たな三国志が始まる。結局、世界は強い者が治めるのだ。中華の大地に生まれ育つとそれを疑うことはなくなる。人がそこら中に溢れ返り、競争こそが日常。誰もが我欲まる出しで、声高に自らを主張し、他を圧殺することでのし上がる。手段を選んでいたら負け犬に終わるだけだ。

いったい誰が協調を信じた？　中国史を振り返ってもそんな時代はない。強権のみが機能する。民主主義や人権の保障は、混乱を呼ぶだけだ。理性的で行儀のよい民などどこにいる。彼らはみな獣だ。言うことを聞かない頑迷で本能的な生き物だ。拳と火で言うことを聞かせるしかない。強い支配者が我《わ》が儘《まま》な民を統制しなければ秩序は崩壊する。それが中国であったし、世界も同じだ。人間は未来永劫変わらない。

ところが、信じがたいことに、いきなり国際連合が伸張した。あられもない妄想を唱えながら世界中を生温《なまぬる》い色で染めようとした。腑抜けた虚妄の連邦を、作り上げてしまった。むろん将軍たちが黙っていない。やがて息を合わせ、帝国の逆襲を開始した。梁は初めて、この時代に生を受けた幸運に感謝した。羊の楽園をひっくり返すために自分は生まれたのだ。一時だけでも人類が浅はかな夢を見たことが信じられない、正しい揺り戻しを起こすことこそ使命。トゥルバドールのどこが平和の使者か？　かつての暴帝と何ら変わりない。圧倒的な力を用いて人々を黙らせ、無理やり革命を強いた。民は力に屈する。結局はそれを証明したに過ぎない。

摑める時に世界を摑んでおかなければ、今生を諦めるのと同じだ。むろん同志は少ない方がいい。茂木が自滅したのには内心快哉を叫んだ。おかげでアジアを分割しなくてすむ。

やはり新たな三国志が最もバランスがいい。長く三竦《さんすく》みの時代を保つことが、民の幸せでもあるのだ。安寧を与えれば民はおとなしくなる。騒ぎ出したら恐怖を与えればいい。民は羊だが、うるさい羊だ。厳しい羊飼いが三人。その治世が続けば盤石だ。自分が生きている間だけでもいい。死んだ後のことなど知ったことか。

他の羊飼いがおかしなことをした暁には、倒す。

寿命で倒れれば、もらえる取り分をもらう。

結果として自分だけが残れば言うことなしだが、現時点ではそれは現実的ではない。

まずは世界連邦を潰し、綺麗に地ならししよう。そのためには——国連本部を司るあの女をどうにかしなくてはならない。

ジェンキンスは、サンゴールを封じ込めたと喜んでいる。フョードロフもそれに歩調を合わせている。だが充分だとは思えなかった。革命とはもっと果断なものだ。象徴的な人物がいくつも首級を挙げられて初めて、民はようやく古い時代を諦めるのだ。

駒を動かそう。梁は決めた。

大事な手駒は世界各地に散らしてある。ジェンキンスの版図にも、当然の如く。そんなことはお互い様だし、今は火事場のようなもの。どさくさに紛れ、少しでも自分の有利になるように駒を進めるのは自分に限った話ではない。たとえ疑われて問い詰められようと、他の将軍たちには何とでも説明できる。お互い子供ではないのだから、事前にいちいち相談はしない。むしろ喜ばれるくらいかも知れない。

梁はほくそ笑んだ。他の誰にも見せない笑みだった。

2

回線から外れながら、サイトーはかつてない無力感に襲われた。

将軍たちにハラスメントまがいの扱いを受けたからではない。そんなことには慣れている。むしろあの殺気立った様子を喜ぶべきだ。戦乱の時代の先触れだからだ。ついに大規模な軍事衝突が起こる……もっと心浮き立つべきなのに、この虚脱感。我ながら奇妙に思うが、大願成就に際しての人間の心理とはこんなものかもしれない。

長いようで短かった。人生のピークがまもなく訪れる。世界大戦。

サイトーはヨーロッパ生まれの日本人だった。両親とも日本人でありながら、日本で暮らした期間はわずか。どこにも属せない人間と感じていた。自分を無用な人間だと決めつけていた十代を過ぎ、いつしか湧き上がってきた破壊衝動。サイトーはそれを抑えるどころか全肯定した。世界中の暴力に憑かれた人間を焚きつける。それ以上に生き甲斐を感じることを見つけられなかった。地下兵器産業を目指すのは必然であり、生まれ持った商才を生かしたちまちトップに上り詰めた。

前の世代に恰好《かっこう》のロールモデルがいたおかげだ。それが自分と同じ日本人だったことに奇妙な歓びを感じながら、事業を拡大した。忠実な執事を得たことも大きい。以後、自分の力は何倍にもなった。

　自分の配る武器で世界中を埋め尽くすことが何よりの自己実現で、夜の夢にさえ見た。世界中の国や機関から崇められた、偉大なる田中晃次が完遂できなかった仕事をやり直している気がした。世代が違うので生きて出会えなかったことが悔しかった。自分は生まれ変わりなのだろう。そんな迷信的な思いさえ抱いた。

　そして二十一世紀末。ついに自分は、あのレジェンドを超えられる。そう思っただけで震えが止まらなくなる。将軍たちが足並みを揃え、世界の転覆を成し遂げる目前。彼らに力を与えるのは自分の武器！　激しい眩暈《めまい》を覚えた。世界連邦は木《こ》っ端《ぱ》微塵《みじん》になり歴史の闇に消える。それが大願であったはずが、なぜこうも妙な無力感が湧いて出るのか。

「返す返すも、茂木は惜しかったな……」

　もう口にしないと決めていたはずだ。これまでで最大の悔恨の地点に戻ってしまった。

「自称、龍だの熊だのが集まっても、誇り高き孤狼には比すべくもない。本物の武人には」

　そばで執事が聞いている。失望させていると分かっている。

「茂木こそが最上のパートナーだった。大和《やまと》民族の魂を分け持ち、新たな修羅の時代に一本の筋を通そうとしていた。彼は私に武士道を教え、私は彼に法衣《ほうえ》を与えた。言葉にせずとも〝日本〟たるもので世界を統一することを目指した。彼こそ本物の将軍だったのだ……無理やりにでも、もっと多くの兵器を与えるべきだった。彼の美学が許容しなかった。人型兵器についても、その必要性を認めたにもかかわらず、直接扱うことをよしとしなかった。操作はイザナギに任せてしまったのだ。そういう男だからまた、良かったのだが」

繰《く》り言《ごと》は終わらない。戸板を立てられぬ弁舌こそが、自分のカリスマの要件の一つだと執事には褒めそやされてきた。

　ふいに、気配を覚えて目を上げる。

　忠実な執事が、いやに酷薄な目で自分を見下ろしていることに気づいた。

そもそも大柄ではあるが、威圧感を出さない男だ。だから執事が務まる。ところが今は、まるで様子が違う。

「なんだ？　アルフレッド。気分でも悪いのか」

　身体の不調を押してこの場に侍《はべ》っているのだ。それしか考えられない、と判断しての問いだったのだが。

「あなたの役割は終わった」

　信じ難い台詞が降ってきた。あ？　とサイトーは呆けたように返してしまう。

「もはや武器産業にカリスマは必要ない」

口調から敬意が綺麗に消えていることにはすぐ気づいた。だが理由が分からない。それほどに、生まれながらの執事であるこの男の忠誠を疑ったことはなかった。

「これからは厳格な軍事機構が、ベルトコンベアのように粛々と、武器と兵士を戦場に送る」

「な……何を言っている」

自分の声が嗄《か》れている。心臓が危機を知らせ、鼓動を際限なく速めた。

「今までご苦労だった」

執事にはふさわしくない台詞。というより、絶対に口にしない台詞だった。

「ウルは企業ではなくなる。商人は不要。カリスマも不要」

いつのまにか執事は消滅している。主人をゴミだと決めつける執事などいない。

「何より、あなたの思想が、最も不要」

血の気が引いた。それでも、サイトーは言葉を振り絞った。

「そうか……アルフレッド、将軍たちに籠絡されたな」

答えはない。ひたすらに、侮蔑の眼差しがあるだけだった。

激しい感情の渦がせり上がってくる。

「お前のことを、世界で最も優れた従者だと思っていた……私は、買い被っていたようだ」

大柄の英国人は瞬きをしたが、動揺は見せなかった。

ふいに、教主の広間に現れた新たな人影がサイトーの注意を奪う。なるほど、と思った。

アルフレッドは叛逆の首魁《しゅかい》ではない。この執事もまた、傀儡《かいらい》。自分同様、都合よく使われているだけだ。

「おいサイトー。俺に南極に行けって？　お前に頼まれなくたって行くさ。兄貴に頼まれたからでもない。トゥルバドールをぶっ潰したいからだ」

サキとはまた別の傭兵《ようへい》のリーダー、ズヴェズダが我が物顔で広間を歩き回る。領土を荒らす蛮族の如く。

「まだ、南極に行っていなかったんだな」

サイトーは呟くように言った。

「これから行くよ。しかし、俺が南極入りする前に片をつけられてよかった！」

その様子を見ていて、つくづく思う。なんとあの男に顔がそっくりなことか。スラブ民族の癇性《かんしょう》の強さと、バレエダンサーの華麗さ。粘り強い行動力。そこに同居する、北の民族に共通した体温の低さ。

あの薄い瞳の色にこそ真実が刻まれていた。

「私は……初めから……ロシアの顎《あぎと》に挟まれていたか」

漏れた日本語の呟きは、英国人とロシア人には理解できぬはずだった。

サイトーは懺悔するかのように回想に浸る。いま自分がいるのもロシアであり、ウル最大の秘密工場もロシアにある。広大な国土をずいぶん前から提供されていた。独立企業としての地位も保障してくれた。だが、ロシア人はいずれ自分のものにしてしまうつもりだったのだろう。歴史上、各隣国に対してもそうしてきたように。

英国にもウルの工場はある。アルフレッドの故国であり、レジェンド・田中晃次のCPテクノロジーズの本拠地。なぜ英国ではなく、ロシアを最大の拠点としてしまったのか。どれだけ悔やんでも遅い。きのう英国に出国しても間に合ったかもしれない。なのに自分は、ズヴェズダの故国に――その兄が巨大な軍事組織を率いる国に、居続けてしまった。これぞ命取りだ。

ユニヴァーサル・ガードの司令官でありながら、実の弟が、国によっては指名手配している危険人物であることをどうやって隠し通しているのか。家族であること自体を、履歴から完全に削除しおおせている。この兄弟は明らかに世界を支配しようとしており、必要ないものの廃棄《はいき》を始めた。真っ先に廃棄されるのは自分。

騙された……サイトーは痛感した。ロシア警備隊《RG》司令官アレクセイ・フォードロフは、ロシア皇帝でさえ抱いたことのない野望を実現する気だと。アレクサンダー大王やチンギス・ハン、ローマ皇帝だけが見ることを許された夢を見る。この星の最高権力をただ一人の手に握ること。そんなこと、まともな人間は初めから夢見たりしない。だがサイトーは知っている——我がウルの武器を独占すれば不可能などないと。それから、南極だ。なんということだ！

いずれにせよ、もうどうでもいい。サイトーは胸の底から息を吐き出す。全てを吐き切る勢いで。自分の役割は終わってしまった。見届けられない。自分が手塩にかけた武器たちがこの世界を埋め尽くす光景を。いったい誰が、最後に勝つのかを。

全てを悟った様子のサイトーを見て、将軍の弟はわずかに憐れんだように見えた。

「心配するな。お前の武器は俺たちが存分に使い倒す」

ズヴェズダの声は、救いだっただろうか。もはや自分でも判然としない。口元が緩み、締まりのない笑みを浮かべるのを止められない。

3

かつての執事の手によって教主は引き立てられて行った。

それを、フョードロフは監視カメラ越しに確かめた。

サイトーの退場を見届けたズヴェズダが端末を手にし、肉親宛にコールするのが見えた。つまり自分へ。コール音が響くや否や回線を繋ぐ。

『すげ替え終了』

という弟の声に、特に心が浮き立つことはない。なすべき事務処理が一つ片づいたというだけだった。

「ご苦労。アルフレッドが戻ったら通話に出せ」

命令した五分後に、アルフレッドの顔がウェブカメラに映った。

「まだ、梁とジェンキンスには悟られるな」

ロシア人指揮官は淡々と命じつつ、英国人の労をねぎらった。

「約束通り、ウルは君に引き継いでもらう。同時に、我がロシア警備隊と公に資本提携する。発表こそまだしないが、我々は運命共同体となる」

『ありがとうございます』

アルフレッドは恭しく言った。実に扱いやすい男だ。

「執事からついに主人だな。サイトーは、トップとしてはエキセントリックにすぎた。堅実な経営を期待している」

『承知しております』

折り目正しい受け答えにフョードロフは満足した。良き従者を手に入れた。アルフレッドの本性に気づき、早くから懐柔しておいたことが功を奏した。

「さて弟よ」

その隣の男に話しかける。あえて機嫌のいい声を出すようにした。

「ついにロシアがロシアを取り戻す。ヨーロッパを圧倒し、属国にしてやるぞ。奴らには金輪際、田舎者《いなかもの》と馬鹿にはさせない」

『待ちきれないな』

　弟は口の両端を上げ切っている。

『南極の核はしっかり握ってみせる。俺に任せておけ。ジェンキンスには決して与えない。梁にも手も触れさせない』

「頼んだぞ。気をつけて向かってくれ」

『トゥルバドールに会うのも楽しみだ』

　ズヴェズダ・フョードロフのそのセリフに、アレクセイ・フョードロフは不安を覚えた。

「気をつけろ。何が核を守っているか分からん」

『トゥルバドールだろ？』

　軽い。軽すぎる。教育が足りなかった。

「分からんのだ。南極をリサーチするのは容易ではない」

　もどかしさと苛立ちだけが膨らむ。弟は若すぎてトゥルバドールの凄みを知っているとは言えない。通り一遍の情報しか頭に入っていない。

　漂泊の民に守られた灰色髪の男は、武を司る者たちが持つ全てのカードを無効にしてしまう。かつて赤の広場に現れたあの日。モスクワにとってあれほどの悪夢は、かつてない。

先人たちが口を揃えてそう言う。

「くれぐれも警戒しろ。持っていけるだけの武器を持っていけ」

実の弟を南の果てに送る。俺は薄情なのではない。最も大事な任務だから肉親を送らざるを得ないのだ。次代の支配者としてすべきことをしているだけだ。

まだ五十歳のフョードロフは長い治世を思い描いている。確固たるヴィジョンがある。ロシアの支配者たちのことを学んでいる。世界の首長のことも学んでいる。歴史上の全ての戦争から学んでいる。最も良いのは、自分以外の将軍たちの戦いが長引き、消耗することだ。その間隙を突き、ヨーロッパからの圧倒的な勝ちを収めたあと、余力を残した自分が最大の影響力を持つ。

「お前にしか任せられないのだ」

そのために大切な大駒。自分の分身とも呼べる男に、改めて説く。

「私は当面、北半球での戦いに注力せねばならない。お前は南極の征服者となる」

『悪くないな』

ズヴェズダは、常勝してきた者の傲慢さを見せた。立ちはだかる者は残らず殺してきた。

『俺は勝つが、お前は大丈夫か。戦略は？』

肉親とはいえ、その不躾ぶりに苛立たないではない。だが勘所はわきまえている男だ。

「うむ。ジェンキンスと梁が勝った場合と、負けた場合のシミュレーションをしている。

連中は女たちに僅差で勝つだろうが、よもや女指揮官たちに敗れても、それはそれでよい。方策を考えておく。あの二人も、つまずいて痛い目に遭ったほうがいいかも知れないしな」

『ふむ』

ズヴェズダはますます楽しげだ。

「将軍たちは手加減をしない。ただ、女たちには連携がある。どちらが手強いかは難問だ」

『どっちにしろ面白そうだ』

弟は将の器ではないが、有能な兵士であり暗殺者。自分の本分はよくわきまえていて、お互いが必要だと理解している。各々がしっかり仕事をすれば成果は確実に手にできる。

『コマンダー・フォードロフ。報告がございます』

アルフレッドが改まって言い、フォードロフは耳を傾けた。決して無駄な報告はしない男だ。

「どうした？」

『ケーシチョウの刑事たちの足取りについてです。我々の監視網にかかりました。モスクワの全空港に監視の目を配置していましたが、案の定、シェレメーチェヴォ国際空港に現れました』

「ほう。それで？」

『全身火傷の若僧をつれた女刑事は、東京便へ。アイリス・カミムラとトーマ・ヨシオカはヨーロッパ方面に向かいます。トランジットの予定を探ると、どうやらヨシオカのみがアフリカ行きです。目的地はラゴス』

「ふむ。トーマ・ヨシオカがどこへ行くかと思えば、オビクのところか」

フョードロフはほくそ笑んだ。

「サンゴールの差し金だな。しかし、説教師が、オビクを転ばせられるか？　やってみるがいい」

吉岡冬馬の無駄な努力を思うと自然に笑えてくる。

話は既に出来上がっており、タイミングを待つばかりなのだ。

「実に平凡な刑事に見えた。こっちを動かすような言葉は聞かなかった。あれのどこが説教師なのか」

アルフレッドは余計な意見は言ってこなかった。サイトーと違って実に有能だ。

「オビクに連絡は入れておく。ケーシチョウの刑事が説き伏せに行くと。門前払いを勧めておくか」

するとアルフレッドは微かに笑った。彼の考えと一致したようだ。執事の鑑と見せて、実は経営者として、いや時代の覇者として優れた資質を持つ。フョードロフは早くから見抜いていた。ならば、このアイディアも一致するか？　試してみる。

「シールド使いの乗る航空機を、撃ち落としてもいいがな！　どうなるかな？」

『可能です。最新式誘導ミサイルを搭載したドローンを飛ばしますよ』

即答。やはり同じことを考えていたからこそ、気の利いた申し出が出てくる。

「シールド使いというのは、飛行機を撃墜されても生き残れるのか？」

　フョードロフははしゃいで見せた。

「爆発だけでなく、高度数千メートルの落下にも耐えられるのか。実験してみたい気もするな」

『実行しますか』

　執事が丹念に確認する。愚直なまでの忠実さ。フョードロフはますます、新たな財産を得たような贅沢な気分だった。気品を保ちながら屈従する、という特殊な生き様。英国人執事にしか成しえない技だろうか。天晴《あっぱ》れだ。

　この男のもとで、ウルはこれからますます成長する。すげ替えは大成功だ。フョードロフは椅子に深く身を預けた。

「いや。ここはサンゴールに貸しを作っておこう」

　必死になりかけた自分を笑う。ケーシチョウごときに何を神経質になる。国連本部が死に体の今、サンゴールはプライベートの友人に頼るしかなくなっているだけだ。いじましい話ではないか。

「撃墜などして、疑われると面倒だ。それに、あの口先男は、オビクを微動だにできない」

『なるほど。ただ、念のために、アフリカに人を派遣する必要はありませんか』

「だれをだ」

『有能な人間です。裏工作に長けております』

「ふむ。監視要員としても使えるしな。そこは任せる」

『承知しました。ご期待に背きはしません』

頼もしい男だ。任せておいてよかろう。

フョードロフは通信を終えると、自分のデスクの上に広がる光景に目をやった。

堆《うずたか》く積まれた紙の束に向かって、思わずふん、と息をぶつける。

4

いまフョードロフの目の前に広がっている全てが機密文書だった。

一番上に乗っているのは、ロシア連邦保安庁《FSB》の防諜局、特殊任務センター長だった男の手記だ。そこには、世界連邦成立前夜のトゥルバドールの目撃談が生々しく綴《つづ》られている。

実は何度も目を通しているのだが、一度として額面通りに受け取れない。このセンター長、薬でも打たれて幻覚を見せられたのではないか？

　この男だけではない。同様の目撃談が複数ある。ならば、幻覚剤を散布されて同じ悪夢を見せられたのだ。何度もそう結論づけるのだが、また読んでしまう。苛立って投げ出す羽目になると分かっているのに。

　その一団は、遥《はる》かに遠くから――空間的にだけではなく、時間的にも――訪れたように見えた。どの国にも属さぬ放浪者のようでありながら、ワシーリー寺院の壁のモザイク画から抜け出してきたかのような聖性も纏《まと》っていた。

　何よりも、彼らが連れてきたのは、極地にしか吹かぬ風。我がロシアには馴染みのはずの寒気が、ひと味違う凄みを放って赤の広場を席巻した。冬本人がやって来たのかと思うほどだ。この惑星の極点に棲み、冬を司る精霊だけが持つ冷気と霊気。それがいま、北緯五十五度四十五分のモスクワに降臨した。どんな厚手の熊皮でも、どれほど堆いロシア帽（ウシャンカ）でもやり過ごせぬ。ロシア人でさえ、本物の冬を知らなかったのだ。

　何という世迷《よま》い事だ。本物の冬とは何事だ。タチの悪い幻覚剤のせいに違いない、当時最新の化学兵器を使ってモスクワ中の人間に幻覚を見せたのだ！　こんなインチキに引っかかって、あっさり国を明け渡すとはなんという馬鹿者たちか。当時の指導者たちを国賊として歴史書に永遠に刻まねばならない。ソ連を解体したゴルバチョフと同列の惰弱。強権を手放す腰抜けは我が民族に要らぬ！　大帝とスターリンとプーチンの苛烈な魂こそが正統な系譜だ。ルースキー・ミールを体現する誇り高き者たちの精神をこそ、引き継がねばならないのだ。

　国恥――できるなら、ロシア軍が解体されたという記録を地上から抹消したい。汚辱の過去を歴史から葬り去りたい。

　それが叶わないなら、これから千年の栄光を打ち立てるまでだ。
不滅の帝国。その始祖となれば、私の名はロシアそのものとなる。

　フョードロフは他の資料に手を伸ばした。それにしても紙ばかりだ。文字の記録なら掘ればいくらでも出てくるのに、当時の記録映像は、極端に少ない。彼らが現れると最新の記録機器さえ機能不全に陥ったというのだから、なおさら悪夢感覚は強まる。一世代前の連中は何と脆かったのか。堕落の極みにあったのだろう。国家を守る気概のかけらもなかった。ロシアの伝家の宝刀、絶対に手放してはならない〝軍事力〟をむざむざ国連に譲るという、史上最も愚かな決断を下したのだ。フョードロフは当時の政府の構成員を八つ裂きにしてやりたかった。だが、最も責任のあった者たちはすでに世を去っている。生き残っている者たちも、高齢過ぎて話にならない。

それでも、気が収まらない。フォードロフはユニヴァーサル・ガードのコマンダーに選ばれてすぐ、かつて首相だった男のところを訪れた。大統領までは届かなかったが、若い頃からロシア政府の閣僚を歴任した男だ。むろん訪問はオフレコで行われた。ごく側近だけを伴って、フォードロフは夜更け、一人住まいの男の家の寝室に押し入った。そして当時のことを問い質した。すると老人は驚愕《きょうがく》に震えた。

「ロシア軍の解体の責任を取れと言うのか？　この儂に？」

フォードロフは唾を吐きかけそうになった。思い留まって、声音を抑える。

「取れとは言いません。しかし、責任があることは確かだ」

容赦なく言った。当事者がいかに老いさらばえていようと追い詰める。ロシアの武装解除当時、確かに最高指導者の一人だったのだ。いまや権力を失った老人を恐れる理由はない。

「あなたは最終的に、唯々諾々《いいだくだく》と国連に従い、軍事力を差し出した。そして世界連邦の成立に協力した。ロシア国家を凋落《ちょうらく》させた戦犯に敬意は払えない」

「馬鹿な……」

憐れみの表情が現れた。

「お前の手には負えない。お前は、憎んでいる相手の正体を知っているのか？　その野望を引っ込めろ」

「野望？　あなたに、私が考えていることが分かるのか」

「トゥルバドールを殺す気だろう。そんなことは無理だ」

　耄碌した老いぼれのくせに。いまや怯えの塊で、踏み潰されようとしている虫ほどの尊厳もないくせに。いやに頑なで、自信に満ちている一点がある。それがここだ。

「お前は、雲を殺せるか？　台風に勝てるか？　落雷を避けられるか？　そんなことは、人間業じゃない。だからみんな諦めたのだ。思い上がるな」

なんと忌々しいのか。認めたくはないが、この揺るぎなさには気圧される。フョードロフは怒りの発作を爆発させそうになった。身の程知らずほど自分を苛立たせるものはない。

「いいや。科学的に解明することさえ、あなた方は諦めた。調査の漏れがあったのだ」

「儂が騙されたというのか？　舐めるな」

　老体が憤っている。かつては一国の首相だった男だ。それなりに威厳は感じるものの、全てを擲《なげう》った国賊という侮蔑は消えない。

「本当に手段を尽くしたのですか？　アカデミーを総動員したのか」

「学者どもなど、すぐ匙《さじ》を投げたわ。まるで頼りにならなかった」

「では、特殊部隊や諜報員を、しかるべく投入したのですか？」

「いい加減にしろ！　やったに決まっているだろう。だがどうやっても、トゥルバドールを誰も拘束できなかった。儂が手を尽くさなかっただと？　お前ができるものならやってみろ」

その嘲笑に我慢ならなかった。フョードロフは老人に背を向けると、部下に命じた。痛めつけるようにと。そして寝室を出た。

しばらくして呻き声が聞こえてきた。

愚かな売国奴に懲罰を与えることはむしろ正義だ。引導を渡さないだけありがたいと思え。

それにしても、何も得られなかった。新しい情報は何も。この元首相に限らない。生き証人の誰を問い詰めても同じなのだ。これは異様なことだ。情報統制では無理。よほどの恐怖と畏怖がなくては、こうはならない。

連中が主張する、〝神のごとき旅芸人一座〟は、いなくなったのだろうか。

一座の中心にいた〝霜男〟は、死んだのか。

それとも――噂は真実か。南の果ての大陸に、今もいるのか？

ロシアの汚点である売国奴たちのおかげで、フョードロフは決意することができたのだった。征伐隊を送る。最も信頼する弟を頭領に据えて。氷の大陸には、前から狙っている宝も眠っているのだから一挙両得だ。

彼の地で、望むものすべてを手に入れられれば、世界は完膚なきまでに手中に落ちる。本物の覇王となれる。ルースキー・ミール、汎スラヴ主義が実現するのだ。

　大帝の再臨。いや、ロシア史上どの大帝も実現し得なかった、ロシア国旗の三色が世界を塗り尽くす未来が待っている。この惑星には美しく誇り高き北方民族さえいればいい。他の人種は害虫のように駆除してしまって構わない。南極がその橋頭堡《きょうとうほ》になる。

　ようやく、ロシアの逆襲が叶う。時代が求めるかのように、かつての超大国出身の男たちが野望を隠してコマンダーとなり、自分と類似した道を歩いているが、互いを同類と看破したフョードロフは、早い段階でジェンキンスと梁との仲介を行い、瞬く間に世界三分割案をまとめた。これも自分の手柄だ。

　むろん、あの傲岸不遜な男たちを信用したことなど一瞬たりともない。いずれ地獄に送る機を逃すまい。この時代、この時期に自分が実権を握れたのは運命なのだ。任期を限られた張りぼての軍隊とも呼べるが、このアレクセイ・フョードロフが黙って国連に飼い慣らされるものか。ロシアに紐付《ひもづ》く恒久の軍事力としてみせる。そのための決定的な一歩をいま、踏み出す。

　ロシアよ永遠なれ！

Legend Part 7 （ジュゼッペ・ダイネッリの証言の採録）

儂らは完全に取り囲まれた。儂は、娘だけは守ろうと懸命に背中に隠していた。だが、そのクラウディアが悲鳴を上げた。儂の背中から、温もりが離れた。別の男——金髪の伊《だ》達《て》男《おとこ》にクラウディアを奪われてしまったんだ。

ゼロが「しまった」と言った。この場でいちばん弱い者は、誰が見たってクラウディアだ。だから捕まえて脅そうってわけだ、そんな卑劣なことが、当たり前にできた。目的のためならどんな手段も辞さないように訓練されてる奴らだ……金髪男は、クラウディアをジャックの前に引きずっていった。そして頭に銃を突きつけた。

「ディア！」

儂は叫んだ。死にそうな気分だった。

あの場所には絶望しかなかった。だってどこに希望がある？　助かる道はないんだ。儂は縋《すが》るようにジャックを見た。真っ白な雪がいくつか、灰色の髪にまとわりついてる。雪はいつのまにか勢いを増してた。後生だから助けてくれ、クラウディアを救うためだ、おとなしく降参してくれ……儂は這いつくばって頼みたかった。

　そのとき、何かが変わった。

　うまくは言えないよ。ただ、ジャックの様子が変わったのが分かった。恐ろしい目をしてた……ジャックの視線を辿ると、彼は金髪男の手元を見てた。クラウディアに突きつけられた銃を。それは憎しみの目だった。憎くて憎くて、絶対に許せない、そんな目に見えたんだ。儂はぞっとした、クラウディアが懐いていた、修道士の優しい目は消え失せてた。

　物凄く静かだったよ……おかしな言い草になるがね、まるで、神さまがいきなり地球の温度のツマミをぐっと下げたんだと思った。地球ごと冷蔵庫に放り込まれたような、そんな急激な変化だったよ。吐き出した息が目の前で凍って落ちちまうんじゃないかって気がした。干潟にいる全員が泡を食ってたと思うよ。身動きさえできない、そんな空気の中で——

　一人だけ、自由な男がいた。

　彼はどんな寒さも意に介していなかった。

　ジャックが初めて、動いたんだ。足を一歩前に踏み出した。

　生きた心地がしない。ジャックはためらいなくクラウディアに近づいてゆく——止めたいが止められない。ゼロも、ハリソンも、意表を突かれて動けなかった。

　ジャックは氷みたいに静かだった。追いつめられてるのは、金髪の男の方だ。儂の歯がカチカチ鳴った。僕だけじゃなかった、僕の目の前の黒髪の男は歯を食いしばってたし、後ろの方に並んでるアメリカ人たちも顔をしかめてた。みんな平等に、雪の中で震え上がってる。

金髪の男はとっさに、銃を向ける先を、クラウディアの頭からジャックに変えた。防衛本能が先に立ったんだ。「ジャック」とゼロが鋭く言った。だがジャックは動きを止めない。クラウディアの方に手を伸ばす。信じられなかった。目の前で銃を向けられてるんだぞ！　金髪の男はパニックになってた。どうしたらいいか分からないんだ。

こいつは撃っちまう、僕は直感した。

ハリソンが何か叫んでたが、もう遅い。ジャックの手はクラウディアに届く。僕には、金髪男の指に力が入るのが見えたよ、顔にぶつかってくる雪を感じながらも僕にははっきり見えたんだ、引き金が引き絞られた、その瞬間が。

黒瀬理沙著『氷のレガータ』第Ⅻ章「暴威」より

Ⅵ　イントゥ・アフリカ

1

航空機は一路、アフリカ大陸を目指している。

冬馬は薄明に沈む窓外の景色を眺めながら物思いに耽《ふけ》った。

無事にロシアを出国できたときは安堵しかなかった。ロシア政府から弾道飛行の許可は下りなかったので、通常の航空便でまずはフランクフルトを目指した。トランジットでアフリカ便に乗るまでアイリスと一緒にいられた。ヨーロッパに留《とど》まるアイリスと、本音では離れたくなかった。モスクワで結婚を申し込んだことがなかったことにされる気もした。

確かめようとして、確かめられない。それを見越すかのように、別れ際に聞けた言葉がある。

「冬馬」

呼び捨てだった。

「約束を果たしたいなら、生きてアフリカから戻って」

プロポーズは生きているようだ。アフリカ便へのゲートに向かう踏ん切りがついた。しかもアイリスは離れる瞬間、冬馬の背中に触れてくれた。その微かな感触のおかげで、ほのかに胸を温めながら便に乗り込んでシートに着けた。

離陸を待っている間に、冬馬の端末にコールが入った。表示された名前を見てひっくり返りそうになる。あわてて出た。

「チャールズさん！　お久しぶりです」

『やあやあ、説教師どの。君のお手本は、佐々木忠輔だな？』

冬馬は面食らった。通話画面に映ったのは悪戯っぽい笑みだったからだ。相変わらず、年の割には信じ難いほど若々しい。

「いや、その……」

口ごもる冬馬にチャールズは嬉しそうにする。

『お前は、忠輔の衣鉢を継ごうとしているなあ！』

「そんな畏れ多いことじゃありません」

目を白黒させながら冬馬は言葉を返した。

「見倣《みなら》いたいとは思っていますが、あまりに力不足で……忠輔さんに憧れてるのは、俺だけじゃないですし。世界中にフォロワーがいます」

『だが、仕事で実践できる人間は限られる』

かつての佐々木忠輔の盟友は、ご満悦の表情で応じた。

『お前は、刑事の新しいロールモデルを造ろうとしてる。それは発明家の仕事で、芸術家の仕事だよ！　僕は誇らしい。美結と雄馬《ゆうま》の孫が、こんなふうに育つなんてな』

「誇るべきはアイリスでしょう。あなた自身の孫です」

嬉しかったが、一刻も早く自分から話題をそらしたかった。

『それは言うまでもない』

二人は笑い合った。

『お前の魂のありかが正しいことが嬉しいんだよ。よく志したな。だれが強制したわけでもないだろう？』

「それは……まあ」

『お前は遅い孫だったから、雄馬も、お前を手取り足取り教えることはできなかった。お前の父親の拓馬《たくま》は、学者という形で忠輔を受け継いだが、こう言っては悪いが、しょせんは座学だ。ところがお前は、刑事を選んだ』

チャールズはいつしか真剣な表情に変わっていた。

『父親よりも、祖父の生き方を真似た。行動と実践の生き方を選んだんだ』

「ただの憧れです。子供っぽいヒーロー願望です」

逃げに終始する。プレッシャーを避けるためだ。

かつてこのチャールズの横に佐々木忠輔がいた。それを思うだけで畏れ多かった。レジェンドたちの前で何が言える。その上、自分の生い立ちを初めから見てきた人だ。吉岡家の祖父も、父も、大いに世話になった。

冬馬の父親の拓馬は、警察や官僚、政治家など、体制側の仕事を嫌っていた。政治腐敗が極まった時代を生きてきたせいか、頭から忌避してしまう。まるでパンクロッカーの如き反体制。それはそれで健全だし、刑事という仕事を見下すのは理解できる。拓馬の父親、雄馬の生涯の仕事であったにも拘《かか》わらず。体制側の走狗《そうく》に堕す危険と戦い続けた自分の父の苦労を見続けてきたからこそ、刑事という仕事を憎んだとも言える。だからこそ、息子が刑事になり、腐敗と闘い続けるという決断を嘆いたのだ。

だが冬馬は言いたい。自分が生きる時代に感謝していると。おそらく、日本の警察がこれほど健全な組織であったことは歴史上ない。拓馬はなかなか信じてくれないが、トップの立石勇樹が優れているおかげで人事の風通しがよく、内部監察も健全に機能していて、不正や腐敗を早期に除去できている。いい組織にはいい人材が集まってくるという好循環が続いていた。それは日本の政治に改革が起きたからであり、社会全体が健全化したおかげだ。かつての深刻な腐敗と、恥ずべき人権後進国を脱却しきれたからこそ、日本は世界連邦設立のリーダー役を担えた。岩見沢耕太郎という清新な指導者のもと、短期間で別の国に生まれ変われたからこそ、体制側の仕事に就きながら英雄を目指せる時代になった。

『拓馬が、お前が刑事になることに、いい顔をしなかったことは僕も知ってる。頭が切り替わらないんだな。ところがお前は、むしろ誇りを持って刑事を選んだ。それが凄いんだよ』

チャールズはよく理解してくれている。さすが、時代の変遷を全てその目で見届けてきた偉大な頭脳だ。

「親父も、今は理解してくれていると思います。権力が正しく振る舞うなら、警察官として政府に仕えるのも悪いことではない。今の与党でのみ、親父は警察官という仕事を認めてくれるでしょうね。他の党に政権を取られたら、その限りではありません」

『なるほどな。お前の父親のへそ曲がりは、僕の悪影響かもしれんよ』

悪戯っぽい笑いは少年そのものだ。冬馬は微笑ましく感じ、九十代の伝説的人物と同じ目線で話せることを改めて驚異だと思う。

「アイリスも刑事になったと知ってからは、あまり親父は文句を言わなくなりました。捜査一課でコンビを組んだと知ったときには、応援さえしてくれた。だから、アイリスのおかげが大きいんです」

『そうかそうか』

最愛の孫を褒められて気分が悪いはずもない。冬馬は、後ろめたさを感じた。アイリスに結婚を申し込んだことなど言えるはずもない。もっと改まった機会に、覚悟とともに伝えなければと思う。その前に確かめたいことがいくつもあった。

「チャールズさん。前から少し、訊きたかったことが」

孫に強い影響を与えてきたこの祖父に直接訊ける機会を逃したくない。

「アイリスが刑事になるに当たって、あなたから何かアドバイスはあったんですか」

本当は、あなたが入庁を勧めたのではないですか。そう訊きたかった。自分を追うように警察官になったアイリスに対する驚きはいまだに冷めていない。だが直接本人に確かめられていないことだった。訊いてもまともに答えてくれない気がするからだ。

『いいや』

祖父の答えは明快だった。

『アイリスも、幼い頃から自立した子供だった。お前もよく知っているようにな。だれに相談するでもなく、自分から刑事を選んだ。僕も驚いたが、働きぶりを知ってすぐ納得がいったよ。アイリスにとっての刑事像は、哲学者や研究者と変わりなかった。犯罪の追及にイノベーションをもたらしたかったんだな』

さすがだった。孫のことを誰より深く理解している。

「その通りです。いまや、アイリスなしの警視庁は考えられない」

『僕の孫だぞ』

しみじみと告げる。少年の面影は消え、祖父そのものになった。

『冬馬。念を押すが、お前は忠輔のマインドを守り抜く気だな？』

「はい。そこに揺らぎはありません」

冬馬は言い切った。それができたことが嬉しい。

「忠輔さんの残した論文や、伝記や、記録映像を見れば、自然に影響を受けます。できるやり方で真似をしたい。自分の理解できる範囲で、ですが」

『お前は理解しているよ。これまでの行動がそれを証明している』

やはり。アイリスに聞いたばかりだが、このチャールズこそがシールドの開発者の一人。そして、現在も管理者の一人であること。ジェネレーターを通して冬馬の行動をトレースしているからこそ、評価できる。常に見守ってくれているのと同じだ。どうお礼を言えばいい？　だがシールドはトップシークレット。いま自分は航空機の中にいる。こんなところで話題にするべきではないだろう。躊躇っているうちに言われた。

『アフリカへ行くのだって、並大抵の覚悟じゃあるまい？　見上げたもんだ。気をつけろよ。シールドに頼るな』

含意が深すぎて、冬馬ははい、としか返せない。

『アイリスから報告は受けてるよ。モスクワで起きたことは。面白い現象だが、予測していたことでもある。おかげで、シールドはさらに進化するぞ！』

安心感に包まれた。常に見守られ、理解されている。それが確かめられただけで充分だ。

『お前の哲学を造ったのが忠輔。ってことは、弟弟子《おとうとでし》だ』

チャールズはそんなことまで言い出した。

『僕が兄弟子《あにでし》だぞ』

おどけながらも、誇らしげに。自分の座は譲らないというように。

「なるほど」

冬馬は笑った。レジェンドたちの系譜に連なれるほど喜ばしいことはない。

であればこそ、言っておかなくてはならないことがある。今のうちに。

今まで真実を知らなかったからといって、黙ったまま済まされることではない。

「チャールズさん。アイリスのことで、今どうしても言っておかなくちゃならないことが」

『なんだ？』

「アイリスは、俺のせいで……あんな身体に」

機械製の左脚。

『お前のせい？　どうしてお前のせいになるんだ？』

老人は首を傾げた。

「俺は……相棒でした。アイリスを守る義務があった。すみません、今まで知らなくて。あの脚について、知ったのは……今日です」

冬馬は、込み上げてきて胸を塞ぐ感情に負けた。声を出せなくなる。

『あいつが怪我をしたのはあいつの責任だ。だれのせいでもない』

アイリスの祖父は、愛情深さと厳格さを兼ね備えていた。

『子供じゃない。一人前の刑事だろう』

「しかし……」

『僕は咎めないが、お前の責任だというなら、お前なりに責任を取ればいい』

にやりとした。

責任。その言葉の前に立ち竦むように、冬馬はまた何も言えなくなる。

『そんなことより、自分が無事に帰ってくることを考えろ。アイリスのためにも』

百歳になろうとは思えない若々しい笑みが画面に静止する。

いつのまにか航空機が動き出していた。離陸まで間もない。

仕方なく、余韻もなしに通話を終えると、冬馬はたちまち雲上の人となった。

シートに深く身を預けながら、自分はいま手も足も出ないと思った。移動中は移動する以外にどうしようもない。せめて休息を取ろう。ただし、深い眠りが訪れるかどうかは怪しい。耳の中では、今のチャールズとのやり取りがリピートされている。瞼《まぶた》の裏には、子供の頃のアイリスと今のアイリスの面影が交互に現れる。そこに覆い被さるように現れるのは、初めて会うアフリカの司令官の顔だ。処理しきれない。

アフリカで自分に何ができるか。

結局は、いま持てる力で、全身全霊でぶつかるしかないのだった。

無理やり目を閉じると、やがて微睡みが訪れてくれた。

2

ソフィア・サンゴールが意を決し、最初に国連事務総長室に呼んだのは、インテリジェンスチーム〝サーヴェイス〟のサブチーフ、エステル・ハヤトウだった。

カメルーンと日本の血を引くエステルは今日も美しい。かつてモデルとして世界を魅了した脚線美と、周囲を明るくさせる華やかさは健在。だが、今は憔悴《しょうすい》の色が見える。当然だ。自分の職場、国連本部ビルが包囲されていると知って平気でいられる神経の持ち主はいない。

「エステル。非常事態だけれど、私たちは冷静でいましょう」

すかさず気遣う。エステルは調査員として優秀だが、決して特務工作員ではないし、むろん軍事からも遠い。これほど身の危険にさらされるのは初めてに違いなかった。

「直ちに危険はないと判断しています。ジェンキンス司令は、自分の部隊だと公表している。つまり、過度な暴挙には出られないということ」

「そうね。ソフィア、そうね」

エステルは生返事をよこすばかりだった。何か気がかりなことがある様子だ。包囲されていることももちろん気がかりだろうが、それだけではない。

「どうしたの？」

声を潜めて訊くと、エステルはしばし警戒するように視線を左右に彷徨わせたあと、近づいて顔を寄せてきた。

「ソフィア。ジョシュが、あなたの部屋に出入りした痕跡がある」

そう耳打ちされて心臓が凍りついた。エステルの表情の複雑さの意味がようやく分かる。

「ジョシュが？　信じられない」

本音だった。ソフィアはジョシュ・ソローキンを信頼している。だからサーヴェイスのリーダーになってもらった。最近は特に、心理的に依存しているところさえあった。彼の人間性を疑ったことはない。

「私も信じたくない。でも、これを見て」

自らの端末のディスプレイを向けてよこした。動画の再生が始まる。

それは監視カメラの映像のようだった。だがソフィアが見覚えのない角度からのものだ。

これは——事務総長室前の、廊下の上部からだろうか？

辺りを窺《うかが》いながら、事務総長室のドアを開けて入るジョシュが映っていた。

「クララに頼んで、ここ三日間の本部ビル内のデータをぜんぶ出してもらった。膨大すぎて、ぜんぶチェックできる人間はいないから。ＡＩのアラートにも引っかからない映像があるんじゃないか、と睨んでたの。ビンゴだった」

エステルの表情は鬼気迫っている。盗聴を警戒して声は小さいまま。事務総長室の中でも、決して安全ではないと判断している。

「サーヴェイスのメンバーは、ＡＩもそもそも疑わないから。でも、この動き……」

映像の中のジョシュは、自らのＩＤカードを使って事務総長室に入った。限られた人間にのみ可能な行為。ただし、記録が残る。最近ジョシュが一人で入室した記録も記憶もなかった。ソフィアは血の気が引くのを感じた。

「ジョシュは……たぶんスパイ」

沈痛な面持ちで、エステルは仲間を告発した。

「自分が侵入した記録は、後で消去したんだと思う。どうやってかは分からないけど」

そして、映像のプロパティに刻まれた撮影日時を見せてくる。その日時が示すことは、明らかだった。

「あの、地球が壊れるホログラムを置いたのは……ジョシュだって、あなたは言いたいのね」

我ながら、首を絞められたような声が出た。

「可能性は高い。その瞬間は、映像では見つけられなかったけど」

ソフィアはひたすらに混乱した。泥の沼に沈んでいく感覚に襲われる。

入室記録の改竄《かいざん》。国連のホストコンピュータに不正アクセスをしたのか？　だとしたら、最高度のセキュリティをも破ったことになる。個人の力とは考えられない。強大なバックを想定する必要がある。いずれかの国家の諜報組織に属するエージェント、という疑いが濃い。

「少なくとも、尋問する必要はある」

エステルはもう心を決めている。

「ジェンキンスの手先かどうかは分からないけれど、今回の軍事行動に関わりがあると考えるべき」

説得力があった。ソフィア自身、内通者を捜していた矢先の告発だ。国連という組織の責任者として、これ以上の窮地に陥るわけにはいかない。ソフィアは別室に控えている秘書官に電話した。

「……クララ。ジョシュをここに呼んで」

3

ラゴスのムルタラ・ムハマンド国際空港に到着した。

西アフリカのハブ空港であり、世界中から直行便が押し寄せる巨大で複雑な空港である上に、アフリカ《A》警備隊《G》の軍用機の基地も兼ねている。

空港内のコンコースを進みながら、モスクワを出てからまだ二十四時間経っていないことに不条理感を覚える。その前はニューヨークにいた。体内時計はどうなっているだろう。機内ではやはり、深い眠りは訪れなかった。

アフリカ警備隊の本部に赴かねばならない。会ったことのない警備隊司令官に会うのだから、緊張しない方がおかしい。ソフィア経由でオファーは通っているはずだが、歓迎してもらえる保証はない。むしろ厄介者扱いされるだろう。

ナイジェリアに来るのは初めてだった。ゲートを出ると辺りを観察する。広い空港ロビーを行き交うのは黒色や褐色の肌をした人ばかりだった。一見当たり前のことのようだが、世界連邦成立以降、人的交流は年々増しているはずなのだ。それでも地元民と思われる人間が圧倒的に多いのは、解消されない経済格差を反映している気がしてやるせなかった。探せば白人もラテン人も東洋系もいるが、やはり多いとは言えない。

出口を探して進んでいると、ふいに目の前に日本人らしき顔を見つけて冬馬は目を疑った。見覚えがある顔だ。しかも最近。

その日本人は向こうから近づいてきた。

「冬馬さん。大役ご苦労様です」

「――望月さん？　なぜここに？」

そう。ニューヨークの国連本部で会った望月友哉だ。いつのまに……

「事務総長に許可を取ってやって来ています。冬馬さんに先んじる形で」

冬馬の驚きは見越していたらしく、殊更ににこやかだ。しかし全く納得がいかない。

「でも、何をしに？」

「私はもともとジャーナリストです」

望月友哉は少し胸を張った。

「これほど面白い交渉を見逃す手はない」

なんだこの言い草は。道楽でやって来たのか？　だがすぐに考え直す。この男特有のひねたユーモアだ。ソフィアはこの男を重用している。信頼しているのだ。裏で何か任務を持たされている。お目付役？　ボディガード？　いやまさか。

いずれにしても、ソフィアがどれだけイサ・オビクを重視しているかということ。やはり自分の交渉の成否が、世界連邦の命運を握る。

　ソフィアは、ジェンキンスの部隊に包囲されたこの状況でもできる手を打っている。どこまでも国連のトップとして役割を果たそうとする。応えたい。冬馬は改めて自分に気合いを入れた。

「望月さん。あなた、オビク司令官と面識が？　紹介してくれるということ？」

　気を利かせてエスコートしてくれることを期待したが、

「いや。面識はありません。では私は、いったんここで」

　軽く手を振ると、なんと雑踏の中に去って行く。さすがに呆気にとられた。腹の中に何があるか読めない。追いかけて問い質したかったが、たちまち往来する人々の向こうに姿を消してしまった。

　冬馬は仕方なく、スマートゴーグルを起動してナビに頼った。タクシーを拾い、オビク司令の本拠地を目指す。アフリカ警備隊《AG》本部はラゴス郊外の、政府機関や公営施設が集まっている区域の外れに位置している。

　タクシーが本部の正面入り口に着くと、冬馬は呼び鈴ボタンを押して守衛を呼んだ。身分を名乗って取り次ぎを頼む。

　大して待たされず、内部に入ることを許されて安堵した。すんなりと第一関門は突破できた。まるで友人を訪ねたかのようなスムーズさだが、アフリカ警備隊《AG》はいつもこんなにオープンなのだろうか。旧ナイジェリア軍の司令部を改造したというアフリカ警備隊《AG》本部の屋内も、期待以上に明るくて開放的だった。応対してくれた事務員からもぞんざいには扱われなかった。応接用であろう部屋に案内される。壁にはアフリカ特有の民族的な飾りが施されていた。純粋に訪問客のためだろう。おかげで過度の緊張にさらされることもなく、ここの主が現れるのを待つことができた。

だが待たされた。それは致し方ない。ユニヴァーサル・ガードのコマンダーは常に忙しい。冬馬は自分の端末でオンラインのニュースをチェックした。その後、ニューヨークの状況に変化はなさそうだ。東シベリアのパイプライン……ロシア政府と中国政府が調査隊を派遣。フョードロフも部隊を向かわせているという。ポルト・アレグレとパリの騒乱も、当地のユニヴァーサル・ガードの出動によって落ち着いたようだ。

この二十四時間で事態に大きな変化はない。少しホッとしながら、通信ソフトを開く。ソフィアとアイリスに、ラゴスのアフリカ警備隊《AG》司令部に入ったとだけ、文字で報告を入れた。送信が終わったところでついに待ち人が現れた。一瞬で身が引き締まる。

入室してきたイサ・オビクは厳しい眼光の持ち主だった。漆黒の肌は乾ききった印象を与える。顔を走る細い傷。砂漠で長年焼かれた岩石を連想した。若い頃からずっと軍人だった者特有の緊迫感を纏っている。

「サンゴール氏に聞いた。君は、佐々木忠輔氏に会ったことがあるんだな」

オビクの第一声がそれだった。ひどく驚かされたが、冬馬はしっかり返答したかった。

「……はい。幼い頃ですが」

「佐々木忠輔氏の数式では、加害者は敗者だ」

なおさら驚いた。オビクの頭は言いたいことでいっぱいになっている。望むところだ、と冬馬は力を得る。

「ということは、アフリカは、人類史に於いて、多くの部分で勝者だ。それは認めるな？」

「もちろんです」

冬馬は心の底から頷いた。いきなりこんな本質的な話ができるとは思わなかった。

「この大陸の人々が舐めてきた辛酸《しんさん》を知らなければ、歴史を学んでいることになりません」

「だが、君がどれほど知っている？」

厳しい教師に試問されている気分だった。アフリカの武の頂点に立つ男の眼差しには、容赦というものがない。

「我々の怨嗟《えんさ》を。どれほど多くのものが失われたかを。生命。尊厳。誇り。そのすべてを奪われてきた。いまもそれは続いている」

「否定する気はありません。それについては、言葉もない」

冬馬は頭を垂れた。犠牲を強いられてきた人々に対して取る態度に、どんな正解があるというのだろう。口を閉じ、恥じ入る以外にない。

冬馬の様子に満足したのだろうか。イサ・オビクは視線を外し、冬馬に座るよう促した。自らは冬馬の正面に座る。

「世界連邦の成立を、アフリカは歓迎した。我々も平等な扱いを受ける。そう期待していた。だが、まだ実現していない」

「改善しているという認識でした」

冬馬はあくまで丁寧に、言葉を選んだ。

「サンゴール事務総長も、心身を捧げて仕事をしていますから……」

「充分ではない」

厳しい返答だった。この司令官は、アフリカの同朋にも手厳しい。

「旧体制の支配構造が、まだ強い。既得権益を手放さない者たちのせいだ」

「おっしゃる通りでしょう。だが、経済構造を変えるには時間がかかります。武力は使えない。国際法を適用して締めつけようとしても、抜け道を探す企業や組織がまだ多いせいです。各国政府も努力はしていますが、究極的には個々人の良心に訴えて、変えていくしかないですから」

言いながら顔が熱くなる。各国の政治家の言い訳をそのまま口にしていることに気づいたからだ。オビクも、失望と軽蔑を隠さずに頭を振り、ゆっくりと言った。

「期待外れと言わざるを得ない。世界と関わっても、我々は奪われるだけだ。ならば、アフリカだけで独立したいと、それ以外の世界とは縁を切りたいと、何度思ったことか」

腹から響く低い声。民の身になって考えられる指導者だ。冬馬はむしろ希望を感じた。

「でも、あえて申し上げますが」

勇気を奮って反論を試みる。

「アフリカも、そう単純ではありませんね。アフリカ独自の南北問題もある。格差、民族対立。武力衝突も絶えません」

「その通りだ」

オビクは気分を害するのではなく、正面から受け止めた。その深い懐。冬馬はなおさら、この男に期待を覚えた。

「だがそれも、貧しさがもたらすものだ。教育を満足に受けられない子供、日銭を稼ぐこともままならない若者は、歪んでしまう。だから遠因は、やはり、搾取する国々にあるのだ」

「はい。世界はもっと貧困撲滅に全力を尽くすべきだと思います」

冬馬は全力で同意する。

「ただ、サンゴール事務総長の熱意は疑っていませんよね？　世界を良くするためにできることをやっている」

「それでもやはり、充分ではない」

オビクは譲らないと決めていた。

「現に、世界は日に日に危険な場所になっている」

将軍たちのことを言っている。冬馬は緊張した。

オビクの立ち位置を問うべき時だ。

「それは……彼女の責任ではないと思います。以前から胎動していた暗い流れが、彼女の任期の最中に噴出しただけです」

「そうだな。それには同情する」

オビクはソフィアにシンパシーは抱いている。やはりアフリカ人同士として、根っこには信頼感があるのだ。冬馬には心強かった。

「だが、秩序がひっくり返れば終わりだ。後戻りはできない」

非情だが、真実を告げていた。冬馬は身を乗り出す。

「止めるために、力を貸していただけますね」

頷いてもらえる。冬馬はそう、心の底から願った。

だがオビクは反応を見せなかった。ただじっと冬馬を見据える。

「君は説教師、らしいな」

少し首を傾げながら言った。

「ならば、私などではなく、ジェネラルズのところに行くべきだろう」

「ここへ来る前は、モスクワにいました」

「……コマンダー・フョードロフか」

「はい。想像以上でした。あの人は危険だ」

あえて率直に告げる。

するとオビクは完全に無言になった。それは不穏そのもので、冬馬も息を潜めてしまう。

やがて聞こえた声は、

「よく、無事でいられたな」

という、気遣いにも聞こえる言葉だった。

「それも事務総長のおかげです。彼女が動いてくれなければ、私はまだ拘束されていた」

「サンゴール氏自らが、ジェンキンスに首根っこを掴まれているのにな。剛毅な人だ」

「本当です」

ソフィアを賛美する思いで重なれるのは嬉しい。冬馬は改めて希望を抱いた。

「ジェンキンス司令は暴挙を犯している。それに同意してくれますね？　世界市民に対する叛逆です」

「ジェンキンスは、サンゴールを守るためだと言っているが」

「詭《き》弁《べん》です。ご存じでしょう。世界連邦の司令塔を有名無実にしたいんです。民主主義の盟主が、人質に取られた」

オビクは目を伏せ、固く口を閉ざした。

その脳裏を流れる思考を読めない。冬馬は心を決めて、訊くしかなかった。

「聞かせてください。あなたの決断を」

「そんなことを簡単に訊くな」

意外にも、オビクは笑みを見せた。だがどこか捨て鉢な笑みだった。

「なぜ君に訊く権利がある？」

「訊く権利がないことは承知しています」

冬馬は即座に言った。

「国連特使という肩書きを振りかざすつもりもありません。ただただ、世界市民の同朋としてうかがいたい。答えたくないなら答えなくて構いません。でも私は」

人としてどちらの側に立つべきか。それは明らかだ、という悟性に訴えたい。だから、どんな場合であっても説得が不可能だなどとは思わないのだ。

「心から、あなたが、世界連邦の守護者であることを望みます」

「私は――引き裂かれている」

そんな台詞が引き出せた。ガードが一段下がった、と冬馬は感じる。

「私個人と、指揮官としての決断は、必ずしも同じではない。それは、分かってもらえるな？」

心の底からの声。同時に、冬馬はナイジェリア人指揮官の顔に濃い影を見る。こちらの心を明るくさせる類いのものではなかった。

「トーマ・ヨシオカ。別室に来てほしい。見てもらいたいものがある」

決して高圧的ではない要請が届いた。

冬馬に拒むという選択肢はなかった。

4

事務総長室にやってきた〝サーヴェイス〟のチーフ、ジョシュ・ソローキンの顔にソフィアは衝撃を受けた。

いつもと変わらない誠実な顔だ。こんな表情で嘘をつく人間はいない。

「どうかしましたか？」

そして、なんと無防備な問い。自分が疑われているとは思いもしていない。ソフィアの眩暈が増す。

「ジョシュ。どうして自分が呼ばれたか、心当たりはないの」

エステルは疑ったまま。このジョシュの様子を見ても心は変わらないらしい。

「見てもらいたいものがあるの」

ちょっと待って、と遮ろうとしたが、〝サーヴェイス〟のサブチーフは前のめりだった。先ほどの映像を、映像の主役であるジョシュに見せつける。

「これをどう説明するの」

ソフィアをかばうように身を楯にしながら、エステルは自らのパートナーを問い詰めた。

その間ずっと、ソフィアはじりじりと焼かれているような苦痛を覚えた。この二人は最高のコンビだ。互いを信頼し合いながら成果を上げてきた。なのに、目の前に繰り広げられている光景は……

「私には覚えがない。いったい何日の映像だ？」

純粋な困惑の表情が浮かぶ。

「見て。あのホログラム騒ぎの四時間前。あなたが覚えていないはずがない」

「マルチレイヤードスキャンにかけたかい？」

ジョシュの訊き方には、この期に及んでも邪念がなかった。

「この映像は、ＣＧで加工されたものだと思う」

「チェックしたわ。捏造《ねつぞう》ではない」

なんということだ――ソフィアの胸を浸す、絶望という名の黒い水。

二人のやり取りには齟齬《そご》がある。はっきり相反していた。

つまり、どちらかが嘘を言っている。

そしていま、私は悟った。ソフィアは震える手で自分の膝を摑む。

埒があかないと知り、ジョシュ・ソローキンはソフィアの方を見た。

「事務総長」

「私が、アメリカとロシアの二重国籍を持っているから疑っているのですか」

彼が自分のアイデンティティに悩まされてきたことは、これまでも感じていた。どちらの国でも誤解され、自らをストレートに表現することを妨げられてきた。だからこの男には、どこか切ない影の薄さがつきまとう。ソフィアはその難しい境遇に同情してきた。彼の仕事に対する誠実さも、置かれた立場を跳ね返すため。自分のアイデンティティを周囲に知らせるため、という側面がある。彼は、ただ自分自身を生きるために、人よりも努力しなければならなかった。

「国籍に、もはや意味などないことを、世界連邦は示してくれた。だから私は国連を志したのです」

そうだ。疑ったことはない。

「世界市民のために身を捧げる。私たちはそう誓った」

ふいに感極まったように、エステルも言う。二人とも世界市民の模範だ。かけがえのない理解者同士であり、仲間。それでよかったはずだ。

なぜ罅割れなくてはならない？

「私に居場所を用意してくださったあなたに感謝しています。ソフィア」

ジョシュ・ソローキンは自らの雇い主に正対して言った。

「私は居場所のない人間だった。私は、国連本部に所属できて幸せです」

その微笑を見て、ソフィアは確信を持った。

この男は裏切り者ではない。

わずかでも疑ったことを後悔した。そもそも、この男の篤実さに惚れ込んだからこそサーヴェイスのリーダーに就いてもらったのだ。自分が信用せずにどうする。ソフィアは頭を振り、緩んだ涙腺を誤魔化した。

では、だれだ？　国連を裏切っているのは。

ソフィアは決断しなくてはならなかった。自分の口でその正体を告げなくてはならない。私的感情は禁物だ。そのスパイは自分を陥れるだけでなく、世界連邦を危うくしようとしているのだから。

自らの心に聞く以外になかった。ソフィアは自分を支えてきた二人のスタッフの顔をまじまじと眺め、そして一方を選んだ。

「エステル。あなたは嘘をついている。どうして？」

日本人とカメルーン人のダブルの表情に亀裂が走る。その瞬間、美しい共働の時代が終わりを告げた。目の前の女の中に、ソフィアが知らなかった種類の感情がみるみる充塡されていく。

「あなたが国連のトップになったのは間違いだった」

美しいエステルの、初めて見る醜い表情だった。

ソフィアが信じていた世界がまた一つ、木っ端微塵になった。

「あなたは揺らがない。道を踏み外さない。妥協しない。そんなリーダーは短命に終わる。ソフィア、歴史を学べば、あなたもそんなことは知っているでしょう」

「事務総長。エステルから離れてください」

ジョシュ・ソローキンは素早く身体を入れてきた。

「もう遅い。あなた方の命はあとわずか」

「信じたくはない。だが、エステルこそ裏切り者だ」

凶暴な宣言がなされた。それに比べて、エステル本人から危険な兆候は放たれない。何か取り出したので身構えるが、それはただの携帯端末だった。ボタンを押したのが見えたが何を意図してかは分からない。

「ジェンキンスに殺せと命じられたのか？」

ジョシュ・ソローキンが鋭く訊いた。彼の胸の中で、仲間との絆《きずな》を断ち切る悲しい音が聞こえた気がした。

「私はジェンキンスの手下ではない」

応じるエステルの顔にも、悲しみが滲んでいるように見える。

そして一つ、深刻な事実が明らかになった。言わなくてはならないことが、ソフィアにはひどく苦痛だった。

「ウルね？　あなたは、一番深い闇からやってきた」

エステルは否定しない。それで充分だった。

「ウルには守る体面がない」

ソフィアは指摘した。ジョシュに伝えたい。

「ジェンキンスより危険です」

「誤解しないでほしいの。私はあなたたちが好き」

エステルは信じがたい告白を始めた。愛情を訴えながら死を運ぶ。正気ではできない。

「それでも、もう疲れたの」

言葉通りのやるせなさを顔に表す。それをジョシュが、絶望の表情で見つめていた。

「エステル。あなたとは理想を共有していると思っていた」

希望を捨てるな。義務感からソフィアは話しかけた。だがどうしても諦めのほうが上回る。死に水を取るような気分だった。

「どうして、こんなことを」

「ごめんなさい、ソフィア。私もあなたの理想を信じたかった」

　エステルは澄んだ笑みに絶望を混ぜるという離れ業をやってみせた。

「でも無理。いまさら美しい夢を信じるには、汚いものを見すぎた」

「エステル……」

　ジョシュも呼びかけるが、あまりに弱い。

「結局は力が勝利する。私は、怖がって生きるのは懲り懲りなの」

　華やかで恵まれた人生を送ってきたように見えるが、実は複雑な生い立ちであることを感じさせた。きっとソフィアも知らない過去が、エステルの心に深い諦観《ていかん》と絶望を巣喰わせた。

「強い者について、一生安心して暮らしたい。それだけ」

「なんてこと……」

　できるなら、耳に入れたくなかった。だが入れてしまえば拭えない。

感じていた友情は幻。私は、騙されていた。

　ソフィアも絆を断ち切る音を聞いた。胸の中で響く音を、自分の耳で。

「エステル。私をどうしたいの。国連を壊したいの？」

　我ながら温度の低い声だ。相手も感じたらしく、エステルはさらに表情を歪めた。事務総長室の出口に近づくが、視線はソフィアから外さない。

　いきなり出口が開いた。

「それには私が答えよう」

5

オビクの後について別室に入るや否や、冬馬は圧倒された。

ずらりと並ぶ棚にファイル、書籍、映像資料が詰まっている。どうやらここは資料室。デジタル資料を再生するための立派なプロジェクターも揃っている。

「君と一緒に検証させてくれ。あの伝説の真偽を！」

オビクは司令官の威厳を保ったまま、どこか若者を思わせる生々しい興奮を見せた。

「何冊もの伝記と記録映像。私は、そのすべてに目を通した。私がまだ若かった頃に起きた、一連の奇蹟の正体を知るためだ」

オビクは、世界中の国家が軍事力を手放したとき、物心ついていたのだ。その頃の記憶をまだ消化しきれていない。

「幸か不幸か、アフリカには他を圧倒するような大国はない。代わりに、主に隣国同士が、あらゆる地域で戦闘を繰り広げてきた。エチオピアとエリトリア。ルワンダ内戦。コンゴ内戦。ソマリア内戦……だがいつしか、奇妙な少人数のキャラバンが、戦闘地域を訪れ、一つ一つ争いを収めていったという。そんなことがあり得るのか？」

もっともな疑問だ。事実と信じない者が多いことも頷ける。

「内戦なぞ、アフリカのお家芸だ。君はそう思っていないか」

　オビクの鋭い問いに、冬馬は答えに窮した。

「根本にはやはり、貧困がある」

　悲痛な笑みが事実の重さを強調する。

「すぐ力に訴える野蛮さは、貧困を押しつけられた不条理に根ざしている。その裏で争いを煽り、武器を提供することで肥え太る者たちこそが、最も罪深い。どの大国も、一方の勢力に肩入れをすることで支配下に置こうとする。そうやって資源や利権を得ようとするのだ。苦しむのはいつも、搾取される庶民だ」

「そうした歪んだ構造が、歴史的に長く、アフリカを苦しめてきたことは承知しています。でも、世界連邦が成立してからはかなり改善しているはずでは？」

　冬馬はめげずに抗弁するが、

「改善している。だが、繰り返すが、充分ではない」

　とオビクはにべもない。

「全く充分ではない。アフリカの大地では、相変わらず一度として、騒乱が絶えたことがない」

　その怨嗟の深さには、またもや沈黙しか返せなかった。オビクは続ける。

「大国を、トゥルバドールと呼ばれるようになった一団が経めぐっていた間も、アフリカは戦火を絶やさなかった。全ての火が消えることは、ついになかったのだ。彼らの慈悲は、限られていたのだろうか……呆れ果ててしまったか」

「いや。赤道付近の国家でさえ、風雪の奇蹟は起こったと聞いています」

冬馬はかろうじて反論した。トゥルバドールが訪れなかった大陸はない。そして、信じがたい話だが、熱帯に属する国であっても局所的な冬が訪れたという伝説が各所に残っている。

「ふむ。実際に武器を置いた実例が、これほど多いことを考えても、流浪の一団は、世界を平等に訪れたらしいと推察できる。しかも一年足らずの間に、あらゆる大陸を満遍なく訪れ、今やお馴染みの奇蹟を顕現させた。巡礼に励む聖人のように」

オビクも先刻承知だ。それでもなお、アフリカには奇蹟が足りないと感じている。

「トゥルバドールが世界を巡っていた頃、私はまだ二十代だった。漏れ聞こえてくる荒唐無稽な噂の真偽さえ分からず、ただただ世界が変貌していくのを傍観していた。いつのまにか、世界市民という身分を得ていた。ほのかな喜びも感じたが、アフリカには……まだいくつもの戦いの火種が燻《くすぶ》っていた。私はナイジェリアの軍官として長い日々を過ごし、やがて世界連邦の中で、今の身分を得た。動かせる調査機関まで得たのだ。だが、ここぞ、と後追いで調査しても、驚くほど痕跡が残っていない。トゥルバドールはまるで蜃気楼だ」

　イサ・オビクは本格的な調査を実行した。各地に残る伝説を、じかに聞いて回ったのかも知れない。だが執念深く調べても、灰色髪の男の影さえ踏めないことに苛立っている。ただし、実在を疑っていないことは伝わってくる。

「私が最も恐れるのは、彼がすでに死んでいることだ」

　ふいに漏れた正直な思いが胸を打つ。普通に考えればトゥルバドールは老齢に達し、亡くなっていてもおかしくはない。だがオビクは期待を捨てられないらしい。

「いまだに真偽不明のこれらの記録に浸れば浸るほど、私は揺らぐ。信じたい。だが、今や世界のどこにもトゥルバドールの気配がないとしたら」

　再び、厳しい目つきが冬馬を刺す。

「どう解釈すればいい？　ひとときのメシアは、役割を果たしたあと、天に召されたのか。それとも、どこぞへと消滅した？　ＵＦＯにでも乗って去ったのか？」

　歪んだ笑みが吐き出す冗談は、冬馬の胸を強烈に締めつけた。いかにこの男が真剣に、伝説の存在を探し求めてきたかが分かる。

　ふいに空気の動きを感じた。いささか旧式の空調が、天井の方でずっと唸っていた。この部屋の資料の保存状態を良くするためだろう。何とも言えない臭気を伴った冷風が、広くない部屋を吹き渡っていた。

「南極にいるという噂がありますが」

冬馬の苦し紛れの返答にも、

「私がウラを取らないとでも思うか？　誰も発見していない」

オビクは即座に切り捨てた。

「これだけ長い間、所在が明らかにならないのだ。もういないと判断するしかない」

ぐわん、と空調が一際冷たい風を吹き出してくる。

「死去したと？」

「そうだろう。時間的に見ても、もう相当老いている。生きている方が不思議ではないか？」

「それは、確かにそうですが……彼らが果たした偉業は色褪《いろあ》せません。私は、黒瀬理沙氏のルポに、強い真実味を感じます」

自然と熱がこもった。オビクは自分と同じ人物に惹かれ、人生を通して気にかけてきた。同志だ。

「黒瀬氏が、同じ日本人だからという贔屓目ではありません。極めて冷静で客観的な筆致であることが、事実であることを際立たせていると思います。科学者の実験報告のように」

冬馬の指摘にオビクは首を振らなかった。同じ思いなのだ。

「その黒瀬氏は？　存命か？」

「いえ。残念ながら」

トゥルバドールに関わった重要人物の多くがすでに他界している。最も悼まれるのは佐々木忠輔だが、トゥルバドールの存在を世に知らしめた黒瀬理沙もそれに並ぶ。色褪せない仕事を残した人ばかりだ。オビクの顔を見て冬馬は、相手が自分と全く同じ感想を抱いていることを知った。伝記は全て真実であり、トゥルバドールはこの地上において、紛れもなく奇蹟を起こした。そう信じている。

「現代に、再びトゥルバドールが現れるかどうか。それがそんなに重要でしょうか？」

冬馬はあえて言った。ふだんからの自分の信念を。

「忠輔先生のレガシーが今も生きているように、トゥルバドールのそれも同じです。大事なのは、それを受け継ぐという、我々の世代の覚悟ではないですか」

オビクの表情を見て、冬馬は確かな手応えを感じた。説教師を自認する瞬間だ。

だが、オビクのカウンターは鮮やかだった。

「君が腹を割って話したいと言うのなら、まず君のシールドを切ってくれ」

まさに急所を突かれたと感じた。

「私は生身だ。君だけが暴力から守られているのは、フェアではない。そうじゃないか？」

「分かりました」

即答する。この男の信頼を得たい。礼節。フェアであること。真剣に人間の魂と向き合う時、それ以上に大切なことはない。冬馬は腰についたジェネレーターのスイッチに手を伸ばし、いくつかの手順を経て解除した。

すると、オビクがゆっくりと手を伸ばしてくる。冬馬の肩に手を置いた。

オビクを弾くシールドは存在しなかった。電源を入れていても、相手の攻撃とみなさない限り弾かないので、結果は同じだったかも知れなかった。だがオビクは確信を得たようだ。

「君は公正な人間だな。礼を言う」

イサ・オビクも頭を下げ、礼節を守ってくれた。自分は会うべき人物に会いに来たと実感する。ソフィアにいい報告ができるかもしれない。

そのとき、入室を告げる声が聞こえ、オビクの部下の兵士が落ち着きない様子で資料室に入ってきた。小さな端末を携えており、司令官に画面を見せる。

オビクの顔が凍りついた。

Legend Part 8

「いったい何が起こったんです？」

私の訊く声は冷静に聞こえたはずだ。

「あなたは、目の前に見えた光景を、どういうことだと理解しましたか？」

「リサ」

少し頭を振りながら、ジュゼッペ・ダイネッリが悠然たる口調で言った。

「決まってる。彼がやったんだ。灰色頭のジャックが」

「というと？」

「火を消したんだよ。儂は我慢できなくて、ちょっと触ってみた。アメリカ野郎どもが地面に棄《す》てた銃のひとつをね。それは——凍っていた」

私は躊躇いながらも、最小限の合いの手を入れる。

「という表現が正しいかどうかはわからない」

ダイネッリは肩をすくめる。顔にある穏やかな微笑みは絶やさない。

「銃から、白い湯気が立っていた。それぐらい冷えてたことは間違いない。だけど、銃の外側が凍ってたわけじゃない。儂は直感した……弾丸が凍ったんだ。いや、もっと正確に言えば、火薬だけが凍ったんだ。爆発しないように。弾が出ないように、必要な部分だけが凍らされたんだよ」

「理解できません。いったい、そんなことが可能だと？」

私の声は、我ながら今まででいちばん落ち着いていた。まるで計算結果を告げる数学者さながらに。

「タネもないのに？　ジャックという男は、ただの奇術師だったのではないのですか？」

「なにを言ってるのリサ！」

クラウディア・ダイネッリが非難の声を上げた。父親の横で大人しく耳を傾けていたのだが、さすがに辛抱ならなくなったようだ。

「今まであたしたちの話を聞いてなかったの？」

「また、火は消されたんだ」

しかし、ダイネッリの余裕は変わらない。そして愛嬌《あいきょう》たっぷりに肩をすくめる。信じようと信じまいと、そんな感じで。

「間違いないわ。ジャックがやったの」

クラウディアも父親を真似て声を落とした。胸に手を当て、自分をなだめながら言う。

「彼にはできるのよ」

「……私は物理は専門ではないのではっきりとは言えません」

私がここで折れては意味がない。客観的な立場を貫いた。

「しかし、弾丸が発射されないようにするにはどれだけ温度を下げればいいのか、ちょっと見当もつきませんね。発射までは一瞬ですよ？　撃鉄が、弾丸の火薬に激突するまでコンマ何秒かかるでしょう。しかもアメリカ人の集団が持っていたのは最新式のオートマチック銃でしょう。発射過程は極限まで単純化されているはずです。いったい……どんなトリックがあろうと、何人もの銃を同時に発射不能に陥れることは不可能です。そうじゃないですか？」

「だが、彼はやったんだ」

ダイネッリは落ち着き払っている。クラウディアも何か言いたそうにしているが、つけ加える言葉が見当たらないようだった。

「全員の銃をすり替える余裕はなかったのですか」

「もちろん、あるわけがない」

ダイネッリが笑い、私は口を閉ざした。

「リサ」

クラウディアが呼びかけてくる。信じてくれと目が訴えている。

しかし私は、静かに告げた。

「簡単には、信じるわけには参りません」

「けっこうだ。だが、話の続きは聞いてくれるんだろうな？」

ダイネッリはそう言って両手を広げた。

「もちろん」

「よろしい」

引退した消防署長は咳払いし、また追想へと戻ってゆく。


黒瀬理沙著『氷のレガータ』第XIII章「雪嵐」より

6

国連事務総長室に新たに現れたのは、最近よく見る男だった。ソフィアが全く望んでいないにもかかわらず。

中国系の愛想のない顔。ＦＢＩの特別捜査官だ。

「フランクリン・チャン……あなたが、後ろで糸を」

エステルがこの男に合図を送り、呼び入れた。そのこともソフィアの絶望を深くした。

「私の要請を無視した報いだ」

そう、耳障りな声で告げるチャンの顔にはわずかな緊張が見られた。

「将軍たちが国連を放っておくはずがない。もっと狡賢《ずるがしこ》くあるべきだったのだ。正義を押しつけるばかりでは、分断を生むだけだ」

「それはあなたの言い分です」

「みんなそう言っているぞ」

ソフィアは戸惑った。黒幕の割には格が不足している。こんな子供の言いがかりのようなことを言いに、わざわざやってきたのか。

「みんな？　たとえそうだとして、ジェンキンス司令に情報を流すことは正当化できない！」

　ジョシュ・ソローキンがストレートに怒りを表明した。ソフィアを守るためにファイティングポーズを前面に出している。ソフィアは感動した。決して荒事に長けてはいないこの男が覚悟を決めたのだ。

「俺は主人を選ぶ。決めつけるな」

　チャンは尊大に否定した。ジョシュへの蔑視があからさまだった。腑抜けた文官、国連の犬としか見なしていない。ソフィアは仕方なく、自ら確かめた。

「あなたの背後にいるのは……ジェンキンス司令官だとばかり思っていた」

「矮小化するな」

　チャン捜査官は頬を紅潮させた。

「私はアメリカ市民全体のために働いている。一軍人の走狗ではない」

「あなたが……エステルを誘い込んだのね。そしてウルに繋いだ」

　エステルが俯《うつむ》いたことで、事実だと示した。

「そもそも、軍閥《ぐんばつ》は我が国の心臓だった」

　チャンは気にかけていない。この場をグリップしていることを確信し、悦に入っている。

　ソフィアは痛切に思う。どうして現在のアメリカはこんなに病んでいるのかと。チャンやジェンキンスを見ていると悲観的になる。表向きは、良き世界市民に変わったように見せた。もとはといえば〝民主主義の盟主〟を自認していたのだから、世界連邦を支える担い手としても積極的に振る舞った。

「我が国は、軍産複合体の衣鉢を継ぐ者たちと、地下でずっと繋がっていた」

　こんなことを誇らしげに語るとは。その神経が信じられない。

「軍閥は、見る影もなく弱まったはずだが……」

　ジョシュ・ソローキンがせめてもの礫《つぶて》を投げる。ソフィアの目にも痛々しい。

「そんなことを信じていたのか？　おめでたいヤツだ。歴史を学べ！」

　チャンは嘲弄《ちょうろう》した。ジョシュは、エステルを通じて欺いてきた相手。ただのカモに見えている。

「軍隊と軍閥だけは消えることがない。永久不滅だ！　人間の本能だからだ。敵を憎み、武器を手に取り、人を殺《あや》める。人類が続く限り、それが宿痾《しゅくあ》だ。目を背けてもしょうがない」

　その台詞にエステルが頷いた。ソフィアの胸が刺されたように痛む。

「ソフィア。いまの安全保障体制は長く続かない」

　エステルは傷口に塩を塗り込んできた。

「私は、ずいぶん前からそう確信していた。トゥルバドールが、ずっといてくれるならいざ知らず……もう、彼らの気配もないじゃない」

恨み言のように言った。彼女も、夢見てはいたのだ。国連に加われば会える、と期待していたのかもしれない。伝説の存在に。

「もういないと分かったら、ならず者たちは怖いものがない。そしたらもう、世界がひっくり返るのは必然でしょう」

「あなたからは聞きたくなかった。そんな、力を肯定する発言は」

ソフィアはなじる。エステルの目が尖《とが》った。

「恨み言ならトゥルバドールに言って！　彼らは私たちを見捨てたのよ。どうして、テロや武器産業を放っておいたの？　今は勢力を伸ばし放題じゃない！」

〝サーヴェイス〟として、世界の暗部をこれでもかというほど見てきた者ならではの実感だ。ソフィアは罪悪感に似たものを覚える。

「事務総長。トゥルバドールの情報をすべて寄越せ」

フランクリン・チャンは命令した。

「なぜ」

ソフィアは身体を強張らせる。相手の狙いが見えた。

「彼らについての極秘情報を持っているのはあなただけだ」

チャンは正しい。ソフィアはいま、世界中でただ一人、最高機密を寡占することを許されている。国連事務総長に幾ばくかの権力があるとしたら、この機密に由来することを知る人は知っている。

「トゥルバドールのことを知って、あなたはどうするのですか」

「息の根を止める」

チャンは言い切った。エステルがギョッとしたように見る。

「ウルの最新鋭兵器でなら可能だ」

だがチャンは構わずに言い切った。

「存在感が薄れたとはいえ、記憶が色濃く残っている。トゥルバドールの気配が残っているうちは、〝ジェネラルズ〟は枕を高くして眠れないのだ」

チャンのもの言いにカルトの臭いを感じた。ウルの信徒だ。いや、中枢の人間かもしれない。将軍たちを見下しているのがその証拠だ。

ソフィアは、闘志に火が点くのを感じた。

ウルこそが将軍たちを結びつけている。疫病を媒介する有害な生物のように。

だからこそ、相手のペースに乗ってはならなかった。ソフィアはあえてチャンから目を外し、エステルに向かって言った。

「この部屋に、ホログラムを仕掛けたのはあなただったのね。ジョシュに罪をかぶせてまで」

「あの警告に震え上がって、辞職してくれたら嬉しかった。これは本音。あなたを殺したくなかったから」

エステルの頬が引き攣っている。根っからの悪人ではない。裏切りにも後ろめたさを感じている。

「今からでも遅くはない」

チャンが我が物顔で言った。こちらには、罪悪感のかけらも見えはしない。

「サンゴール事務総長。このビルを去って二度と戻らなければ、命は保証する」

また悪魔の囁きだとソフィアは思った。この職に就くと悪魔たちが両耳に囁きかけてくる。正気を保つのが難しい職だ。毎分ごとに勇気を奮い、志を維持することを求められる。

やはり自分にはふさわしくない。あまりの重荷に肩は擦り切れ、背骨は折れそうだ。

それでも立ち続けろ。退くな負けるなと、歴代の事務総長なら鼓舞するだろう。

「私は、ここで死ぬ。決めています」

自分の喉から出た声が強いことが嬉しかった。

「私の命は世界市民のためにある。脅しには絶対に屈しない」

エステルは顔を歪めた。対してチャンは、表情を無くす。

「では、残念だが、ここがあなたの墓場になる」

情というものを一切排除した動き。懐からするりと黒い物を取り出した。極小のハンドガン。

「それがサイトーの望み？」

　ソフィアはウルの教主と呼ばれる男の名前を口にした。国連事務総長の権限で知れる限りのことは調査している。世界連邦の脅威、ウルの骨格については知っているつもりだった。

「ずいぶん古い名前だな」

　だが、チャンは冷笑したのだ。強い違和感がソフィアを襲う。

「事態は目まぐるしく動いているのだ」

　チャンは嘯《うそぶ》いた。その言動には、エステルも驚いて目を瞠っている。

「順応できない者は淘汰《とうた》され、優れた者に取って代わられる」

「フランクリン。それは、どういう……」

　エステルが問い質そうとするが、チャンは構わずに喋り続けた。

「ちなみに私は、ウルの信徒でもない。そう簡単に雇い主を明かすような間抜けじゃない」

　思わせぶりな台詞ばかりだ。その調和を欠いた表情。目の光の歪み。ソフィアは妙に感心した。生まれつき情を持たない男かもしれない。情のない将軍に情のない配下がつくのは、歴史を見ても明らかだ。サイコパスはサイコパスをうまく使う。

　次の瞬間、サーヴェイスのチーフが猛然と連邦捜査官に襲いかかった。誰もがまったく予期していないタイミングだったおかげで、それは成功するかに見えた、完全に不意を突かれたチャンはよろけ、持ちこたえようとして失敗した。そのままジョシュにのしかかられる。

だが銃声が鳴る。部下が被弾した瞬間が、ソフィアには我が事のように分かった。

ジョシュ！　と叫ぶ。何もかも遅すぎると知りながら。

続けざまに、自分にも銃口が向けられる。ソフィアは構わずにジョシュへ向かった。身を挺《てい》してボスを守ろうとした国連職員の鑑だ。いっときでも疑ってしまった慙愧《ざんき》の念。とめどない感謝。それで彼を覆いたかった。生命を守りたい。

もう一発の銃声が響いた。ソフィアの目の前で。

「ミッション・コンプリート」

さしものチャンの声も震えていた。

Ⅶ　ザ・ナイト・ビフォー

1

自らの部隊、ヨーロッパ《E》警備《G》隊のインテリジェンスチームから連絡が入った。

ロシア《R》警備《G》隊の主力部隊が、東ヨーロッパに向けて西進を開始した模様

さすがに衝撃を受けた。その速報がハリエット・リヒターにもたらされたのは、まさにそのケースを想定してのＡＩシミュレーションを行っている最中のことだった。

始まった――もはや間違いない。東シベリアに注意を向けておいて、実は主力部隊を欧州向けに集結させている、という報告は既に昨日には入っていた。予期していたとしても、いざ現実化するとパニックが襲ってくる。ハリエットは目を閉じ、息を整えて自分を落ち着かせようとした。

フョードロフは、あの冷たい青い目で配下に進軍を命じた。ハリエットのヨーロッパ警備隊が東ヨーロッパのどこかの地点に立ちはだかっても、いざとなれば攻撃命令を下すことを躊躇わないだろう。あの男は、専守防衛しか許されないはずのユニヴァーサル・ガードをとっくに変質させ、完全に掌握している。

一方で、ソフィアが国連特使――ケーシチョウの刑事――を送ったアフリカ《A》警備隊《G》からは連絡がない。説得が難航しているのだろう。ハリエットは期待を裏切られた感覚を持った。以前にナイジェリアの難民に直接ヒアリングした経験から、イサ・オビクには好感を持っていたが、そう甘くはない。彼がヨーロッパに加勢してくれる保証はない。

このまま孤立無援でロシア《R》警備隊《G》を迎え撃つことになれば、苦戦は免れない。

ソフィアが自分のところへ送ったという、別の刑事もまだ到着していない。相当に優秀な女性だというので期待しているが、遅れている。心細い。しょせん戦闘経験のないコマンダーなど、小娘のように小心。やはり自分は不適格だった。身の丈に合わない要職を求めてしまったことを罰せられている気がする。

それでも、自分以外の女性指揮官たちの凛々《りり》しい姿には、嘘偽りのない感動と憧憬を覚えている。チームの一角に加えてくれることが嬉しい。彼女たちに助言を求めつつ、うまく連携を取れればきっと大敗はしなくて済む。ハリエットは、少し前から司令室にやってきて、侍従のように横に控えている軍人を見ながら思った。

「最前線の闘いはお任せを。あなたは、学べる政治家だったと聞いています」

ハリエットを鼓舞するように強い声で語り出す。

「この一週間で戦いの基本を会得してください。リヒター司令、あなたは前線に赴かない。最も守りの堅い司令部に常駐するのですから。ぜひ落ち着いて采配を振ってください」

頭が下がった。経験不足のコマンダーの心理的圧迫を和らげようとしている。頼れる副官だった。キャリアの初めから軍人だった女性のパーソナリティはどんなものかと訝っていたが、誠心誠意という言葉がよく似合う。

サンドラ・ハマライネン。ヨーロッパ《E》警備隊《G》副司令。フィンランド出身の四十六歳。

「相手がロシア軍ともなれば、自然とモチベーションが燃え立ちます」

そう言って不敵な笑みを見せた。

「サンドラ。相手はロシア《R》警備隊《G》よ。ロシア軍ではない」

これは窘《たしな》めざるを得ない。だが、サンドラはますます笑みを深めた。短く刈り上げた髪。どこにもたるみのない顔。目も活き活きと輝いており、女性としての魅力は全く損なわれていない。

「そうですね。ロシア《R》警備隊《G》に所属する隊員も、ロシア人ばかりではない。世界各国から集められている。もちろん分かっています。ただ、トップや副官はロシア人です」

サンドラは丁寧に説明してくれた。ハリエットも先刻承知だ。フィンランド人のアイデンティティも理解している。歴史的経緯から、ロシアに対する敵意と猜疑心《さいぎしん》が強い。ドイツもそうだと思われがちだが、国境を接し、何度も武力侵攻に晒されてきたフィンランド人の怨嗟たるや想像を超えるものがある。

　何百年にもわたって国境紛争を抱え、多くの場面で力任せに押し切られてきた。そのたびに譲歩を強いられ、ロシアの巨大な拳がまたいつ降りかかってくるか戦々恐々。それが彼らの日常だった。世界連邦が成立、ロシア軍も解体となって、しばらくはフィンランドにも平和な春が訪れていたはずだ。だが永遠には続かない。そう悟るや否やかつてのマインドを取り戻し、すかさず戦闘態勢をとる。この女性は軍人の鑑だ。

　ヨーロッパ《E》警備隊《G》の実質的リーダーが、フィンランド人女性であることをハリエットは感謝せずにいられない。彼女となら難局も乗り切れる。

「リヒター司令官。あなたはすでに、パリでテロ組織を制圧した実績がある。この調子で実績を積み上げていけば良いのです」

　常に前向きに背中を押してくれる。最高の副官だ。実際に現場で指揮を取り、全てを首尾よく取りまとめたのはサンドラなのに。

「では私は、ロシア《R》警備隊《G》の進軍を迎え撃つための陣形と人員配置を、部隊長たちと確認してきます。草案ができ次第、戻ります」

　颯爽《さっそう》とサンドラが去り、司令官室に静寂が訪れた。

　私は運がいい。スタッフに恵まれ、国連事務総長のソフィア・サンゴールからのバックアップも厚い。心配性はやめよう。今はできることに注力する。まずは情報収集だ。

サンドラが置いていってくれた戦力分析とシミュレーションに目を通していると、音声通話のコールが入った。相手の名前を確かめて目を瞠る。

よりによって、こんな時に……コールしてきたのは、ずいぶん前に離婚した夫だ。出ないという選択肢もある。今は非常事態なのだから、ユニヴァーサル・ガードのコマンダーは話す相手を選ぶことができる。ましてや相手は民間人だ。

だがハリエットはコールをつないだ。

「どうかしましたか」

できる限り平然としていたい。画面に映った、かつて愛した男はすっかり顔の皺を深めていた。醜いとは感じない。目尻が優しく垂れている。このアンドルー・グラボウスキは自分よりずっと若い女と再婚し、子供を儲《もう》け、幸せな家庭を営んでいる。政治の世界から戻ってこない頑なな女のことなど忘れていると思っていた。ハリエットの方も思い出さないように生きてきた。久しぶりに顔を見て湧くのは感慨ではない。苛立ちと怯えだった。自分でも意外なほどマイナスの感情が噴き出す。もしやこの男は、冷やかしで連絡してきたのではないか。

『応じてくれてありがとう』

ところが、回線を通じて届けられたのは、思いがけない優しい声だった。

『君の身が心配だったから。ニュース速報を見たよ。東から、大群がやってくるらしいね』

ハリエットは戸惑った。だが、ゆっくりと納得する。

『僕が言うまでもないだろうが、身の安全には気をつけて。指揮官の君は、敵に最優先に狙われるだろうから』

そうか。それだけ私はいま、ピンチなのだ。とうに別れた夫に心配されるほどに。

望んだ仕事ではなかった。ほんの一年半の任期を、自分の政治家生命の起死回生に利用したかった。不純な動機の報いだ。世界に八つしかない巨大な軍事組織の一つを率いて、もう一つの軍事力とぶつかろうとしている。心配されるのも当然だった。

『心あるヨーロッパ人はみんな、君を応援しているよ。ヨーロッパを守れるかどうかが、君に懸かっている』

そうか——私は今や、ヨーロッパの人々の希望なのか。私が負ければ、かつてナチスに支配されたフランスやポーランドやその他の諸国、ロシアの侵攻を受けたウクライナやジョージアのような屈辱の日々が待っている。

アンドルーの父親もドイツ国籍だが、ポーランドからの移民だ。自らのルーツ、辛酸を舐めてきた先祖の記憶も、彼にこんな連絡をさせる原動力になったのかもしれない。

歴史上、常に油断ならなかった北方の大熊が、新しい帝国の名乗りを上げつつある。常に帝国主義の種子を宿し続けてきた病める大国だ。今世紀の前半にも、周辺国に対して蹂躙《じゅうりん》を繰り広げた。記憶に新しい前科だ。世界連邦革命とともに巨大な軍事力を返納し、牙を抜かれて、ようやく世界に安堵を与えたと思われていた。

だがこの世紀末。ロシア政府と、その地域を治める専守防衛の警備隊《ガード》の一体化はとみに懸念されていた。ついに悪い形で表面化した。古い帝国主義のＤＮＡが手付かずで保存されていたのか。世界市民は、繰り返す歴史の幻影に戦《おのの》いている。かつての世界大戦の深い深い傷跡が疼《うず》いている。とりわけ、今世紀前半の独裁者の暴虐の再現に怯えている。

彼らに希望を配れるだろうか。

私は、勝てるか。

「最善を尽くします。結果は保証できないけれど」

ハリエットはウェブカメラに向けて笑ってみせた。

「できることなら誰も死なせたくない。でも、フョードロフはそんな甘い相手じゃないから……あなたも気をつけて。あの男は、私ではなく、私の故郷を狙うかもしれない。卑怯な手で弱みを突く。そんな男よ」

アレクセイ・フョードロフの、あらゆる情報をかき集めてのプロファイリングは済んでいる。ハリエットの故郷であるハイデルベルクをわざわざ狙ってミサイルを撃つ。本当にやりかねないと思った。アンドルーがいま住むのはミュンヘン。ハイデルベルクとは離れているが、ミュンヘン自体がヨーロッパ屈指の大都市だ。安全とは言い切れない。

　アンドルーはしばらく固まり、それから、深い息を吐き出しながら言ったのだった。

『多少の犠牲が出たとして、誰が君を非難するだろう。こんな難しい仕事をこなせる人間は限られている。君にならできる、と私は思う』

　アンドルーはどうしてこんなに優しいのだ。お互いに若い頃、こんなふうにコミュニケーションを取れたか。いいや、まったくできなかった。年齢を重ね、立場を変えた今だからこんなに素直に向き合える。皮肉なものだ。

　夫婦で居続けたらこんなふうにはなれなかっただろう。憎しみ合い、二度と言葉も交わせないほどこじれていたかもしれない。だが二人は若さを失った。再びお互いを求めることはないと分かっているからこそ、こんな境地にいられる。

　かつては最も大事に思っていた相手だ。お互いだけが共有していた考え方や感覚もあったと思う。当時は確かに。

『僕ごときに、できることがあればいいのだけど……』

　アンドルーは大学教授。専攻は経済学だ。

『そんなことを思うこと自体、思い上がりだな。だから、祈っている。君の武運を。そして勝利を信じている』

「ありがとう」

決戦を前に、衒《てら》いなく感謝できたことを嬉しく思った。たとえこのまま戦死したとしても、心残りを解消させてくれたような。他に、思いを伝えたり、託したりしたい人間もいない。両親はすでに他界。兄弟もいない。

じゃあ、と言い合って回線を落とした。

閉じた通信画面の無機質さを見つめながら、微笑む。

心置きなく、戦いの荒野の果てを見つめよう。ウルの兵器により、恐るべき戦力増強を果たしたロシア《R》警備隊《G》とまともにぶつかれば、まず負ける。人道を外れた異常な兵器がヨーロッパを襲う。

対抗するための幻の軍勢は、やってくるか。

アフリカの男からの連絡をハリエットは待っている。一日千秋の思いで。

彼女の元に国連本部の変事が知らされるのは、この三十分後のことだった。

2

イサ・オビクは仲間だ。

最終的には、世界連邦を守る側につく。

冬馬はそう確信した。なぜならそれが、彼が崇敬してやまないトゥルバドールと佐々木忠輔が導いた道だからだ。彼は若い頃からそれを辿り、仲間を見つけ、共に歩こうと志してきた。ここで出会えたのだ、同志に。

ところが、オビクの部下の兵士が落ち着きない様子で資料室に入ってきた途端に空気が変わった。報告を受けたオビクの表情は到底、融和的なものでも親密なものでもなかった。射し始めていた温かみが、瞬時に零《こぼ》れ去《さ》ってしまったように感じる。どうしたんですか、と訊く冬馬の声は掠れた。

オビクは冬馬に目を向けさえしなかった。今すぐに対処しなければならない重大事が頭を占めている。冬馬には手がかりが必要だった。自分の端末でニュースサイトに検索をかけ、警視庁が有する速報システムもチェックした。

初めは何の手応えもなかったが、やがて唐突に、信じがたい情報が飛び込んできた。

国連本部ビル内部で爆発　国連事務総長室か

デマかと疑う。内部で爆発？　外から攻撃を受けたわけではないのか？

テロリストか暗殺者の仕業だというのか。その字面はフィクションのように軽く、不謹慎に映った。怒りが噴き出す。裏を取らなければ真に受けることはできない。だが、国連の直轄組織であるユニヴァーサル・ガードの指揮官の一人が、目の前でこれほど深刻な様子でいる。事態の真実性に疑いはないように思われた。

　いや、そんな馬鹿なことはありえない！　ソフィア・サンゴールは歴代で最も偉大な事務総長になり得る。誇らしいことに彼女は親友だ。それが、神聖なる職場で——国際融和の象徴である国連本部ビルの、自分の部屋で——爆殺。絶対にあってはならなかった。この速報が、世界に届ける絶望の深さを思うだけで胸が引き裂かれる。止めろ、こんなデマは拡散するな。世界は一気に何百年も戻る。暗黒時代に回帰してしまう！

　まず目の前の、アフリカの最重要人物、イサ・オビクに言葉をかけなければ。こちら側に引き留めろ……ダークサイドに引きずり込まれてはならない。

　ところが、言葉が形を成さない。震える自分の手を押さえつけながら、冬馬は必死に思考に集中した。チャールズ・ディキンソンと立石総監の、世界を支える手を思い浮かべる。そこにソフィアとアイリスの手も加わる。しなやかで理知的で、強い意志によって動かされる美しい手の列。佐々木忠輔が導き出した道義を表す数式も脳裏に明滅する。なんとしても言葉を引き出す。言葉でこそ、道を切り開く。

　オビクに届けるにふさわしい言葉が閃いた、と思った。それを制するかのようにオビクがふっと右手を宙に上げた。傍らの兵士が素早く銃を取り出して冬馬に突きつける。

「ここを出ろ」

兵士は命じた。挙動には全く迷いがない。その黒い瞳にはボスと同じ強い意志が漲っている。

シールドを切っている以上、従う以外ない。だが冬馬は、言葉を矛にした。

「俺を殺すつもりですか」

「殺しはしない」

オビクは答えてくれたが、冬馬を見ない。

「俺を拘束してどうするんですか」

答えはない。半身を向けて、部下が冬馬を連れ去るのを待っている。冬馬は足を動かさなかった。

「あなたは、世界市民に背を向ける気ですか」

そう問うと、オビクは姿勢を変えずに答えた。

「すまぬ。サンゴールのいない国連には未来がない」

言い切られた。

「正義は死んだ。力が支配する時代に戻ったのだ。そうなれば、私が優先するのは、まずアフリカの人々の命だ」

途中から、冬馬の目をしっかり見ながら言う。

「アフリカ以外の人々の住む土地は、私の手に余る。振り向ける思いも希薄だ。正直に言ってな。それをもって、私を非難してもいい」

冬馬は非難しなかった。同朋の苦しみを自分の苦しみと感じているこのリーダーを否定できない。それでも、このまま黙って囚われることもできなかった。

「力を信奉するコマンダーたちの側について、彼らのように支配する。それが、あなたの選ぶ道ですか」

「分かってくれ。私は、可能性の高い方に賭けるしかないのだ」

深い苦悩が冬馬の口を塞ごうとする。

「将軍たちは手段を選ばない。私にも、恭順するように再三呼びかけてきた。誤解しないでほしいが、私は女性リーダーたちを尊敬している。とりわけ、サンゴールを。だが、彼女たちは手段を選んでしまう。将軍たちを殺すことさえ躊躇う。それでは、負ける……」

「俺はそうは思いません」

冬馬は、今この場で相手を論破しなくてはならなかった。シールドもなく、手も出なくとも、オビクを味方にしなくてはならなかった。

「佐々木先生のセオリーを修めたのでしょう？　何が本当の勝利かをご存じのはず。暴力に頼れば、必ず敗北に行き着く」

「君が戦闘というものを知っているとは思わないな」

諦観と怒りのこもった声。冬馬はふいに、土にまみれた、一兵卒時代のオビクを目の前に見たように思った。悲惨な戦場をくぐり抜けてきた男の乾いた瞳。あらゆる感情が干からびて、ひどく静かな、死にも似た静謐《せいひつ》さを湛《たた》えている。言葉は届かずに手前で落ちてしまう。オビク独特のシールドに弾かれるかのように。

「君の楯が、君だけでなく、世界市民を守れるなら別だ。そこまで強くはない」

冬馬は無念に震える。ここまで正面から否定されるとは。騙し討ちのようにシールドをオフにさせられた。

「ケーシチョウが、将軍たちを逮捕してくれるか、改心させてくれるなら、私は喜んで、将軍たちに背を向けるがな。できるか？」

「努力はします」

冬馬は歯噛みしながら答える。確かに、それは究極の目標だ。

「達成しないと意味がない」

やはり、オビク流の戯れ言だった。

「できもしないことを言うな。私は勝つ側につく。繰り返すが、私が望むのはアフリカの人々の命を守り抜くこと。それだけだ」

アフリカに生まれアフリカに尽くしてきた。揺るぎない誇りと強靭な意志こそがこの男を形作っている。動かせない。俺は、ここまでだ……使命は果たせない。このまま囚われて、立石総監やアイリスに迷惑をかける。期待してここに送ったソフィアに申し訳が立たない。惨めな落胆で身体から力が抜けた。

兵士に腕を掴まれ、連行される冬馬の足が止まる。自分の意志とは無関係に。

「誰だ貴様！」

兵士がびくりと反応して銃を向けたのだ。新たに現れた人間に向けて。オビクも目をまるくしている。闖入者《ちんにゅうしゃ》をまったく予期していなかったのだ。それは冬馬も同じだった。それは何とこの場にふさわしくない人間だったことか。

「も……望月さん。なんで……」

いつもこの男には驚かされる。冬馬が問うと、

「どうしたんですか、お二人とも？」

望月友哉の方が不審がっていた。兵士と銃は目に入っていない様子だ。冬馬とオビクを見比べている。

「決裂ですか？　おかしいな。僕から見れば、二人ともまともだ。たいして違う立場にいるとも思えないんだけどな」

この軽妙さ。常に場違い、という稀有な男だ。しかしどうして、この司令部に入ってこられた？　この男も正式な国連の使者なのか。

「お前は誰だ」

違った。オビクは望月のことを全く知らない様子だ。妙に落ち着いた様子でここにいる

東洋人に我が目を疑っている。

「吉岡冬馬さん。ジェネレーターの電源を落としたんですか」

　望月友哉はさっきから英語で喋っていた。おそらく、オビクにも伝わるように。

「ちょっとそれはスタンドプレイじゃないですか？　シールドキーパーの命は、シールドキーパーだけのものじゃないんだ。世界市民の守護者であるという自覚を持ってもらわないと、困りますね」

　いきなりの説教に開いた口が塞がらない。ところが望月友哉は、すかさず二の矢を飛ばしたのだった。

「オビクさん。あなたも感心しませんね。無理にならず者の真似をするなんて」

　相手はユニヴァーサル・ガードの司令官だ。見た目の威厳の差も明らかで、冬馬は見ていられない。生意気な若者が難癖をつけているようにしか見えない。

　ところが、オビクがよろめいた。冬馬は目を疑う。何を動揺している？　こんな中肉中背の日本人を恐れる理由は一つとしてないはずだ。

　ふいに、視界に妙な揺らぎを感じた。

「オビクさん。自分に嘘をついちゃいけません。あなたの前で防御を解いたこの刑事に、本当は敬服してるんだ。拘束したいんじゃなくて、彼を保護したいんでしょう。違いますか？」

冬馬はぶるりと震えた。望月友哉という人間の底知れなさに衝撃を受けたからか。いや違う、実際に室温が下がっているのだ。天井を見上げる。

空調から吹き付けてくる冷風が強さを増している。

電源を落としたはずの腰のジェネレーターがぶん、と一度唸った。

それが合図ででもあるかのように、冬馬の視界がまた強く揺らぐ。室温低下だけではない、照明の明度も、臭気さえ変わった気がした。いつしか不快な異臭は消え、激しい冷気が吹き下りてくる。

「お二人は決裂した。一見そう見えるけど、違います。解決策はありますよ！　意外に簡単な、ね」

「簡単な？」

聞き捨てならなかった。冬馬は苛立ちも露わに友哉に向き直る。

そこで兵士が、今度こそ銃を至近距離で突きつけた。これ以上喋らせてはならないと直感している。この部屋に生じている異変も、ボスの様子が普通でないことも兵士は気づいている。だがどうすればいいか分からず、腕づくで全てを止めると決めた。その心の動きが我が事のように分かった。

だが兵士はそこから何もできなかった。自分が持っている武器を呆然と見ているだけだ。冬馬は目の前の男が、真冬の戦場にひとり取り残された少年兵に見えた。

「──トゥルバドール」

呟きが聞こえる。冬馬は声の主を見た。

イサ・オビクは一人の男を見ていた。まるで待ち望んでいたかのように。敬虔《けいけん》な信徒のように。風采の上がらない一人の日本人を。

そんな馬鹿な、と冬馬は思う。オビクに倣って視線を向けた。

信じがたい笑みがそこにあった。

「リサ。ジャックは、北極から来たのよ。雪の神さまなんだわ」

クラウディアが胸を張る。少し子供っぽくおどけながら。

「それ、誰から聞いたの？」

私は気楽な調子で訊いた。

「ルシオが言ってたの。南極じゃないのか？　とかなんとかふざけて、ゼロは笑ってたけど」

私は納得する。ダイネッリ父娘の話を聞いている限り、同じキャラバンのエスクドとルシオの兄弟は、ジャックのことを信仰の対象のように扱っていたようだ。軽口も叩かない。だが、孤高のロマであり、別の部族から合流してきたゼロだけは違った。ジャックに向かってよく冗談を言っていたそうだ。俺は面白いからここにいる、ジャックのそばにいたいからいるだけだ、という調子だった。

「今思い返しても胸が空くよ」

　ダイネッリが負けじと誇らしげに言った。

「あれだけ雁首《がんくび》並べてた奴らが、一気に役立たずになったんだからな。まったく、アメリカ人ってのは、銃を信じすぎてる。アメリカ映画を見たら分かるだろう？　銃をぶっ放すことに、なんのためらいも罪悪感もない。かっこいいとさえ思ってる。悪い奴は、撃たれて死ぬのが当たり前だと思っとるんだ。まったくなんて幼稚で、恥知らずな奴らだ」

　私は笑みを返す。この男の言っていることは、大雑把《おおざっぱ》すぎるかも知れない。だがそこには真実がある。

「儂は奴らの信仰が揺らぐ瞬間を見ることができた。痛快だったよ。あの茫然《ぼうぜん》自失《じしつ》っぷりったらなかったね。いきなり子供に戻ったみたいな頼りない顔だった。あれこそが、人間の自然の姿だと思うんだ。銃なんか扱い慣れてたらどこか狂っちまう。人様に銃を向けて何か言うことを聞かせようだなんて、そんな傲慢なことはこの世にないよ」

　私は頷いて、先を促した。

「それからどうなったんですか」

　するとダイネッリは、ますます熱を込めて語り始めた。

「儂は自分の目が信じられなかったよ。猛烈な吹雪の向こうに微かに見える光景を、初めは錯覚だと思った。だが、何度目を凝らしても見えるものは同じだ……運河が、白い。凍っていた」

いま目の前にその光景を見ているかのように、ジュゼッペ・ダイネッリは両目を限界まで見開いた。顔は紅潮し、額に汗が光った。

「つい今し方、儂らの船が滑ってきた水路がだよ。氷の向こう側には、追ってきた奴らの小型艇が見える。完全に立ち往生してた。氷に船首がぶつかってガリ、ガリって音が聞こえる。氷を割りながら進んでくるつもりだったが、それは見る間に無理になっていく。氷はますます白く、強固になっていくんだ、儂らが見てる前で、みるみるとな。こんなことは、むろん……見たことも聞いたこともない。運河が凍るなんてことは、まあ、何十年かに一度ないことはない。だが船が進めないほどカチカチに凍るなんてのは、ヴェネチアの長い歴史の中でも、一七八八年に一度あっただけだ。それが……二百年以上ぶりの出来事が今、いきなり目の前で起きてる」

黒瀬理沙著『氷のレガータ』第XIII「雪嵐」～XV章「大脱出」より

3

空調の異常ではない。冬馬はそう結論を下した。

異常なのは望月友哉その人だ。奇矯さは感じても、神秘性を感じたことは一度もない。

なのにこの道化《どうけ》男は、今この瞬間——伝説の存在を想起させる。

赤道にも近いこの都市に、ありえない冷気が訪れたせいで。

その表情に、その佇《たたず》まいに漂う、信じがたいほどの穏やかさのせいで。

「トゥルバドール」

イサ・オビクがもう一度言った。さっきより確信を込めて。戸惑いの極致にある冬馬よりも、オビクの方がよっぽど事態を正しく把握している気がした。

求めても得られないと信じていた何かが、ここを訪れた。彼はそう感じている。

冬馬の認識はそこに至らない。それまでの〝奇妙な男〟というイメージが、どうしても神秘感と畏怖を妨げる。だから素直に訊けた。

「望月さん……これはどんなからくりだ？」

自分の腰に手を当てる。これは、シールドの共鳴か？　冬馬の直感を裏付けるようにジェネレーターが勝手に起動し、かつて経験のないパルスを発している。アイリスとの間に生じたものとも違う。冬馬は、シールドを乗っ取られたような不気味ささえ感じた。

　そこに重なるのが、凄みを増す冷気だった。この資料室は実は冷凍庫だったのかと思うほどだ。

「あんたがトゥルバドールのはずがない」

　冬馬はそう言うのが精いっぱいだった。理性の放つ渾身《こんしん》の一声のつもりだった。

「ジャック……フロスト」

　だが、オビクは前のめりだった。言い伝えられたその呼び名を口にしただけではない。冬馬には聞き取れない、おそらくはアフリカの言葉を重ねて呟きながら、両手を組み合わせて祈る姿勢をとった。その顔に宿るのは畏れ。それを上回る、狂おしい憧憬のようなものが、瞳に異様な煌めきをもたらしている。

　冬馬は抵抗したい。簡単に事態に屈してはならないという本能が働いている。相手の正体を見極めぬうちは……

「オビク司令官。私はトゥルバドールではない」

　望月友哉の英語は神々しく聞こえた。日本語を使うときの、おかしな関西弁とは印象がまるで違う。

「ただ、彼らの力が死んでいないことを証明する者だ」

「望月さん。あんたが――」

冬馬は非難めいた声を上げてしまう。

「トゥルバドールの代理人だというのか？」

「冬馬さん。代理人を自任する者は、全員代理人ですよ。あなたもね」

その笑みは誠実さに彩られている。望月友哉のふざけていない表情を、冬馬は初めて見た気がした。

「ジェネレーターは使用者を選ぶ。少しでも殺意を持つ者は、弾きます。あなたは選ばれた。もっと自覚するべきだ」

厳しい教師の眼差し。冬馬はますます視野が歪むのを感じる。芯から冷やす空気が充満して震えが追いつかない。ジェネレーターも唸りを増す。目の前の男が喋れば喋るほど活気を放つかのように。

「冬馬さん。あなたは、シールドの最大値をまだ引き出してへん」

急な日本語。その妙な訛りが冬馬の気を失わせそうになる。

「自分の身を守るだけやったら誰でもできる」

4

国連本部内、事務総長室で爆発、とのニュースは瞬く間に世界を駆け巡った。負傷者が出ているという情報も加わり、世界市民にもたらした衝撃は甚大。事務総長室で負傷するとしたら国連事務総長しかいないではないか。暗殺か？　テロリスト、あるいは、国連本部ビルを包囲中の北米警備隊《NAG》の仕業か？

だがそれ以上に具体的なことはなかなか配信されない。現場の詳細、その実態を知る者は、ごく少数に限られた。

『やったか』

事実をいち早く知る力を持つ者が快哉を叫んだ。

『ついに来た。あの女は、死んだ』

抑えきれない喜びを声に含ませながら、西アジアの将軍は言った。

「世界連邦の臨終だ。あとは、我々次第だ」

フョードロフはあくまでクールに加わったが、わずかな顔の緩みは隠せない。

北米の将軍は、脱力したような妙な表情をしていた。梁《リャン》は構わずに問いかける。

『ジェンキンス。誰の仕業にするつもりだ？　我々が疑われたら厄介だ』

「スケープゴートに抜かりはないか？」

フョードロフも当然のように問うた。いざという時、国連のトップは排除する。ただし、手を下すのは自分たちとはあくまで無関係の人間。そういう設定が出来上がっていた。当初は軟禁状態で充分、という空気だったが、現場での事態が変わった。そこでサンゴール排除という判断に到ったのだろう。フョードロフなど、声高ではないものの、できるだけ早く抹殺すべしと考えていたから、渡りに船という思いだった。

ところがジェンキンスの顔色は冴えない。予定と違う、とその表情は語っている。フョードロフは気づかないふりをした。ジェンキンスの管区で、ジェンキンスが与り知らぬ何事かが起きている。ただしその後すぐ、いくつかの通信を受けた後に平静を取り戻した。アメリカの将軍は、まだどこか物憂げではあるものの、重厚な口調で他の将軍たちに告げた。

『心配無用。サンゴールを射殺後、事務総長室は爆破した。念入りにな。痕跡は残らない』

「ふむ」

『派手でよい』

直接手を下さなかった二人がいささか軽々しく言う。

『爆破が一番確実だからだ』

ジェンキンスの口調は落ち着いているが、目は全く笑っていない。

『これから、野良テロリストでも十字架にかけて、実行犯に仕立てる。ＦＢＩがうまくやってくれる』

『さすがだな。ＦＢＩもＮＳＡも、ＣＩＡも使える。実質のアメリカ大統領はジェンキンス、あんただ』
見え透いた梁のおだてに、老将軍は少しも乗らなかった。宙を見つめてこの先に思いを致している様子だ。それを見てとって、フョードロフは新時代の支配者たちに切り替えを促した。

「さて、スピーチだ。新しい時代が来たことを、民に知らせる」

『凱《がい》歌《か》だな』

梁はそう応じた。感慨深そうだ。この日を待ち望んでいたと分かる。

『国連は――暴虐の徒に蹂躙された。平和主義の限界だ』

梁はさっそく、意気揚々と言い始めた。

『サンゴールがどれだけ尊敬されようとも、殺されてしまっては元も子もない。どれだけ理想を唱えても、実際に国土が侵略されては形無しだ。荒々しい時代には我々のような暴力装置の重要さが明らかになる。非常事態に大権を預けてほしい。もちろん平和な世が訪れた際には、民衆に権力を戻そう』

スピーチの予行演習。既に頭の中で何度も繰り返していたに違いない。

民とのコンセンサスが必要だった。これからこの三人が世界を牛耳っていくということを、恐怖を与えずに受け入れさせるための演説だ。

「それでいいと思う」

フョードロフは請け合った。

「女司令官たちとの全面対決を前に、我々は提携を組んで世界に態度を表明する。日時を定めよう」

概《おおむ》ね、自ら定めたチャート通りに事が進んでいる。淡々と段取りを確認した。

「二十四時間後はどうか？」

『よかろう。それまで、お互い準備が必要だ』

気を取り直したのか、ジェンキンスが発した声には張りが戻っている。

『お互い、本部を置いている国の政府に、了解を取りつける必要はある』

『うむ。それについては、何の問題もないが』

三人ともが同じ状況だった。三人は実質、各国の政府をとうに超えた存在なのだ。

『なんと言っても、スピーチの練り上げだ。歴史的な宣言になるのだから』

『スピーチもむろん大事だが、身だしなみも整えたいだろう』

『その通りだ。見た目は大事だ』

梁の少しおどけた声によって、結婚披露宴の準備でもするかのような浮き立った空気が漂う。ついに自分たちの時代が来た。表舞台に躍り出る。やがては歴史上の覇者たちに並ぶ。そんな高揚感が収まらない。

「まだウィメンズ・クラブが残っている。彼女らを屈服させてからが、本番だ。油断するなよ」

　フョードロフは釘を刺した。

『内部工作はどうなっている？』

　梁が鋭く確認した。

『彼女らが自滅してくれれば、楽だ。戦わずして勝つのが常に最上だ』

「スパイや工作員の尻を叩く。ただし、裏工作はあくまで、裏工作に過ぎない」

　それがフョードロフが強調してきたことだった。

「正面から戦闘で打ち破るほうが、後々、象徴的な歴史のイベントになる。分かりやすい勝利ほど人民に訴える」

『確かに！　我々はこの後、勝利あるのみだ』

　ジェンキンスは、暴れ回ることで憂さを晴らす気だ。一線を越えたことでバーンアウトしたように見えて不安を醸したが、良くも悪くも典型的なアメリカ人のマインドは保ったまま。

　フョードロフはほくそ笑み、叛逆の同志たちに念を押した。

「二十四時間後だ。我々の時代が始まる」

5

自分が生きていることが不思議だった。

日本に戻れたことも不思議だった。

速水レイラに連れられて、モスクワからの直行便で東京に戻った鴇田隆児は即入院となった。冷凍バンドによる応急処置、皮膚の保護と止血は四十八時間しか保《も》たず、顔や腕に重いやけどが残る寸前だった。病院に運び込まれるや否や全身をｉＰＳパッチで覆われた。またもや最新の再生治療技術に救われた。あと少し遅れていたら外見が変わっていただろう。再び出血が始まって瀕死《ひんし》の状態になっていたかも知れない。

短い期間に二度も死にかけた。しかも、かつて恋人だった女によって。これほど因果なことがあるか。前世があるとしたら余程の罪を犯したのだろう。それでも死なずに済んだ。これをどう解釈するべきか。自分にはまだ、許される余地があるのだろうか。

心ならずもリタイアを強いられたいま、隆児は精いっぱい報道を追いかけることしかできなかった。若さと体力だけが取り柄だったのに、今やただの役立たず。モスクワでは少しは役に立てただろうか。いつかまた、冬馬の隣に立てるようになるだろうか。望みは薄い。

刑事たちはそれぞれの最前線に去った。シールドキーパーは世界に散り、これから万人警備隊同士の衝突を防ぐらしい。

歴史が刻まれる場面をその目で見届けたかった。隆児はそう臍《ほぞ》をかむ。自分にその資格がないことを知ってはいるが、それでも、身体を張らせてほしかった。

モスクワでの別れ際にかけられた言葉を思い出す。

「隆児。そんな顔するな。お前が間違うのは今に始まったことじゃない」

皮肉たっぷりの慰め。冬馬の表情を見て隆児は安堵を覚えた。罪人に向ける笑顔にしては温かすぎた。

「諸手を挙げて褒めることはできない。だが、礼を言う」

冬馬は真顔になって言った。

「お前は役に立ってくれた。俺とアイリスだけだったら、捕まって面倒なことになってた。速水さんもありがとう」

後輩に対してもふさわしい扱いを忘れない。だから隆児は冬馬を信頼する。殺さない、というモットーを愚直に守り続けるあの男を。

モスクワで自分はサキを殺そうとした。容赦なく炎とレーザーを浴びせてくる女に対し、紛れもなく殺害を決意し、実行した。殺すことはできなかった。結果的に幸運だったのかも知れないが、隆児は今も殺意を維持している。なぜなら、あの女は確実にまた誰かを殺すからだ。それを抑止するために殺す、という論理は成り立っているように見える。ただし、冬馬に訊けば理屈の通った反論が飛んでくる。それもまた確実に思えた。

何より、殺せなかったことに安堵している自分がいる。アイリス・ディキンソン・神村の分析にも面食らった。あのサキが、意図的に俺を無視している？　信じられなかった。妙なむず痒さを覚える。そもそも俺には真実を見抜く力が足りないし、殺すべきか殺さざるべきかなんて道義計算は一生無理なんだ――

「お前は死なない。前に撃たれたときの方が深手だったぞ。しばらく休め」

そんな言葉をお守りのように抱きながら、苦痛に満ちた空の旅を乗り切り、いま病院のベッドの上で息をしている。ただただ、純粋な喜びだけがあった。自分の身体は確実に脈打ち、若さが快復を急いでいるのが分かる。未来に対して根拠のない期待が、日に日に膨らんでいる。なんと都合のいい話だろう。鴇田隆児よ、と自分に問いかける。こんなふうに恵まれるほどのことを、いつしたんだ。

サキの抹殺に失敗した。思いは何度でもそこに戻る。自分は罪を重ねることになっても、この世界のために殺したかった。人々の命のために、殺したかった。

だが冬馬ならあの女を封じてくれる。魔法のような言葉の力で、変えてくれる。

誰も信じないようなことを、もしかすると冬馬本人すら信じていないことを、自分だけが信じているのだった。鴇田隆児とは底なしの愚か者の別名かも知れない。

繰り言で頭がいっぱいの自分に嫌気がさし、意識を外へ振り向けようとした。今も世界は激動の中にある。日がなベッドで過ごしているだけでは、穀潰《ごくつぶ》しだ。リタイアしている間にできることはなんだ？　答えは簡単に出た。

――トゥルバドールに関する伝説を、総ざらいしたい。

隆児は伝説を信じてこなかった。国連が撒《ま》いたプロパガンダと決めつけていた。ところが、冬馬たちは実在を疑っていない。トゥルバドールは大国から武器を手放させた。全く、あり得ないほどの英雄だ。だが謎が多すぎて正体がつかめない。そのこと自体も不思議だった。

なぜか公式には存在を認められていない。そこには重要な意味がある。敵対勢力から守るため、というのがすぐに思いつく理由だが、それだけではない気がする。ともかく、一市民が調べるにはあまりにも限界がある。

それならば、公式の記録がたくさん残っている人物を調べるしかない。佐々木忠輔のアーカイヴに触れようと隆児は思った。今更だが、彼を理解したい。世界を変える力になった源。人類を代表する頭脳。自分は本気で知ろうとしてこなかった。敵だと思い込んでいたからだ。無知を悔いている。自分の理解できないものをぜんぶ敵にしてしまうなんて人として最低だ。テロリストとは常にそうした人種。しかも必ず、暴力という最悪の手段に行き着く。

その代表がサキだ。あの女は変わらない。死ぬ瞬間までテロリストだろう。暴力を手放さない。破壊と殺害以外の解を持たない。つまり、サキが生きている限り戦いは続くのだ。互いの戦い方はあまりに対照的で、矛と楯の役割が完全に固まっている。あまりにも不均衡で、片方はずっと殺すなと自分に命じている。とてつもなく重い十字架を背負ったまま冬馬たちは戦っている。なんということだ。

隆児は病院の看護師に声をかけ、患者用に開放されている公共スペースについて訊いた。インターネットにアクセスできるのはもちろん、国立機関の資料も検索できる端末が常設されているという。許可を得て、端末を使うために公共スペースに行った。身体中にできた火傷の痕はまだ痛みを発するが、歩行には支障がない。

〝佐々木忠輔〟で検索にかかった全ての文献と映像に目を通すつもりだった。もちろんトゥルバドールも。少なくても構わない。

だが、公共スペースに入ってすぐに出くわしたのは、テレビ画面に映ったニュース速報だった。

国連本部で爆発　事務総長室か　死傷者が出ている模様

公共スペースにいた入院患者たちがどよめいている。医療スタッフも何事かと集まってきた。事務総長室……数日前に入室を許されたあの部屋が鮮やかに甦る。そこには優しく賢明な国連事務総長がいた。彼女が、命を狙われた――

隆児は立ち尽くしたまま動けなかった。

「正しく生きる人は、幸福なのか。」いわゆる、徳福一致は証明されうるか、という問題は、古代ギリシャの頃から永遠のスタンダードなのですよ。この問題はフェルマーの定理よりずっと厄介です。二千年以上、あらゆる天才が挑んで、証明しきれなかった問題なんですから。いや——実は証明は終わっているのかも知れない。ぼくらが知らないだけ、あるいは、それを読み解けていないだけなのかも知れません。ヒントはきっと、この宇宙の至るところにちりばめられている。聖賢たちの言葉や行動が書かれた文書の中に書かれている。ぼくはそれをつなぎ合わせて、見えてきた答えのようなものを述べたに過ぎません。

〝『憎悪分解セオリー』のための講義録〟より

日時　二〇＊＊年四月二十六日
会場　東京学際大学講堂
講師　佐々木忠輔
主催　東京学際大学
後援　黒瀬財団
採録　黒瀬理沙

Ⅷ　ムスペルヘイム

1

吹きつけてくる冷気の凄みは桁違いだった。

近づくごとに極地の風は濃度を増す。人間の接近を拒む神聖な氷原が警告を送ってくる。生きたければ足を踏み入れるなと。

樋口尊《ひぐちたける》は自分を見失いそうになる。なぜ俺は、こんな地の果てまでのこのこやって来たのだろう。ガタガタと身体の芯から震えながら、小さき自分を憐れに感じた。文句を言いたい顔がいくつか、矢継ぎ早に浮かぶ。

「樋口。ここからはお前の選択だ。トゥルバドールに従うか。トゥルバドールを殺すか」

樋口尊は耳を疑った。

「どちらが、お前が目指す頂点に近づけるか。お前が決めろ」

師と仰いできた男、仁戸田正治公安部長が、模範的な正義の徒ではないことは知っていた。面白いほうを選ぶのだ。だからこそ樋口も付き従ってきた。

仁戸田の謀略の才能。争いに勝つ執念。そのすべてに惚れ込んできた。憧れ、見倣い、逆らわずに行動してきた。長年共にいて実感したことがある。仁戸田の性向は、むしろウルやジェネラルズに近い。力を信奉している。いやもっと正確に言うなら、裏で真の力を握ることを求める。暗然たる力を振るうことに何よりの喜びを覚える。だが最近になって、自分の仁戸田観がまだまだ浅いことを知った。そんな生易しいことではないのだ。

老境に達した伝説の公安刑事が、単純な人格の持ち主でないことは自分でなくとも知っている。だがこれほどに入り組み、これほどに捉え難いとは。そして、相手が誰であれ、殺すことを容認するとは。殺人は仁戸田にとって禁忌ではない。しかも。

「人類の恩人を殺せる機会など、そうはないぞ」

仁戸田もこれまでの公安人生の中で、人を殺めたことがあるに違いない。道徳が科学としてここまで広められていようと、仁戸田は平然と無視できる。己のルールにのみ従う。それこそが公安道だと、樋口に暗に伝えてきた。

だが、よりによって伝説の存在を？

いや。こうも取れる。樋口は頭を振って考え直す。仁戸田が選択を任せたということは、自身の引き際を承知したということかもしれない。公安部長としての自分の限界であり、享楽の限界。

長く部下でいる樋口が実感を持って言えるのは、仁戸田は常に、謀略がものを言う世界にしておきたいということ。常に、終わりのないゲームの勝者でいる。究極のギャンブラーであり快楽主義者。歳を取り、自らの身体を酷使できなくなると、子飼いの部下を使って世界中を駆け回らせる。その背後で黒幕として楽しむ人生を選んだのだろう。

俺はゲームの駒か。それでもいいと思ってきた。仁戸田は精神的な親だからだ。親と言うより双子と言った方がいいかもしれない。だから、言われるままにやってきてしまった。地の果て。人間を拒む凍りついた大陸へ。

いまや生涯最大の岐路に立っているという自覚はある。自分には今まで、仁戸田という哲学しかなかった。だが最近、全く新たな法則が加わったのだ。予期せぬタイミングで、いつのまにか自分に組み込まれていた。

ここで仁戸田に背を向けたらどうなる？

土壇場で離反し、命を惜しんで困難な任務から逃れたら？

以前には過りもしなかった問いが自分の中を駆け巡る。

仁戸田は怒らないだろう。がっかりはしても、咎めはしない。むろん殺しもせず、罰も与えず、ただ笑って黙認する。だがそもそも、樋口が逃げないと見抜いている。

となると――自分は南極の主に逢い、その命を潰す選択をする。

本当か？　世界中の誰もが成し得なかったことを自分が成したとして、その結果、世界はどうなる？

樋口の心は非情な男たちに靡《なび》いてきた。力を志向する者にこそ魅力を覚える。謀略と暴力の世界でこそ自分の生きる余地がある。もし世界に、理性と良識と安定が永久にもたらされたとしたら？　破壊したくなるだろう。そう思っていた。

その矢先にシールドを与えられた。なぜか、公安刑事である自分に。

初めは得をした、高性能の防弾チョッキをもらえた、ぐらいにしか感じていなかった。ところが、吉岡冬馬の振る舞いを見ているうちに劣等感を覚えるようになった。シールドキーパーが成し得る最大の効果を発揮しているのがあの男だった。無敵の楯の隙間から、自分の言葉を使って相手を射る。考えもしなかったやり口だ。身を守ることしか考えなかった自分のちっぽけさに気づかされた。それは、恐ろしく悔しいことだった。

暴力。それは、恐怖そのもの。原始時代から人間につきまとう、最も根源的な感情だ。それが人を卑劣にし、攻撃性を高める。結果、命が破壊され〝罪〟が発生する。その究極が大量虐殺や戦争。常識だ。

だが、自分の命を守る絶対の楯があったら？

そこから革命が始まる。それは、人類が今まで生きたことのないまったく新しい地平だ。殺されることも殺すこともない世界。この視点が樋口にはなかった。むろん仁戸田にもなかった。おそらく仁戸田はまだ、シールドが持つ本当の凄みを、想像も理解もできていない。自身がシールドキーパーでないのだから、当たり前といえば当たり前だが。

シールドが財産ではなく呪いに感じられ始めた。自分には手に余る。悪用もできない。謀略の世界にはまるで必要なかったものが、いつしか慈雨のように自分を包んでいた。正義を志向したことのない樋口をすら変えてゆく。

こんなふうに、実存的に大きく揺れ動いている自分が、南極まで来て何をできるというのか。冬馬の真似？　無理だ。俺には奴のような言葉の力は持ち合わせない。アイリスのような異常なＩＱの高さと怜悧《れいり》さもない。しょせんは狡猾なギャンブラーであり、暴力肯定主義者だ。それでも、俺は――

世界を火の中に投げ込むことはできない。

そんな自分に戸惑うが、往年の仁戸田にもこんな葛藤があったはずだ。世界的に孤立し、憐れなドン・キホーテと思われていた岩見沢耕太郎を守り、味方し続けたのはなぜか。任務への忠実さや、愛国心を超えた動機があったことは明らかだった。おそらく仁戸田は岩見沢のことを気に入っていたのだ。そうでなくては、恐ろしく無防備な男にどこまでもつき合うはずがない。あの公安のキングは、結果として日本警察の屋台骨となり、世界に冠たる〝ケーシチョウ〟を支え続けてきた。

もう一度あの男を信じることができるだろうか？

日本に残る仁戸田は、岩見沢とチャールズを守り続ける。当然、立石総監も守る。死ぬまで忠臣として振る舞い、公安の権化であることを止めないだろう。必要ならば、裏で手段を選ばずに任務を断行する。そんな自分を愛していることだけは間違いない。

「仁戸田さん。逆張りはしないで下さいよ」

日本を発つ前、最後に交わしたやり取りを思い出す。

「もうどっちのゲームは面白いかなんて考えなくてもいいんだ。世界がジェネラルズの手に落ちたら、俺たちの立場も危うくなる。最後ぐらい、いいことをしませんか」

勇気を奮ったつもりだった。樋口らしくないと言われることを覚悟していた。

「お前は、何か勘違いをしてやしないか」

諫言のように聞こえるが、仁戸田はどこか楽しそうだった。

「好きなようにしろと言っている。本心だ。どうせこれから、世界中で火の手が上がるんだ。楽しまなくてどうする？　楽しむためには、死なないことだ」

「分かりました」

やっぱりこの人にはかなわない。笑えて仕方なかった。

「俺はあなたを信じる。今でも唯一の師匠です。ただ、今回だけはやりたいようにやらせてもらいます」

「お前は、自分がやりたいことが分かってるのか。立派になったな」

それが皮肉でないことを知って、なぜか泣きそうになる。

今生の別れかもしれない。そんな直感が支配した。仁戸田は最後まで仁戸田だ。

「仁戸田さんは、なぜ俺がシールドを与えられたか、ご存じなんですか」

「俺が頼み込んだんだよ。お前を道徳的に苦しめるために」

その返答で、仁戸田の深みと厄介さを、改めて思い知ったのだった。

樋口は黙って頭を下げ、北半球を後にした。氷の大陸に踏み入った。ここには俺ひとり。誰の指図を受けることもない。

ナビゲーションシステムを起動する。目的地が表示された。人が住まないこの大陸でもしっかり機能し、道を指し示すことに呆れながら――ゴールの遠さに気が遠くなりながら――、樋口は前進を開始した。

2

ユニヴァーサル・ガード司令官有志による共同発表の時刻が近づいていた。北米警備隊《NAG》、ロシア警備隊《RG》、西アジア警備隊《WAG》の三司令官が生中継で、世界市民に対し何を発言するのか。世界中が固唾《かたず》を呑んで見守っていた。

予定時刻が来てもフョードロフは落ち着いていた。回線内のジェンキンスと梁《リャン》の目が興奮で血走っているのを皮肉な思いで見ていた。用意した広報官が、標準英語で明瞭に語るのを静かに見守る。

我々は一時的に全世界のあらゆる国家の上位に立ち、治安のための活動を行うことを宣言する。不穏な破壊活動を抑止し、人民の命を守るためである。

総司令官たる国連事務総長の命が失われた今、各ユニヴァーサル・ガードのコマンダーが随時判断をする。統制が取れ、治安が回復するまでは市民の基本的人権は制限される。

ユニヴァーサル・ガードの命令に従うべし。不審な行動をせず、間違っても反対運動など起こさないで欲しい。秩序が回復し、国連の機能が復活した際に、元の生活に戻ることができる。

発表前に三者で持ち寄ってすり合わせた内容だった。発表時には三人の顔もリアルタイムで映し出され、世界市民に改めて示す形になった。現在、世界で最も頼りにすべき人間はだれかと言うことを。

ちなみに、アフリカ《A》警備隊《G》のイサ・オビクは、発表時の頭数に加えていない。いざというタイミングで戦列に加わってもらう手はずになっている。彼は重要な〝戦略〟なのだ。もちろんこの宣言については事前に伝えてある。コマンダー専用の回線も常にウォッチしているはず。彼にとってはもう少しの間、雌伏の時だ。

共同発表を終えてすぐ、フォードロフはインターネットの様子を確かめた。世界市民からのリアクションがたちまち積み重なってゆく。ＡＩに分析させる手はずだが、結果を見ずとも予想はついた。戸惑いと不安が圧倒的多数を占めるに違いない。発表の主宰である三人に対する疑問と不信もあるだろう。うまく打ち返す。あるいは、ただ無視する。世界市民はその成り行きを見守り、最終的には受け入れるしかないのだ。武力を持たないのだから。

その代わりに、頑なに受け入れないだろうと予期していた勢力から、さっそく公式な申し入れが届いた。当然といえば当然。彼女たちは武力を司っている。

コマンダー専用のホットラインが程なくオープンした。画面上の、いくつものフレームの中にそれぞれ司令官たちの顔が映る。ほぼ全員が集まるのは久しぶりのことだ。欠けているのはイサ・オビクのみ。

『何を言い出しているの？』

ウィメンズ・クラブの先鋒を務めるのはやはりオジー女だった。

『ユニヴァーサル・ガードの指揮権が国連から失われることはない。我々は軍官であり、必ず文官が統制しなくてはならない。あなた方が勝手に動いては、力による世界統治につながる恐れがある。だからこそコマンダーの権限は限られているのです』

理性的で非の打ち所のないクレームだった。だがそれはあくまで、法の秩序が守られている時代の話だ。

『明らかに非常事態だ』

梁子墨《リャン・ズームォ》が動じない姿勢を見せる。

『世界中のテロリストが結託して、世界連邦をひっくり返そうとしている』

「見かねて立ち上がったのだ。我々の善意を貶《けな》さないでほしいものだ」

フョードロフも淡々と、梁に加勢した。相手の熱を上げるだけだった。

『だれがあなた方の話を信じると思う？』

クリスティン・ウォーカーは対決姿勢を鮮明にした。

『どうして、あなた方三つのユニヴァーサル・ガードのみで話を申し合わせたのですか。私たちのところには話が来ていません』

『それぞれのテロへの対応で、忙しそうだったからだ』

『誰でも分かる嘘はやめなさい』

そこで南米の〝キャプテン〟、マヌエラ・デ・ソウザが口を開いた。

『あなた方は、これを好機と捉えている』

『主人が不在の間に、やりたい放題をやろうとするならず者だ』

クリスティン・ウォーカーも語調を厳しくした。

『言いがかりはやめろ。適切な行動で世界を救おうとしている我々に、難癖をつけるとは。もしや、テロリストたちと通じているのではあるまいな？』

ジェンキンスがやり返した。その粗さが相手の神経を逆撫《さかな》ですることが、フョードロフには内心愉快でたまらない。

『世界の転覆を狙っている勢力と裏で繋がっているのではないか』

『出ましたね。叛逆者の常套手段です。自分がやったことをまるまる、相手のせいにしようとする。よく恥も知らず、そんなやり口を取れるものですね』

叱責するようなデ・ソウザに続き、ウォーカーが非難の声を上げる。

『ジェンキンス司令。事務総長を守ると言っておきながら、国連本部の爆発を防げなかったあなたの責任はどうなるの？』

『それほど危険なテロリストが活動しているということだ』

ジェンキンスは完全に開き直った。

『守れなかったことは恥に思うが、それだけ奴らは素早くて周到だった。もはや容赦しない。サンゴール事務総長の殺害犯は必ず確保する！』

『どの口が……』

ウォーカーが激昂《げっこう》のあまり言葉を失った。デ・ソウザが代わりに続ける。

『私たちはあなた方による暗殺ではないかと疑っています。私たちの良きリーダーにして、親友ソフィア・サンゴールを襲った者は許さない』

ウィメンズ・クラブに加わってまだ日の浅いハリエット・リヒターも画面の隅で熱心に

頷いている。フョードロフは密かにこのドイツ女に注目していた。地政学的に、当面の自分の、直接的な敵だ。そして今のところ、際立った個性も積極性も見えない。やはり恐るるに足らずか。

『ふむ。どちらが彼女の忠実な下僕だったか、証明しようではないか』

将軍たちは取り乱さない。梁もジェンキンスも、すでに勝ったかのような悠然たる態度だ。申し合わせなくとも、常勝する指揮官の振る舞いを心懸けている。我々は強い、とフョードロフは悦に入った。

『あなたがたの態度は、信じがたい』

そこで、遠慮していたように見えたハリエット・リヒターが初めて口を開いたのだった。

『サンゴール事務総長が亡くなったばかりだというのに……悼むこともせず……恥を知るべきです』

ずいぶん情緒的な女だ。戦場では役に立たない。フョードロフは改めて勝利を確信した。

「感傷は、人間的ではあるが、リーダーにとっては必ずしも美徳ではない」

思わず思惟《しい》が口に出る。そう切って捨てると、気圧されたようにリヒターが黙った。

『どんな緊急事態にも動じず、速やかに行動に移すことこそがユニヴァーサル・ガードのコマンダーの美徳と考えている』

梁もすかさず歩調を合わせてきた。

『異論は認めるが――貴君らと、共同歩調を取ることは、難しいと言わざるを得ない』

『もっともらしいことばかり言って！』

クリスティンが激昂した。

『あんたらは、ソフィアが死んで喜んでる。これ幸いと好き勝手やろうとしてるだけ』

「言葉が通じないのなら、武力を交えるのも致し方なし」

フョードロフは容赦なく、扉を閉ざしにかかった。

『そうだ。我々は臨戦態勢にある』

ジェンキンスが言い、梁も画面の中で大きく頷いた。

『宣戦布告したいなら、今この場でしたらどうだ。手間が省けるぞ』

アメリカ人が野蛮な挑発に出た。

『ジェンキンス司令官。その発言はいただけませんね』

コマンダー専用の回線に飛び込んできた声。画面に映る全員の表情が変わった。

『まさか』

ジェンキンスは目を剝く。他のコマンダーたちも同じだった。ありえない声の持ち主を探して四方八方に視線が飛ぶ。

「むう」

フョードロフも、心ならずも唸った。

3

恐ろしく高価な多機能モービル――エアモービルとスノーモービルの機能を併せ持つ――をあてがわれたとしても、快適な空調に守られていたとしても、眼前に広がるのが白一色の果てしない大地だったときに、ここまで寄る辺ない気持ちになるとは思わなかった。公安刑事には珍しくもない単独の隠密行動を、これほど呪わしく感じることが今まであったか。

　樋口尊は慎重を期して、氷雪の大地すれすれを低速で進んでいた。監視衛星と連動した高感度のレーダーが不審物を捉え、樋口は直ちにエンジンを止めて機体を氷雪に同化させる。白色なのはもちろん、透明化技術の応用で背景に溶け込ませる。あとは、生物としての生体反応をキャッチされないようにじっとした。息を潜めて音を出さないようにする。

　ふいに、肌に何かが刺さる感触を覚えた。生命の危機。極地の刺すような冷気よりも致死的だ。閃くのは今や、仁戸田の顔ばかりではなかった。あのとぼけた顔。樋口は無性に苛立たしくなる。この期に及んで、ふいに殴りたくなる顔というのも妙なものだった。

　望月友哉がいかれているなんてことは分かっていたはずだ。なぜ奴の言葉を鵜呑《うの》みにしたのだ、俺は。これは最悪のクソ仕事で、ほとんど死にに行くようなものだ。しかも犬死に中の犬死にで、誰にも褒められることもない。だが望月友哉は奇蹟を見せた。実に忌々しい話だ……全てインチキだと断言したくなるほどありえないイリュージョン。俺は騙されたのか？　その可能性を検討しつくし、結論が出たからこそ、南極くんだりまでやってきたはず。ああ、馬鹿馬鹿しい。俺は世界最高峰の秘密を手にする。そして頂点に立つ。なんだそれは！　仁戸田が望んだことでもあると思ったから、だが仁戸田が自分では行けないから、俺に託したはずだろう……愚にもつかない思考が駆け巡っている間にも、着実に脅威は近づいてくる。潜望鏡のように伸ばした可動式カメラの焦点を絞って、迫ってくるものを観察した。

　まさか、という思いと、やはりか、という呆れが等分に生じた。自分がやってきたタイミングも皮肉だ。もう少し遅ければこの決定的な場面には出会えなかった。

　極地の奥。南極点の方向から、少なくない数の車両が進んでくる。多くは雪上車だが、いま樋口が乗っているような最新式のモービルが一つある。あの中に、この異様すぎる一団のリーダーが乗っているに違いなかった。

　天然の要害はとうに攻略されていた。そして、極点に格納された禁断の兵器にあっさり手をかけていた。連なる雪上車の荷台に積まれている大量の筒が動かぬ証拠だ。危機感が沸騰する。核弾頭が運ばれてきた！　ここまで事態が進んでいるとは思わなかった。色気を出して南極まで来たが、破滅を回避できないなら意味がない。むしろ自分のせいになってしまう。このまま大量破壊に繋がれば、警察史上最悪の戦犯だ。

核の破壊力に勝るものはこの世に存在しない。シールドだってひとたまりもない。そしてこの連中は、手段を選ばず核を手中にした。地球上のどこであれ、核を炸裂させることを躊躇わないに違いない。

樋口は自問する。どうする？　このままやり過ごすしかない、多勢に無勢だ……こっちは一人。噂の守護部隊は何をしている。初めからいないのか、それとも全滅したか？　何より、トゥルバドールはいないのか。みすみす核を、大悪党に手渡して終わりか？

ふいに全隊が停止した。

圧倒的な静寂が訪れる。氷雪だけが風音を響かせる大陸に、孤独に放り出される気分を人に説明できるとは思わない。

しかも一台が音も出さずに、樋口のモービルの方に近づいてくる。これはよくない。すこぶるろくでもない。体内を流れる血潮が、にわかに沸騰するのを感じた。破滅が近づくほどに、どこまでもハイになる病気を持っている自覚はあった。ふいに雄叫びを上げたくなる。頬がゆるみ、いつの間にか足でリズムを取っている。まるでパーティでも始まったかのように。

近づいてきたのは連中の旗艦。隊の真ん中にいた最新鋭モービル――見たことのない型であり、ウル製であることは疑いない――のコックピットが何の前触れもなく開く。中から現れた男の顔が、樋口にはキノコ雲に見えた。今にも爆発しそうな凶兆の塊だ。

色素の薄い肌。酷薄な青い瞳。

4

『なぜ生きている！』

トム・ジェンキンスが取り乱した。それを恥とも思わないほど、驚いたのだ。

だがフォードロフも同じだった。してやられた……認めるしかない。国連本部の爆発の規模は聞いていた。事務総長室は全壊したそうだ。よもや生きているとは思わなかった。

『ソフィア！　あなたなのね！』

クリスティン・ウォーカーは狂喜している。彼女も知らなかったのだ。

『説明して……どうしてあなたは生きてるの』

呼応するように、通信画面に新たなウインドウが開く。

ソフィア・サンゴールの神妙な表情を回線内に映し出した。

『大規模な破壊が起きてしまいました。残念ながら、私の大切なスタッフたちが命を落とした』

血の涙を流すようなその表情。

『彼らが私を守ってくれたのです。彼らの思いを、無にすることはできません』

対して将軍たちの、苦虫を嚙み潰したような顔。見事な対比だ。フォードロフは心の波立ちを抑える。よく考えれば大して状況は変わっていない。まずは動揺を見せないことだ。

『なぜ……すぐに公表しなかった。我々を謀《たばか》るためか』

だが、直情的なジェンキンスには無理な相談だった。クローズドの回線で何よりだ。これを世界市民に見られたら、民意を得るのは夢のまた夢になってしまう。

『私は死を覚悟しました』

ソフィア・サンゴールは述懐した。世界市民がよく知る誠実さがそこにある。

『私の身の安全を望む人たちが、最新技術を付与してくれていたとしても、本当の威力は知らなかった。爆発の瞬間も、忘れていたほどです。しかしそれは発動しました。爆発から私の身を守ってくれた。なんということでしょう』

5

ソフィア・サンゴールは思い出す。事務総長室での、あの悪夢のような光景を。

まずジョシュ・ソローキンが撃たれた。続けて撃たれたのは、自分だった。着弾した衝撃はわずかに感じた。その場に倒れこみながら、状況を整理するまでに数秒かかった。未だにそれを悔やんでいる。自分がその後、どう出るべきか迷ってる間に次の出来事が起きてしまった。

もう一発の銃声が響き、床に尻餅をついたのはエステル・ハヤトウだった。ソフィアは全てを悟った。彼女は使い捨ての手駒に過ぎない。フランクリン・チャンは初めから彼女も始末するつもりだったのだと。

激怒が身体を乗っ取った。ソフィアは猛然と起き上がりチャンに摑みかかった。続けざまに弾丸を撃ち込まれたがもはや関係なかった。ソフィアの剣幕に驚いたチャンは、顔を引き攣らせながらソフィアを突き飛ばし、事務総長室から遁走《とんそう》した。激しく扉を閉める。

だが置き土産は忘れなかった。チャンがいた場所に転がっている黒い物体。そこから強烈な光と音が炸裂し、空気自体が沸騰したせいでソフィアも身体ごと飛ばされた。

しばらく気を失い、目を開けた時には、灰燼と化した部屋が広がっていた。生きるものが必ず命を失うほどの破壊が、この部屋のみならず、国連本部ビルの三十八階のフロア全体を走り抜けたのだ。

にもかかわらず、自分だけが無傷でここにいる。

一瞬だがアイリスを恨んだ。どうしてこんな光景を見なくてはならない。信頼したスタッフも、自分を裏切ったスタッフも、平等に骸《むくろ》と成り果てた。私の命だけが守られた。

「これが……シールド」

ソフィアは呆然と呟いた。

「守るのはあなた一人だけ。それを忘れないで」

アイリスの言葉がフラッシュバックした。

「シールドは万能ではない。ある面では無敵だけれど、ある面では何もできないとも言える」

彼女の忠告の意味が初めて分かった。襲い来る破壊行為そのものを止めることはできないのだ。ジャケットの内ポケットに入っているものを取り出す。信じがたいほど小さな精密機械を握りしめながら、ソフィアは床に手をつき、嗚咽《おえつ》とも叫びともつかない声を吐き出した。

身近のスタッフにも誰一人告げられなかった秘密。国連事務総長には身を守る楯が必要だ、と親友に諭された。そして、シールドキーパーであることは秘密でなければ意味がない。そばにいる敵を炙り出すためには、最新の楯を身につけていることを悟られてはならない、と。ソフィアは忠告を理解して受け入れた。そのつもりだった。

判断は正しかったのか？　涙とともにソフィアは唇を噛み、灰にまみれた床を両拳で打ちつけた。ジョシュもエステルも目の前で失ってしまった。それでも、まだ前を向いて進めというのか。

手で触れられそうなほどに明確な憎しみが生まれている。向かう先はあの中国系アメリカ人。自分を撃ったことよりも、エステル・ハヤトウを撃ったことが何より醜く呪わしい。チャンは協力者を平然と始末した。隠蔽のためなら信義も真実も、全てを踏み躙る。そんな人間が存在することを許容できなかった。ソフィアは震え続け、嗚咽し続けた。

吹っ飛んでしまった扉の残骸を取り払って、事務総長室に最初に顔を見せたのは保安係の男たちだった。すぐ、彼らを押しのける勢いで秘書官のクララ・マッケンジーが飛び込んでくる。ソフィアが生きていたことを知るや否や泣き出し、駆け寄ってきて抱きついた。生き別れていた姉妹のように。

保安係たちは呆然として言葉もなかった。この破壊し尽くされた部屋の中で、なぜソフィアが無傷でいられたのか理解できない。骸を回収する覚悟で上がってきたのに。ソフィア以外の全員が焼け焦げて死体になっているのに。

しっかりと目に焼きつけた。ジョシュ・ソローキン。そしてエステル・ハヤトウ。短くない時間を共にした仲間たち。嗚咽を無理やり終わらせる。

「フランクリン・チャンＦＢＩ捜査官を、国際指名手配に」

ソフィアは命令した。

「世界中の警察機関と国際司法裁判所に要請して。ＦＢＩと、アメリカ政府の国連担当者も、すぐここに呼んで」

ソフィアの口調に恐れをなした保安係たちは即座に動いた。人ならぬ生き物を見るかのように、何度も振り返りながら部屋を出て行く。

それを見送りながら湧き上がってくるのは、自分の生存を世界市民に知らせないと、という焼けつくような思いだった。国連や世界連邦の弱体化を喜ぶ勢力にエサを与えない。頭《ず》に乗らせてはいけない。私は決して死なない、といますぐ知らせたい。

「あの……連絡が入っています」

クララが、すすり泣きながらも職務を全うする。

「アイリスさんから。無事を心配して……」

クララが持ってきた端末の画面には、すでに親友の顔が映し出されていた。さすがに心配そうな顔をしている。ソフィアは呼びかけた。

「アイリス！」

『ソフィア。無事ですか』

アイリスはいち早く親友の危機を察知した。シールドのジェネレーターが出力を上げたことを知ったのだろう。

「……ありがとう。あなたに救われたみたい」

『シールドは、きちんと作動したようですね』

声が震えている。さしものアイリスも緊張したのだ。

『持たせておいて、よかった……』

「アイリス。あなた方の技術に救われた」

ソフィアは感謝を声に込める。

「ただし、シールドの提供を受けたことは、世界市民に説明しなくてはならない」

秘密にしておいたことの意味。おかげで分かった真実を、広く伝える。そうしないと、敵対勢力が攻撃の材料にしかねない。

「国連事務総長は、ケーシチョウの極秘の技術が守っている！　日本こそ後ろ楯だ！」

そう騒ぎ立て、不公平だと非難を煽るかも知れない。ところがアイリスの考えはまったく違った。

『待って。あなたの生存は、まだ公表しないで』

思いがけない要請に、ソフィアの頭は真っ白になる。

『あなたが生きていることを知っているのは、何人？　すぐ箝口令《かんこうれい》を敷いて』

「……どういうこと？」

6

フョードロフは腕組みする。〝ジェネラルズ〟が馬脚を現すの狙ったわけか。サンゴール亡き後、はしゃぎだす分子を見極めようとした。

　だがフョードロフは、自分の冷静さが崩れていないことに満足した。モニタに映るセネガル人女性を観察する。国連事務総長は、幸福そうには見えなかった。暴虐の嵐をくぐり抜けると魂は摩耗する。ソフィア・サンゴールは無事でも、側近の誰かが死んだことは間違いないだろう。この傷ついた様子を見れば、同情する世界市民が大多数となる。彼女の存命を喜び、さらに応援するだろう。それは厄介だ。

　フョードロフのこめかみに汗が伝わる。だが一方で、サンゴールが強いリーダーに見えないのも確か。またいつ狙われるか。長生きを期待できない、と失望する者もいる。

『ジェンキンス司令官。あなたを叛逆罪で告発します』

　いや――サンゴールの宣言は雄々しかった。決意の炎が瞳の底を照らし出しているように見える。

『ほお。なぜですか』

　対して、ジェンキンスの声は上擦っていた。完全に押されている。

『あなたは、私を保護するという名目でマンハッタンを占拠した。にもかかわらず、私の部屋で爆弾が炸裂したのです。職務怠慢も甚だしい』

『ハハハ。そんなことで国際刑事裁判所や、国際司法裁判所に訴え出るというのですか？　あなたが原告で？　越権行為だ』

『とんでもない。私は、事務総長としての義務を果たすまでです。あなたは、あなたの部隊で国連本部を包囲し、外部からの助けが入らないようにした。むしろ、暗殺者を本部ビルに潜入させる手助けをしたのです』

『しょ、証拠があるのか？』

『狼藉《ろうぜき》を働いたのはアメリカ人。政府機関の人間です』

『……知らない。私の指示ではない』

『あなたは知っていた。その上で止めなかったのです。万人警備隊のコマンダーとしての義務を果たしていない』

　ソフィアは全く揺らがなかった。事務総長としての威厳を全開にしている。

『私をはじめ、多くの人間の死と被害の責任も問います。即座の停職を命じます』

　回線内の時間が止まった。

『俺は……従わない』

　ジェンキンスは言い放った。その越権行為を、フョードロフが喰い止める暇もない。

『告発も、勝手にしろ。好きなように判決を出せばいい』

　ここで感情的になるのは得策ではなかったが、もう遅い。全コマンダーがリアルタイムで聞いていた。

『逮捕状が出れば、あなたを逮捕しようとする刑事も出てくる。世界中からです』

　ハッタリの一種と見なすべきだが、ソフィア・サンゴールのファイティングポーズにフヨードロフは感心した。穏健派からすっかり脱皮した印象だ。死線を越えた経験が響いている。

『いや。コマンダーを逮捕しようなんてのは、せいぜいケーシチョウぐらいだろう。あんたと懇意な』

皮肉まじりの援護射撃をしたのは梁子墨《リャン・ズームォ》だった。表情が冴えないが、もはや後戻りできないと思い切ったのだろう。

『梁司令。あなたにも停職を命じます。フョードロフ司令。あなたにも』

ソフィア・サンゴールは今や回線内で、手のつけられないほどの威厳を放っている。フョードロフの皮膚はざわざわし、我ながら低い体温がぐっと上がるのを感じた。

『なぜ私の死を確信し、他の司令官に相談もなく、勝手な宣言を発したのですか。あなた方は過ちを犯した。コマンダーの資格はない』

「ミス・サンゴール。貴君がCGか、替え玉でない保証は？」

そこで放ったフョードロフの一言が、一同の意表を突くことに成功した。

「最新技術を用いれば、死んだ人間を画面上で再現するのは容易だ。急場を凌ぐために、ヴァーチャル事務総長を仕立て上げたのでは？」

底意地の悪い疑惑をふっかけることで、少しでも押し戻す必要があった。時間稼ぎにはなる。

『私が保証します』

ところが、当てが外れた。結果的に回線に新たな声を呼び込んでしまった。

『ほう……ケーシソーカン、ミスター立石か』

ジェンキンスは愉快げだった。日本に親近感を持つジェンキンスは、茂木だけでなく立石にも妙な思い入れがある様子だ。馬鹿な、ここでぶれてはならない。フョードロフはすかさず嫌みを飛ばす。

「またあなたか。どうにも、盗み聞きが好きだな」

『恐縮です、フョードロフ司令』

回線内にごく控え目に小さなフレームが生じた。

その中に映った立石勇樹はへりくだって頭を下げて見せた。

『先ほど、私が確かに、サンゴール事務総長の生存と無事を確認しました。日本の警察機関の威信を懸けて断言します。よって特例は発動しない。ユニヴァーサル・ガードの指揮系統は法的に従来のままです』

「さすがは国連の後ろ盾だ！」

せめてもの皮肉を飛ばす。

「世界連邦の守護者は、我々ユニヴァーサル・ガードだったはずだが……実は、日本という一つの国の警察機関に頼っている。事務総長を守ったのも、ひとえにケーシチョウの功績というわけだな？　どうやって守った」

狡猾な呼吸で問うたが、立石勇樹は賢明な沈黙で返してくる。

シールドという言葉を引き出したかったが、そう簡単にはいかないようだ。フォードロフは思案した。どうやら、決断の時のようだ。

切り札を出す。おあつらえ向きに、遠方からの通信が届いたばかりだ。本来はもう少し隠しておきたかった。だがこの際仕方がない。

「ミス・サンゴール。あなたが生きていて嬉しい限りだが、それもぬか喜びとなるな」

『フォードロフ司令？　いったい何を』

戸惑う声を発したのは立石の方だ。女将軍の面々は、ただ睨んでくる。視線に重量があったとしたら、自分は押し潰されている。フォードロフは頬を緩めて見せた。この場にいる全員に分かるように。

「ついさっき、南極から連絡が入った。望むものが手に入った」

7

無垢な氷原を汚染する害虫の群れのように、居並ぶ異形の車列。

その中から一人、生身の姿をさらけ出した男。姿を隠し、息を潜めた樋口を挑発するかのように。

　最新鋭モービルから出てきたその男は、青い目を覆うようにゴーグルをつけた。この大陸の白は目に厳しい。色素の薄い瞳にはなおさらだろう。

　顔をしっかり視認し、樋口はそれがロシア人だと知った。有名な人物の血族だとも知っている。公安刑事は、ダークサイドに生きる者たちを知っていなくては仕事にならない。そしてこの男は、闇の中核にいる。

　ズヴェズダ。破壊活動の権化。

　筋金入りの傭兵だ。性格は、サイコパス。ソシオパス。どう定義するのが正確かはもはやどうでもいい。肝心なのは、殺戮に対して何のタブーも持っていないこと。人の生死に関心がない。眼差しは常に暗く澱《よど》んでいる。この男の肖像や映像を見るたびに、血の匂いにまみれた忌まわしさを感じた。きっと世界全体を破壊するために派遣されたのだろう。地獄から。数限りなく悪党を見てきた樋口をして、そんな感想を抱かせる人間は多くない。

　そのズヴェズダが口を動かした。声を発した。

　樋口が乗るモービルに備えられた集音マイクが、相手の声をクリアに拾った。

『虫が一匹。南極には、こんな虫が棲んでるのか』

　樋口は戦慄する。やはり気づかれている。しかも邪悪なユーモア感覚まで備えている。こんな危険な男が核を持っていいはずがない。どこへ持っていくかも分かりきっている。

故国。北半球の寒冷地。そこに届いてしまえば、安全保障の均衡は完膚なきまでに崩れる。

なにせ、対抗する核戦力は他に存在しない。

さあ、俺はどうする？

殺すべきだ。簡単に答えは出た。

ただし、俺がやるのは殺しじゃない。正当防衛だ、と独りごちてニヤリとする。核の前ではシールドキーパーも無力。自衛のためにズヴェズダを殺して何が悪い？ 瞬時に自己弁護が積み重なる。以前なら、自分にこんな言い訳をする必要もなかった。冬馬に電話したくなっている自分を笑った。お前だって殺すだろう、さすがに？ そう確かめるのか。頷きを見て安心したいのか。俺もずいぶんヤキが回った。

『おとなしく捕まれ』

今度は拡声器で声が飛んできた。妙なイントネーションの英語だった。

『ホールドアップしてこっちに来い。でなければ殺す』

これ以上に明瞭な警告はなかった。向こうにも最新式のセンサーがある。自分のモービルの位置は完全に把握され、もはやごまかしようがない。

従うしかない、と反射的に動きかけた。ここは無人の大陸だ。誰も見ていないから連中は好きなように攻撃できる。従わねば遠慮なく、集中砲火で殺すに決まっていた。

ところが、抑止力が働いた。理性や分別とは違うなにかが自分の動きを止めてしまう。

樋口は結局、沈黙を選んだ。ただじっとする。

『おい。お前がどこの誰かは知らんがな』

　すると、拡声器の声は機嫌よく喋りだした。

『核は手に入れたぞ。これから、この情報が世界に広まる。大騒ぎになるな！　お前はこの守護部隊か？　たったモービル一機で？　手薄にも程があるな。おかげで楽な仕事だったけどな。居眠りでもしてたのか？　予算不足でリストラか？　それともお前の、ただのサボりか？　職場放棄か？　間抜けめ』

　すっかりいい気になっている。くだらぬ冗談を、下手な英語で聞かされるほど苛々することはない。沸々と怒りが湧くが、それでも樋口は動かない。相手を戸惑わせたかった。疑心暗鬼に陥らせたい。それだけで時間稼ぎになる。

『それとも、お前がトゥルバドールなのか？　こんなコソコソする奴が？　おい、出てきて姿を見せろ。で、俺を止めてみろよ。凄い力を持ってるんだろ？』

　ズヴェズダは躊躇いを持たない。加減を知らない。そして、決断は瞬時。それが、傭兵として世界中の戦場を生き抜いてきた秘訣だろう。相手がたった一人であろうが、たとえ伝説の存在だろうが、気にもせず平等に死をもたらす。説得もごまかしも通用しない。ならば、どうする。

　樋口は決断した。モービルのドアを開けて外に出る。

「出てきたか。いい心がけだ！」

ロシア人は機嫌良さげに自分のモービルにもたれかかっている。さすがは北方民族、と感心するべきか。この大陸の厳寒にも適応したらしい。

「お前がトゥルバドールか。ずいぶん薄汚い男だな」

「ケーシチョウの樋口だ」

すぐに名乗る。潔いからではなく、警視庁の威光を利用したかった。一国の正規の警察組織の人間であれば、殺すのを躊躇うかも知れない、という可能性を考えたのだ。それにしても寒い。特注の防寒ジャケットをも突き通す寒気が、快適なモービルから出たばかりの樋口を襲う。震える足をどうにか動かし、自分のモービルからできるだけ離れた。

「ほうほう。ケーシチョウが守護部隊をやってたのか？　だが、ガードマンがお前一人とは、貧弱な！　やる気なさすぎだろ」

「お前たちはこの大陸を出られない」

樋口は身体の震えを抑えながら啖呵《たんか》を飛ばした。ハッタリではなかった。モービルを降りる直前、ここからの中継を始めたのだ。仁戸田と立石に直で届いているはず。彼らは直ちに動き、各所に働きかけてこの大陸に部隊を差し向ける。頼ってしまうのは忸怩《じくじ》たる限りだが、この際しょうがない。

「ま、そうか。急いだ方がよさそうだな」

ズヴェズダはいやに淡泊に言い、身振りで攻撃を命じた。ボスの背後から姿を現していた配下たちが、一斉に動く。

氷雪の大地にたちまち、大規模な弾幕が生じた。

世界中どこの戦場であれ、一小隊の全火力が一人の人間に向かうことはありえない。被弾しただけで肉体が飛散し消滅してしまう。だがズヴェズダの部隊は何の躊躇もない。さすがは〝飢えた獣〟の異名を持つ一団だ。圧倒的な火力が自分に集中した。

樋口はこの先の展開を考えようと思った。銃撃程度では緊張しなくなっている。シールドが恐ろしくパワーアップしていることを実感していたからだ。実際、全ての弾丸は自分に届いたそばから雪の上に飛散した。

「ほお！　お前、シールド使いか。面白い！」

ズヴェズダは喜び、また別の身振りをした。さすがの統率と言うべきか、この殺戮集団はすかさず銃を捨てると火炎放射器やロケットランチャーに持ち替えた。そして発射。

樋口はさすがに氷の上に身を伏せた。これほどの厚い攻撃に晒されたら無事では済まない。そう思うのに、心には余裕がある。腰の後ろでジェネレーターがかつてない活気を放っており、それが自分の心身まで賦活《ふかつ》化するようだった。奇妙な心理作用までが起こり出す。見たことも会ったこともないトゥルバドールが、自分のすぐ隣にいるかのような錯覚を覚えた。都市伝説をそのままアニメーションにした映画も鮮明に甦る。初めて見たときはこんな幼稚なヒーロー映画はないと思った。こんな捏造が世界を変えたのか？　いるはずのないヒーローに熱狂する人間の気持ちが分からなかった。

自分は間違っていた。トゥルバドールは実在し、自分に向かってくる害意や憎悪が激しければ激しいほど全て跳ね返した。炎をも凍りつかせた。ぜんぶ本当だった！　憎しみの矢を遮断する技術はこの地上にある。それは物理的な機序を明らかにしシステムとして確立した！　何という祝福だ、溢れ出す多幸感はとどまるところを知らない。生まれてからこんな気持ちになったことはない、この俺が？　全てをせせら笑ってきた公安刑事が？

火炎放射器の炎は自分に届かなかった。ほんの数センチ前で完全に遮断されている。ロケット弾が飛んできて目の前で炸裂した。到達するスピードはなぜか異様にゆっくりに見え、炸裂した際の衝撃波もまた、樋口になんのダメージも与えなかった。

怖いものはない。樋口はそう感じた。傲慢だろうか？　だが狂乱の破壊分子など恐るるに足らない。連中には粗雑な暴力があるだけだ。それが通じなかったとき、力だけを信じて突き進んできた連中に対する、これが鉄槌《てっつい》だ。信じてきた世界の崩壊だ。自分のちっぽけさを映す鏡だ。シールドを開発した者たちにこれほど感謝したことはない。決して打ち倒せないものは存在する。最強なのは攻撃ではないのだ。攻撃に攻撃で返しても、行き着く先は破滅。だから賢者が世界連邦を成立させた。大国から特権を奪い、軍事力を切り離すという奇蹟を成し遂げた。やり遂げた先人たちを昼夜を問わず褒めそやせ！　百代の後にも感謝するべきだ。遠い極地まで来て初めて、樋口は心の底からそう思った。

野蛮な種族の、これを最後の叛逆にしてやる。全て止める。

樋口はいつしか、自分がトゥルバドールの指先になっていることを知った。

8

人類の行く末を決める場だとソフィアは理解していた。

思い通りにはならない。それも分かっていた。初めから深い亀裂が入っており、どう修復しようとしても、結局は砕け散ってしまう運命。先刻承知だ。

それでも挑むしかない。事務総長になってから、そんな仕事ばかりしている気がするが、挫けるという選択肢はそもそも用意されていない。

『国連が、南極に隠した核を見つけた』

ところが、世界のリーダーたちの前で最も聞きたくない宣言がなされてしまった。

なぜこんな重大なことを、このロシア人は淡々と、事務報告のように言えるのか。

『南極に派遣した部隊が、貴君らが世界中から集めて格納していた兵器を、運び出すことに成功した。不用心だぞ！　自らの不手際を嘆くがいい』

『やったか？　手に入れたか、フョードロフ！』

ジェンキンスのはしゃぎようが信じられない。将軍たちが狙っていたのは核。そして実際に手に入れた。なんということだ、セキュリティについて直ちにチェックしなければ。

『フョードロフ司令。あなた、自分が何を言っているか分かっていますか？』

南米警備隊《SAG》のマヌエラ・デ・ソウザが黙っていなかった。

『私の部隊に出動命令を出しました。盗賊を、みすみす南極大陸から逃すと思っているの？』

『警備が手薄だぞ、デ・ソウザ司令。持ち出すのは簡単だ。だが、考え違いをしないでくれ。必ずしも、わざわざ大陸から持ち出す必要はないのだよ』

『何ですって？』

ブラジル人が血の気を失う。彼女とは、何から何まで対極に見える冷たいロシア人は今、不穏な台詞なら無限に口にできそうだった。世界に恐怖を輸出する天才だ。

『核技術の専門家と、戦略兵器の専門家も一緒に送った。つまり、長距離弾道弾は、南極からでも発射することが可能だ。確認済みだ』

こんな反人類的な台詞をソフィアは初めて聞いた。

「信じません」

即刻、否定する必要があった。

「核弾頭には全て、量子暗号によるロックがかかっています。封印を解かない限り、ミサイルは核廃棄物と同じ。到底攻撃には使えません」

「暗号解読のプロも揃えた。必ず解いてみせる」

フョードロフは、全ての関門に対策を講じていた。これには動揺を抑えられない。

「なんと罪深いことを……あなたは、核テロリストに堕した」

歴史上、何度か起こったことではある。心の備えはあったつもりだった。だがこのタイミングで、最も握られたくない相手に握られてしまった。

『行儀の良い輩ばかりではないのだ』

事の重大さに、ジェンキンスでさえ戦いているように見える。浮かれた色は消え、ついに訪れた圧倒的に有利な状況を、自らの威厳に変えようとしている。

『君らが、いくらおとなしい羊の牧場にしようとしても、狼はいなくならない。世界を見誤ったのだ。反省するのは君らだ』

『これで趨勢《すうせい》は決まったな』

中国人、梁子墨も感無量という様子で言った。

『降伏しろ。貴君らに勝ち目はない』

勝ち誇る将軍たちの声を聞き流しながら、ソフィア・サンゴールは自分だけに許された最高機密を思う。いますぐ頼るべきか？　選択肢はもう、それしかないのか？　嵐のような迷いが脳内を駆け巡る。この数秒で私はいくつの決断をしなくてはならない？　そのどれ一つを誤っても世界は滅びる。

『待ってください。我が警視庁からも、南極に刑事を派遣している』

この、かつてなく張り詰めた状況に割り込んだのは、警視総監の立石勇樹だった。

『核に手をつけた不届き者は必ず逮捕します』

ジェンキンスは笑った。その生真面目さを美徳とは受け取らなかったようだ。

『刑事ごときに何ができる。フョードロフが送った精鋭に勝てるか？　蹴散らされて終わりだ』

『ジェンキンス司令。あなたの直属の部隊ではないでしょう』

立石は思ったより冷静だ。ソフィアは、祈るように画面の中の立石を見る。孤軍奮闘に見えるが、その誠実さはどんな窮地でも輝きを放つ。

『少し黙ってもらえますか、ジェンキンス司令。私がいま問い質したいのは、フョードロフ司令。あなたです』

しかも、立石は冷静だ。将軍たちのことを恐れてはいない。

『あなたが南極に送ったのは、おそらくは、ウルと関わりのある部隊だ。あなたはウルとの癒着も疑われる。世界市民に対して、身の潔白を証明する義務がある』

『大きく出たな！　ケーシチョウ。好きに容疑をかければいい』

フョードロフの代わりに答えたのはジェンキンスだった。そして立石を無視し、ソフィアに向かってがなり立てる。

『力の使い方を知らない者が国連のトップに座るな！』

『これからは、我々が法なのだ。呑み込みが悪いな』

梁も放言する。これは、文明と野蛮の対決だった。

『改めてニューヨークを攻める。今度こそ逃さない』

ジェンキンスの暴言を遮るように、

『一言言わせてください』

とカットインしてきたのは、全くの新顔。クールな女性の声だった。

『警視庁のアイリス神村と申します。ジェンキンス司令官、あなたはすでに犯罪者です。身の程を知って神妙にするべきです』

『身の程知らずはそっちだ！　割り込むな』

老いたカウボーイは女刑事など歯牙にもかけない。

『知っているぞ。チャールズ・ディキンソンの孫だ。爺《じい》さんの手先となってケーシチョウを仕切っているらしいな』

『よくご存じですね』

アイリスは否定しない。尖ったユーモアの持ち主だと見せつけた。

『では、我々だけが持つ技術をご存じないとも思えませんが』

『シールドか。ふん、核の前ではひとたまりもない！』

ヤンキー将軍は決して退かないと決めていた。

『矛より楯が強い。そう考えたことはないのですね』

アイリスのその声は、どこか悲しげに響いた。

『アメリカも核兵器の前科持ちですが、さらに記録を更新するつもりですか。人道に対する罪をまた犯すとは。負の遺産を全部継ぐつもりですね』

皮肉たっぷりの物言いに、将軍の顔色がどす黒く変わる。

『失敬な奴だ……ケーシチョウは思い上がっているな。我々が覇権を握った暁には取り潰してやる。国連と結託して幅を利かせやがって……お前らの天下は終わりだ』

『我々の天下など、あった例しはありません』

アイリスが涼しく返し、ソフィアも大きく頷く。

「これまでもこれからも、世界市民のための世界が続くのです」

『いつまで能天気な夢を見られるものかな』

いやに悠然とした調子で中国人将軍が言った。ソフィアは怖気《おぞけ》を震う。

『最も強大な力を得たものが支配者となる。この法則は永久に変わらない。歴史を学べ』

『本当に古時計のような頭をした御仁ですね』

アイリスが即座に打ち返した。

　通信画面の隅では、立石がハラハラした様子で部下の言動を見守っている。

『世界連邦革命以後、人類の常識は完全に更新されたのです。ついていけない人間は、後世に託して去るべきです』

『なんだと？』

『マチズモや主戦主義に囚われた人間は、放射線のようにただ有害。核兵器とともに、この世から廃絶して差し上げましょう』

　おい！　と思わず上司が諫める。さすがに行き過ぎだと思ったようだ。ところが喜んだのはオセアニア《O》警備隊《G》のクリスティン・ウォーカーだった。

『アイリス！　あなたは分かってる人ね。全く同意するわ。私たちが黙っていない！』

　さっきから割って入りたくてうずうずしているのは見えていたが、アイリスの啖呵のおかげで一気に活気づいた。

『私も同じです』

　マヌエル・デ・ソウザも加勢する。

『きっとハリエットも。あなたたち相手でも、核で脅されようとも、決して怯みません。ソフィアの指揮のもと、結束して戦う』

　ハリエット・リヒターはただ熱心に頷いている。ウィメンズ・クラブのチームワークは盤石だ。ソフィアは、幸せを感じた。

『それは宣戦布告だな?』

ヤンキー将軍は地を隠せない。野蛮な笑みを剥き出しにする。生まれつきの喧嘩好きだ。

『それも、うんざりするような古い用語ですね』

この中で最も若い、一刑事に過ぎないアイリスが、今やコマンダーたちへの侮辱も厭わない。

『戦争行為とは、非人道の極みです。武器を捨てた者から人間の資格を得る。今や教科書にも記されている人類の常識です』

ソフィアの涙腺が緩んだ。真理というのは、正しく伝えられるだけでこうも心を震わせる。

『ジェンキンス司令。後進に道を譲ってはいかがですか。あなたの人生観は骨董品《こっとうひん》です。ただし、誰も買いません』

『ガラクタだと言いたいのか。お前たちには言われたくないな。お前らはヒッピー世代のフラワーチルドレンに過ぎない』

ジェンキンスならではの侮蔑を返してくる。

『薬でもキメて、幸せな夢だけ見ていたらいい。愛と平和を唱えるだけで、実際は何もしない。無責任なガキどもだ』

『武器を捨てる勇気もない腰抜けに言われる筋合いはありません』

声の調子。返しの速さ。完璧だ。アイリスこそ説教師だ。

『あなたも人間だというなら、力ではなく、言葉で戦って見せてください』

本質を突いた。人間の条件についてだ。

『バカな……』

ジェンキンスは目を白黒させた。受けた抗議自体が理解を絶しているようだ。

『ソフィアはそうしている。あなた方のボスです。気づきませんでしたか？　そしてそれが、世界市民の生き方です。人間としての第一歩です。相手を説得できずに砲弾に逃げるなら、あなたはただの腰抜けです』

『貴様。屈服させてやる』

この対比よ、世界に届けとソフィアは願った。事務総長権限でこの通信の記録は録ってある。一連の映像を世界市民に公開する機会がいずれある。必ず公開しなくては。

『ユニヴァーサル・ガードのコマンダーに……難癖をつけるな！　武力の扱いこそ、我々の仕事だ』

『どうぞご自由に。我々は、兵器を使わずにあなたを屈服させてみせます。これは、約束です』

アイリスのビッグマウスにはソフィアでさえたじろいだ。画面の中の立石の仰け反りを見て、心中はいかばかりだろうと同情する。だが制する気はしない。むしろアイリスの態度に倣うべきだろうか？　アイリスは、リーダーはかくあるべきと私を鼓舞してくれているのでは？　いまや彼女を守護神のように感じる。シールドが分け与えられていなければ自分はこの場にいられなかった。

『舐められたものだな……』

ジェンキンスの顔は引き攣り、唇が震えている。激怒の感情を隠しようもない。

『挑発に乗るな。口喧嘩に勝っても仕方がない』

アレクセイ・フョードロフがリセットを試みる。

『核は我々のものだ。誰が御託を並べようと、そのよく動く口の中に突っ込んでやればいい』

『ふふ。そうだな！』

「核の脅しには屈しません。そもそも、本当にあなた方がグリップしているかどうかも未確認です」

ソフィアは、手元に入っている情報を総覧した上で言った。マヌエラの顔も探して頷き合う。南極は決して無防備な場所ではない。直線距離ではマヌエラの本隊からも遠くないのだ。

『逆にこっちから宣言させてもらう』

するとロシア人指揮官の、憎たらしいほどの冷血が弾けた。

『核を使わずとも、我々は容易に勝利する』

だがソフィアは、裏に隠した本音を感じた。まだ状況は流動的なのだ。刻一刻と変わる。この場で面つき合わせている人間の中で誰一人、勝利への道筋を見出していない。ならば、勝敗の鍵は結束。

ソフィアは、通信画面に並ぶ顔を一つ一つ見つめた。まともなリーダーたちと立石総監は一体だ。あとは、いま繋がっていないコマンダーと、まだ連絡の来ない刑事との結束が重要になる。

何より世界市民が、自分たちに味方すると信じることだ。

ここに勢揃いした顔ぶれが再び揃うことは二度とない。そう唐突に悟り、悲しみを覚える。なぜならこれからは戦時下だからだ。ほぼ全員が戦闘に従事し、命の保証はない。

そんな非情な現実を超えて、いまこの瞬間から、ソフィア・サンゴールは世界市民の精神《ガイスト》にならなければならなかった。ソフィアというセネガル人は棚上げにする。万人にとってのリーダーそのものに化生する。

「私には見えます。あなた方の敗北が」

事務総長は叛逆の将軍たちに申し渡した。

「あなた方は、世界市民の前にこそ膝を屈します」

『もはやこれまで。戦場で会おう』

中国人が通信を断ち切った。画面から赤ら顔が消える。

フョードロフも無言で、ジェンキンスは何か言いたそうにしながら、結局は口を結んで回線から落ちた。生じた三つの空洞が不吉な余韻を残す。

残った者たちで、お互いの表情と眼差しの強さを確かめる。

この面々が、世界に残された希望。

ソフィアは強く頷いて見せた。我々の勝利は揺るぎない。そう伝えるために。

勝利を思い描くことは難しい。たとえ勝利したとしても、それはギリギリの、血だらけの勝利だろう。だが戦う価値がある。というより、これ以上に戦う意義のある戦いはない。極力武器を使わぬ、人間にとって究極の知恵を振るう戦い。

そのために必要な人物がこの時代に揃ったのかもしれぬ。まるで八犬伝のように、八つの徳を持つ人間たちが。

彼らはきっと世界を救ってくれる。

――木村由紀治

『シュラ　警視庁墨田署刑事課特命担当・一柳美結4』間奏　三――総の不撓《ふとう》より

エピローグ――ルナ・エクリプス

ユニヴァーサル・ガードのコマンダーたちの凄絶な決裂から、半日が経った。

自分を見つめれば劣等感と怯えしかない。それが惨めで、ハリエット・リヒターは迎撃態勢を作ることに集中した。自分に落ち込む暇も与えないように。頼りになる副司令官サンドラ・ハマライネンのリードのおかげで無事、地政学上最も妥当と思われる地点に本隊の移動を終えたばかりだった。東から押し寄せる軍勢を迎え撃つためだ。

あの冷徹さの塊のような男がやってくる。

最前線になると想定される地域から、百五十キロほど離れたここに司令部を据えて迎撃態勢を整える。時間は限られている。サンドラは装甲車で最前線を視察、布陣を吟味している最中だ。彼女の経験に頼りきりなのは恥ずかしいが、任せておけば安心。報告を待とう。

司令官席に着き、方々から届けられる最新情報に目を通す。世界各地がますます緊迫している。世界連邦を破壊しようとする者たちとの決戦の時は、近い。

半日前の決裂が鮮やかすぎて、振り払おうとしても甦ってくる。あまりに経験不足の自分は、野蛮な将軍たちに何も投げかけられなかった。惨めさのバックラッシュが襲う。

これから始まる軍事衝突をどうにか乗り越えたい。心底残念だが、戦闘回避はもはや現実的ではなかった。せめてウィメンズ・クラブのお荷物になりたくない。成果を上げて仲間たちの士気を上げたかった。最低限、突破されることだけは絶対に避けたい。

ヨーロッパが敗れ去る。それは、世界連邦の敗北に直結する。

だからこそ、アフリカからの連絡が待ち遠しかった。まだ動きがない。イサ・オビクは……説得に向かっている刑事は……なぜまだ連絡してこないのか。ソフィアの方に催促するべきだろうか。

だがソフィアこそ、いま最も忙しい人間。しかも命を狙われ、卑劣な暗殺――爆殺！――の魔手から逃れたばかりだった。これ以上の心労はかけたくない。

すると、司令室のドアが音もなく開いた。

ハリエットはとっさに、ついにアイリス・神村が来てくれたのだと思った。ソフィアの肝煎りで、自分をバックアップするために。半日前、彼女がジェネラルズに挑みかかる様子のなんと頼もしかったことか。彼女が来てくれたら百人力だ、と到着を心待ちにしていた。方々から求められる人材である故、即座には向かえない様子だったものの、向かう目途が立ったと聞いたばかりだった。

だが、目の前に現れた細く鋭い立ち姿を見て、ハリエットは心の底から疑問に思った。

違う。同じ東洋系でも、彼女ではない。

なぜこの女が、我がヨーロッパ《E》警備隊《G》の司令部にいるのか。現実とは思えなかった。写真や映像は与えられていたので、それが誰かは分かった。最上級の警戒を促されていたが、直接会うとは想像したこともない。

ところが、いる。目の前に。

どうして——と問おうとした。

「なぜあんたが戦場にいるの。ど素人《しろうと》が」

逆に問われた。声は口からでなく、燃える二つの目から放たれたような錯覚を覚える。それほどの情念の塊だった。右目には憎しみ、左目には侮蔑。

「ま、あんたみたいな半端者がいてよかったよ」

それがいきなり、破壊的な笑みに取って代わられる。

「もともと結束の弱いヨーロッパだ。頭を失えば、あとは烏合《うごう》の衆だ」

まさにそこだ。急所を突かれてハリエットの視界が暗くなる。ヨーロッパ警備隊は指揮系統に文官のウエイトが大きく、生粋《きっすい》の軍人たちからはそっぽを向かれる傾向がある。ふだんの士気は高くなく、訓練も質が低いという評判がまことしやかに囁かれていた。サンドラ・ハマライネンの見事な指導力を考えれば無責任な中傷と言えたが、世間から高い期待を得られない、というデメリットは感じていた。

そんな折も折、ロシアからの軍勢が怒濤《どとう》の勢いでヨーロッパを覆い尽くそうとしている。迎え撃つべき部隊が突然リーダーを失ったらどうなる？　趨勢は一気にジェネラルズに傾く。

この目の前の女の狙いは、まさにそれだ。

「結局は甘ちゃんなんだよ。女同士で群れたって、せいぜい美味い料理ができるだけだ。戦場じゃ、獣みたいな男どもに敵わない。あたしほど狂ってなきゃね」

どう見ても危険だった。この女は、抜き身の太刀《たち》よりもよほど。触れれば切られそうだ。脳裏に炸裂するのは奇妙なエウレカ！　の連呼だ、声を聞いているだけでこの女を理解できる。奇妙だが、自分からかけ離れた存在だとは思わなかった。狂っている。この自覚——怨念が凝り固まって女の形をとったような。これほど忌まわしいのにどこか妖精のようだ。ハリエットは笑いたくなる。女が女を成敗しに現れたのだ。何の寓話だろう。悪夢の中にいる。適応できない、私も狂ってしまった。

「世界を統べる力を持ってから威張るべきだったね」

女の言葉は理解を絶し始めた。

「こんなところで将軍の真似事をしても、歴史の端っこにも残らないよ。なあ、あんた。何で、歴史に残ってる名前が、男だらけか分かる？」

この女が何と呼ばれているか思い出した——サキ。

いま、地上に生存する中で最凶の殺人者。

「私が変えてやるから。あんたは安らかに逝きなさい」

不条理の塊が飛んできて喉に押し込められた気がした。まともに息もできない。

その声に、奇妙な慈愛が溢れていたからなおさらだった。

サキという女の手にある武器を見る限り、明確に、自分の命はこれまでだった。

司令部に到る通路にいた護衛役の兵士たちも全員、同じ武器で殺されているか、この女の手勢によって殲滅されていることは疑いない。有能な暗殺部隊は効率よく目的を遂げ、風のように去ることも知っていた。悔しい……なんとあっさり、自分は役割を終えるのか。何の成果も残せずに。

同じように暗殺者に乗り込まれ、襲われたソフィアは生き延びた。だが自分には無理だ。身を守るすべがない。訪れる結果は一つだった。

ならば抵抗しよう。最後に、せめて。

サンドラに銃の扱いは教わった。護身用に与えられたハンドガンはレーザー照準付きの最新式で、デスクの天板の真下、つまり膝の上部にある。早撃ちの能力を試されるのか？訓練をしていなかったことが悔やまれた。文官の中年女が機敏に動けるはずもない。

だが、やるしかなかった。

身を屈めようとした瞬間に残酷な破裂音が響いた。

ハリエット・リヒターの感覚機能が奪い去られる寸前、ハリエットの鼓膜を震わせたのはこんな声だった。

「つまらん仕事だ」

英語ではなかった。唾のように吐き捨てられた呟き。

「骨のない奴が戦いに首を突っ込むな」

そしてハリエットは闇に呑み込まれた。

引用文献

『カラマーゾフの兄弟2』ドストエフスキー　亀山郁夫／訳（光文社古典新訳文庫）
『ネメシス　警視庁墨田署刑事課特命担当・一柳美結3』沢村鐵（中公文庫）
『シュラ　警視庁墨田署刑事課特命担当・一柳美結4』沢村鐵（中公文庫）

本書は書き下ろしです。

中公文庫

世界警察《せかいけいさつ》3
——簒奪《さんだつ》のオブシディアン

2022年11月25日　初版発行

著　者　沢《さわ》村《むら》　鐵《てつ》

発行者　安部順一

発行所　中央公論新社
〒100-8152　東京都千代田区大手町1-7-1
電話　販売 03-5299-1730　編集 03-5299-1890
URL https://www.chuko.co.jp/

DTP　ハンズ・ミケ
印　刷　三晃印刷
製　本　小泉製本

Published by CHUOKORON-SHINSHA, INC.
Printed in Japan　ISBN978-4-12-207282-4 C1193

中公文庫既刊より